Contemporary
Literature
Comments

当代文学见言录

郑焕钊　唐诗人◎主编

南方日报出版社
NANFANG DAILY PRESS
中国·广州

图书在版编目（CIP）数据

当代文学见言录 / 郑焕钊，唐诗人主编. -- 广州 ： 南方日报出版社，2020.3

ISBN 978-7-5491-2117-5

Ⅰ. ①当… Ⅱ. ①郑… ②唐… Ⅲ. ①文学评论一中国一文集 Ⅳ. ①I206-53

中国版本图书馆 CIP 数据核字(2019)第 278330 号

DANGDAI WENXUE JIANYANLU

当代文学见言录

主　　编：郑焕钊　唐诗人
出版发行：南方日报出版社
地　　址：广州市广州大道中 289 号
出 版 人：周山丹
责任编辑：刘志一　陈　静
封面设计：邓晓童
责任技编：王　兰
责任校对：阮昌汉
经　　销：全国新华书店
印　　刷：广州市尚铭印刷有限公司
开　　本：787mm×1092mm　1/32
印　　张：8.25
字　　数：150 千字
版　　次：2020 年 3 月第 1 版
印　　次：2020 年 3 月第 1 次印刷
定　　价：48.00 元

序

郑焕钊

本书稿为南方青年批评家文学论争的观点集，收录2017年以来，由中国文艺评论基地（暨南大学）与见言读书会联合主办的，针对当代中国文学，尤其是青年文学作品探讨的现场发言。

成立于2017年5月的见言读书会，已经成为广东青年批评家、青年作家集中对话的一大平台。一年多来，读书会秉持己见真言的独立批评精神，集中探讨了葛亮、张悦然、李宏伟、黎紫书、文珍、陈崇正、王威廉、孙频、陈再见、王哲珠、魏微、王十月等当代青年作家作品；同时，也探讨了李德南、胡传吉、郑焕钊、陈培浩等青年批评家的批评论著，还探讨了两期外国作家作品，一是鲍勃·迪伦的诗歌，二是匈牙利国宝级作家萨博·玛格达的作品《鹿》；此外还有一期广东青年批评家、青年作家围绕粤派文学新势力、新现象、新趋势的大型话题对谈。这些讨论对象，既有当年有影响的华语青年小说家的代表性作品，也有广东青年小说家的最新小说，还有广东青年批评家的批评论著。这18期，参与读书会的批评家、作家，各自从自己的身份角度对作品展开评论分析，有争论，有共鸣，讨论论题丰富，极富文学的时代特征和批评勇气，话题包括华语作家的跨地域写作、80 后作家的历史写作转向、纯文学写作中的科幻现实主义、南方小说的地域气息与寓言表达、现代主义的叙事语法、蓝色东欧的文学新质等等。从历史记忆、科幻未来、地域气质、叙事语法等不同维度介入当代中国文学的讨论，华语作家、世界文学、南方写作相互参照，呈现了以 80 后、90 后为主体的南方文学批评现场，展露了南方青年批评家的独特面貌。

由于篇幅的关系，我们从 18 期的讨论中选择了 12 期收入本文集。这 12 期的讨论稿，均是每次读书会讨论之后，由专人编辑整理完成的，并经参与讨论的批评家和作家校对修订而成。修订好的讨论稿，基本在谢有顺老师的个人微信公众号“谢有顺说小说”公开传播，收获了很好的阅读量。同时，也有部分讨论稿刊发在了文学刊物上，比如《现代主义叙事语法——王威廉〈倒立生活〉讨论》发表在《华夏》，《“以心证史”——〈魏微十三篇〉讨论》部分内容发表在《文艺报》，《文学批评的哲学向度——李德南〈“我”与“世界”的现象学〉讨论》全文发表于《中国作家研究》，另《“诗教”传统与文学启蒙——郑焕钊〈“诗教”传统的历史中介〉讨论》也将发表在《粤海风》杂志。这些传播和发表情况，也能见出稿件的质量。我们以为，这个观点集所收录的对话内容，可以看到南方青年批评家、青年作家的学术涵养和批评见地。角度丰富的批评探讨，可以是透视当代文学文化问题的一块魔镜，既揭示出所探讨的作品的丰富性，也折射了南方青年批评家美学趣味和批评方法的多样性。

参与这些讨论的成员比较多，除开广州青年作家王威廉、陈崇正、冯娜、林培源之外，主要有以下青年批评家，其中大多都是80后、90后的批评家：李德南（批评家、文学博士、广州文学艺术创作研究院专业作家）、陈培浩（批评家、韩山师范学院副教授）、郑焕钊（批评家、暨南大学中文系副教授）、唐诗人（批评家、暨南大学博士后）、郑润良（批评家、厦门大学博士后，现居广州）、苏沙丽（批评家、中山大学中文系副研究员）、张巧（广东外语外贸大学博士后）、邱婧（广东技术师范学院教授）、彭贵昌（广州大学人文学院讲师）、管季（中山大学中文系博士生）、高旭（中山大学中文系博士生）、李石（暨南大学文学院博士生）、卢顽梅（中山大学中文系博士生）、余阳（中山大学文学博士、华南师范大学文学院博士后）、刘汉波（暨南大学文学博士）、褚旭（中山大学中文系博士生）、郑上保（中山大学中文系硕士）、唐明映（青年诗人、暨南大学文学院硕士）、陈润庭（青年作家、暨南大学文学院硕士）、林丽媛（暨南大学文学院硕士）、姚怡然（暨南大学文学院硕士）、梁宝星（青年作家）、叶由疆（青年诗人）、范俊呈（青年诗人）、蔡其新（青年诗人）、巫宏振（青年作家）等。

以读书会集结文学力量，为当代文学“见言”，更在功利浮躁的社会氛围中，葆有一份同仁文学生活的空间，这正是我们见言读书会的追求。

最后，特别感谢我的老师蒋述卓教授和中国文艺评论基地（暨南大学）的鼎力扶持。正是这份扶持，让读书会的活动得以顺利开展，并使本书的出版获得了经费的支持。

目录

辑一　真青年

辑二 大视野

辑一　真青年

现代主义叙事语法

——王威廉《倒立生活》讨论

一、荒诞叙事与推谬成真

陈培浩（批评家、韩山师范学院副教授，本期主讲）：

首先，我想从现代主义的叙事语法这个角度切入，来谈谈《倒立生活》这本小说集。王威廉的作品很荒诞，跟现代主义有着千丝万缕的关系。语法听上去是一种抽象的公式，但在现代主义作品中确实存在可以用语法来表示的共性。现代主义的叙事语法这个观察角度受到学者余虹的启发。余虹是中国人民大学教授，一个非常有思想的学者。《绿皮小屋》里的孔用老师，最后自杀，大概有着余虹的影子。余虹有一篇文章叫作《“荒诞”辩》，他提出了一个关于荒诞的文学公式——“你必须……你不能……”，虽说这个公式也只能概括荒诞的某种类型，但却非常有见地。比如大家耳熟能详的西绪福斯神话，用这个公式来表达，便是“你必须推石上山，但你不能推石上山”，对同一对象同时存在的肯定和否定制造了荒诞；又如卡夫卡的《城堡》中的K，“你必须寻找城堡，你不能寻找到城堡”；在约瑟夫·海勒《第22条军规》中，你必须遵循22条军规，你不能遵循22条军规；又如王小波的《寻找无双》中的王仙客，你必须寻找无双，但你不能寻找到无双。

反推余虹的荒诞表达式，将发现另一个荒诞表达式——“你不能……你必须……”，这构成了另一种荒诞。波兰导演基耶斯洛夫斯基的电影《红》里面的老法官深陷窃听的困境中，作为一个法官，不管从道德上还是从职业操守上都不应该使用窃听的手段，但导演又赋予了人物进行窃听的某种必然性，并打开一个只有借助窃听才得以展开的世界。电影中，女大学生范伦蒂娜无意间发现了老法官的窃听行为，他正在窃听一对偷情邻居的电话。面对范伦蒂娜的指责，老法官的回应耐人寻味，他说，我还可以告诉你这个邻居的住址，你可以这就去告诉他。当范伦蒂娜敲开这个邻居的门，看到一个平静的家庭，一无所知的妻子和活泼的女儿，丈夫依然在楼上打着偷情的电话，范伦蒂娜突然丧失了说出真相的勇气。假如说指证窃听具有某种必然的道德正当性的话，这种指证所牵引出的其他真相却可能伤及无辜。对于老法官，他陷于“你不能……你必须……”，而范伦蒂娜却陷于“你必须……你不能……”的困境，这可谓复沓的荒诞。又如李安《色·戒》中的王佳芝，作为卧底当然不应该爱上特务头子易先生，但她的情感又使其不可避免地爱上并放走易先生。王佳芝的“你不能……你必须……”演绎的是革命与身体的纠葛错综产生的复杂精神困境，这种所谓的荒腔走板显然也有相当的荒诞性。

现代主义叙事的另一个重要语法叫作变形。最有名的作品当然就是卡夫卡的《变形记》。格里高尔一觉醒来变成了一只甲虫，然后再把这个变形作为小说的基本前提。王威廉的小说也广泛使用了变形叙述，但他的变形更多地具体为一种“疾病的隐喻”。比如《内脸》中虞芩得了一种没有表情的脸病，《第二人》中的主角长了一张受伤严重的恐怖脸，这都是相对于普通脸的变形，疾病本来就是相对于常态的变形，王威廉再引申出这种疾病的隐喻。

王威廉的写作比较多使用的，还有另一种现代主义叙事语法——推谬成真。他往往写一些怪人，或一个荒唐的情境，再把这种荒诞推演得无比真实，使荒诞和真实成为一体两面。比如《倒立生活》中，神女意外流产，她和丈夫得出了一个非常荒唐的结论——流产的罪魁祸首乃是重力，所以她开始渴望过一种反重力的生活——倒立生活。不过王威廉很严谨地按照生活逻辑来安排这种倒立，而且不是反讽，反而可以说是一种理想性寄托。《辞职》这一篇也可以归入推谬成真，《辞职》里的主人公整天跟人说他要辞职，而《老虎来了》里的老虎则整天闹自杀，这显然都是某种程度的谬，小说接下来就是动用各种手段让谬变得真。一般人想的都是怎样好好工作好好表现，而《辞职》里的主人公想的却是怎样辞职，而且碰到了一个比他更激进的女性鹳。它背后其实思考了自由的议题。鹳的父亲是个狱警，他有时喝醉了也会抱怨“自己才是被判了无期徒刑的人”。很多犯人终于要出狱的时候，他们很高兴地告诉鹳的父亲，我们出去了，自由了！您继续待着吧。鹳父理直气壮地告诉他们，我也有我的自由，而且我的自由比你们更实在。我的自由就是看着更多的人失去自由。你们出去了，你们的自由只是恢复到和其他人的自由一样大，失而复得的自由毫无意义，只是一种恩赐；而我看着你们进来，你们的自由变得像一个巴掌样大，我才会发现我的自由像是大海。这是一种荒谬的自由观，王威廉挖掘了自由这个美好概念背后不为人知的侧面，既荒诞又真实。这是一个不自由者被异化了的自由观。《辞职》的最后，鹳模仿“我”的笔迹写了一封辞职信，所以一直嚷着要辞职的“我”终于“被”辞职了。可是，当辞职的自由真的到来时，“我”却是惶恐的，甚至去指责鹳。这是另一种真实的荒诞，它提醒我们注意，自由可能是一种不可承受之重或轻，你是否为自由做好了准备？这是由荒诞书写引发出来的自由洞察。王威廉的《非法入住》等小说都属于这类推谬成真的写法。

现代主义的叙事语法还有偶然和隐喻等。米兰·昆德拉的《不能承受的生命之轻》就是典型的偶然性现代主义表达，托马斯和特丽莎的爱是由六个偶然的细节叠加而成的。偶然性消解了传统对事物内部必然性的自信，跟现代主义内部的不可知论紧密相连。隐喻和象征也是现代主义一个重要的表达式，卡夫卡的甲虫和城堡都是典型的隐喻，阎连科《受活》中那个被展览的列宁遗体也是一个后革命的典型隐喻。换言之，现代主义不仅通过故事来叙事，也把隐喻和象征内化到其内在叙事机制中。显然，王威廉小说也非常擅长使用隐喻、象征的表达法，他往往会在小说中设置一个覆盖全篇的隐喻装置，比如《听盐成长的声音》，其中盐碱地就是存在的虚无和囚禁的一种隐喻，而盐生长的声音，则成了对存在的拯救的象征。小说中，“我”和妻子夏玲居住、工作于海拔三千多米的盐矿区，朋友小汀带着漂亮女友金静顺路过来见面。透过这个并不曲折的故事，作者提示着：我们都被囚禁于别人眼中的风景中。这是个由隐喻和象征结构起来的小说，隐喻中包含着对事物复杂性的理解。成为画家的小汀曾经是一名矿工，等他逃离黑暗之后，他却像鼹鼠一样怀念黑暗。有趣的是，“我”居住在高海拔盐区，长期“享用”着过量的阳光，对“光明”的含义也有一番复杂的理解。当小汀和金静向往着盐湖的壮观风景时，“我”和夏玲却对盐湖有着生理性的反感和抵触；当“我”和夏玲艳羡于“居住在美丽中”的金静时，殊不知作为杀人犯的她也被囚禁于另一种生命的盐湖。盐湖的象征性就在于，它是每个人居住并渴望逃离的存在，却又常常是别人眼中美丽的景致。因此被囚禁于盐湖，几乎是每个人存在论意义上的命定，然而，小说并不止于存在的荒凉，更包含着生命的救赎。当“我”更深入地观照了他者生命的复杂性时，也突然了悟了死寂盐湖的生命力——“我”终于能听到盐生长的声音，“现在即使在喧嚣的白天，我也能分辨出那种细碎的声音”，“只有那不停生长的盐陪着我”。盐湖依旧，但“我”灵魂的光景已经大为不同。

显然，荒诞是王威廉小说重要的表达式，但却不是全部，他的小说存在着荒诞叙事、历史叙事和灵魂叙事三张面孔，《倒立生活》是其荒诞叙事的代表，处在他写作的比较初始的阶段。在我看来，他的荒诞的虚无中一直是渴望着救赎的，所以你看《倒立生活》这样的小说，其实都有一个非常理想化的女性角色跟男性主人公进行着精神交流。这种“一男一女”的叙事结构包含了某种对荒诞的缓解，这可能也埋下了他日后走向精神叙事的伏笔。

二、女性：亦神亦俗

▌管季（中山大学中文系博士生）：

我也注意到王威廉小说中这种“一男一女”的叙事结构。这种表现方式，与传统的爱情小说大相径庭，他虽然塑造出各种女性形象，却并不旨在表现人物命运的悲剧，也并不注重女性心理过程的写实。王威廉在描述女性的过程中，其实是将女性作为一种象征物和男性思想的引领者，在两人互动的过程中，去完善某种哲学性的思考。这跟巴赫金所谓的对话异曲同工，但是相比复调小说借助一个人物内心的独白来完成对话，王威廉的这种男女二元分立，是一种更直接的表达。从某方面来说，女性人物是男性主人公的另一个自我，他们互补和缠绕着，完成了对于生命意义的追寻。

在《倒立生活》这部小说集中，包括《倒立生活》中的神女、《辞职》中的鹳、《信男》中的小琪、《我的世界连通器》中的颜如水等等，这些女性角色都无一例外地触发了男主人公的某种内在激情。她们或迎合了男主人公的某种另类想法，或与他有同样的爱好，或能指引他将思考的层面提高，进入哲学的领域，更重要的是，她们将男主人公的想法付诸实践。女性，不仅成了世俗之爱的化身，也成了哲思的化身，甚至是神的化身。

这种女性形象，在荣格看来，是一种阿尼玛原型。男性将自身的心灵力量，投射到女性形象身上，并且将其压抑在无意识领域。阿尼玛不仅是灵感之神，也是男性对于美好的想象。无论是古代作品或者现当代作品，男性作者的文人趣味基本是统一的：他们从女性身上汲取精神能量，实际上是在进行某种自我审视和自我满足。女性身上的美德，比如说善良、单纯、性感、乐于奉献等等，实际是对人性的某种补偿性想象。在这一点上，作为80后青年作家的王威廉并无不同，只不过，在他的作品中，女性阿尼玛以更为直接和强硬的方式出现，她是符号化的、哲学化的，是作者本人哲学思想的直接延伸。

尽管王威廉以神女的面貌去幻想女性，并塑造出那个哲学世界中的完美主体，然而，在一些现实题材的作品中，王威廉笔锋陡转，让神女来到凡间，成了“妻子”。这里面有一种巨大的落差，其实也证明了王威廉对于作品中女性形象的反思。比如说，在《生活课》中，作者借助男主人公“我”之口，开门见山地说：“女人的地位不但越来越高了，而且也越来越有办法整治男人了。”在洗碗这件小事上，夫妻俩产生了冲突，进而上升到对于生活“一地鸡毛”本质的讨论上。

在妻子这类形象身上，我们看到的仅仅是一个囿于现实思维的女性，尽管最后她依靠离婚获得了某种程度的解放，但这种解放远远不是类似于“倒立生活”的这种哲学层面的解放。这就为王威廉的小说带来一个值得研究的对比：他写世俗的女性，与写神女，形成了两个极端。作为诗人和缪斯神的女性，引领着男性的哲思，然而世俗中的妻子却跟所有普通女人一样，具有一副时刻准备着吵闹的庸俗面孔。女性内在的哲学思辨性、预言性以及神性，到了世俗生活中消失殆尽，这既是对于哲学与生活关系的隐喻，也是对于精神下滑的一种警惕。

由此我们可以看到，王威廉的小说中，有某种非常清晰的性别象征：他笔下的女人——男人——女神的关系，指向着世俗之人——思考者——神的关系，或者生活——思考者——诗性的关系，也可以说是非自由——思考者——自由的关系。而这其中的思考者，也就是大部分小说中的男主人公。这些思考者承担着将人类思想从病态中拯救出来的重任，然而这种所谓“拯救”，最终都失败了。无论是倒立生活、杀死领导、辞职还是变成鳄鱼，都没有触及生存问题的本质，世界以其不可争辩的方式存在着，并不因人类的任何行为而改变。因此我们看到，王威廉在抒发了诗意的思索之后，迅速退回到现实的领域，在写《生活课》时，他的态度是清晰而又自知的。他明知没有任何事物可以打败这种庸常的世俗生活，仅仅通过一场夫妻间的争吵，我们就可以判断出诗性在生活面前的无能为力。个人对现实的回击，只能是一种失败的英雄主义尝试。

总而言之，在王威廉的小说中，透过性别话语所揭示的，远远不止性别本身那么简单。他的哲学体系，离不开女性的参与，但是他将性别本身进行了升华和改造，让女性扮演了世俗之人和神的双重角色。在这个基础上，人完成了对自身的“祛魅”。实际上，他借助女性形象所展现的，是某种超性别的东西，一种关于自由的悖论。

▌高旭（中山大学中文系博士生）：

自由或不自由，在我看来也是通过空间的向上与向下来展现的。这本小说集里，王威廉创造了一个独特的向上的空间。正如《倒立生活》这篇里描述的，“我”和神女把房间的家具设备钉在天花板上，开始过一种倒立的生活。这个向上的空间是神性的，与之相对的是向下的空间，在向上和向下之间，作家建立了一种思辨的关系。日常的向下空间常常通过一种比较激烈的拯救的方式来通往向上的空间，比如《我的世界连通器》里被拆掉的旧空调留下的空洞，《铁皮小屋》里的自杀，《他杀死了鸽子》里杀死鸽子的行为，《病足》里那条患病的脚终于被治愈以及《看着我》里面怯懦的小职员向上司嘶吼的爆发。通过这些带有拯救意味的情节，日常性的生活完成了向诗性生活转变的过程，从这一点说，《倒立生活》为我们凡俗的日常提供了一种更高的救赎。

管季（中山大学中文系博士生）：

这种救赎，究竟是成功还是失败了，其实是很耐人寻味的。王威廉并没有忽略生活本身的逻辑，比如说倒立生活会让人脑部充血；比如说《辞职》中想被拯救的“我”，在辞职真正成为现实后，感到了巨大的恐慌和不适。就像刚才培浩兄说的，这是一种荒诞的写法。这样写，我觉得很巧妙。自由的获得是有难度的，这不仅来源于人类的思维定式，也来源于自由本身的悖论。这让人想到卢梭那个著名的论断：社会有权强迫人们获取自由。《辞职》中的女主人公鹳，替“我”交了辞职信，强迫“我”获得一直想要的自由，这就让自由走入了卢梭的这个悖论之中。这里面的女主人公强迫了“我”，代表“我”说话，替“我”交辞呈、做决定。表面看起来，她是为“我”好，让“我”得到了救赎和自由，但实际上，“我”想要的不一定是被辞职的自由，鹳以某种强迫的方式让“我”获得自由，实际上仍是一种不自由。甚至，正是这种被代表导致了真正的奴役。从这个方面来说，小说中表现出来的自由思想是非常深刻的。

唐诗人（批评家、暨南大学博士后）：

这里面谈自由，可能还比较表面，还是一个选择的现实问题。我以为，根本上还是关于存在的问题。存在到底是一种怎样的状况，在存在主义那里，有不同的理解。在海德格尔那里，存在可从两个维度来理解，一个是本真的，一个是非本真的。非本真的存在就是日常生活，就是被各种事情耽搁的、需要我们操心的实际性状态。以小说《辞职》《倒立生活》来看，非本真存在就是没辞职的时候的生活状态，或者是非倒立的、正常状态下的生活；而本真存在就是一种纯粹个人化的却以向死而生作为根本焦虑的状态。存在主义是虚无主义的典型表现。所以如果从这两个维度来理解王威廉的这些小说，就可以看到，王威廉既不是简单地让人物离开非本真的存在进入本真存在，也不是简单地为我们提供一个温暖的本真之床，而是对这两种状态都进行了反思。由此可以说，王威廉是存在主义的，同时又是超越存在主义的，他以文学、审美的方式进入存在的多种维度，以此来诗意化地表达人的本真与非本真状态到底是什么，同时也解构了传统存在主义的结构，展示出一个更为诗意也更为深刻的虚无状态，在这个解构过程中我们也了解到了当下的现实生存状态问题，人的现实焦虑问题。所以，这种叙事，与其说是存在主义的，不如说是深度现实主义的。

三、时代精神困境

▍高旭（中山大学中文系博士生）：

在《倒立生活》这部小说集中，每一个主人公都面临着某种疾病，这种疾病不仅是身体上的病足、残缺，更重要的是精神疾病。正如作家在《我的世界连通器》里面所写，这群人的身上都有着“那种和生活无法和解的东西”。他们性格孤僻，不善与人交往，在社会中常常找不到自己的位置，这种疾病隐喻贯穿于整个小说集中。《铁皮小屋》讲的是一个大学教授的自杀事件。孔用老师热爱诗歌，婚后生活富足，又取得了不错的学术地位，这样一个看似幸福的人却拒绝与生活进行和解，选择走向死亡，原因何在？技术的飞速发展，带来的不仅有物质的巨大丰富，也造成人类的某种异化与孤独，在当下的时代，我们可能会面对比之前更多的精神困境。《倒立生活》这部小说集里给出了人怎样生活、怎么看待自由、怎样面对孤独等思考。

另外，在他的整个小说创作中，体现出了一种非常明显的本土经验。《倒立生活》中书写的人物，都是处在社会底层的边缘人：他们生活在仓库、小工厂这样潮湿阴暗的空间，做的工作也无足轻重，在感情、婚姻和事业上都重重受挫，比如《看着我》里面胆怯的小职员、《信男》里那个沉迷写信的仓库管理员、《他杀死了鸽子》里退休的孤独老人等等。这些人物身上都带有非常鲜明的时代特点，如果抬起头打量周围，你一定会发现身边有许多这样失败的边缘人，他们可能隐藏在公司最里面的卡座，隐藏在小区楼下保安室，隐藏在城中村的某个狭窄的房间。作家用锐利的目光将他们从生活的暗处发掘出来，并且书写这样一个群体的爱与忧愁。

卢顽梅（中山大学中文系博士生）：

没错，王威廉是一个眼光特别敏锐的作家，他不仅注意到这些底层边缘人，也抓住了现实生活中最关键、最本质的问题，可以说他抓住了我们这个时代的精神状况，抓住了我们这个时代的征候，这是他的优势所在。

当代是一个什么样的时代？是一个工业化大生产盖过一切的时代。这 40 年，我们经历了历史上从未有过的巨变，在座的各位都是历史的见证者。身处历史的巨变之中，人会产生一种冲突感、撕裂感，没有相应的思想层次能够回应这种时代的巨变，普遍的迷茫、困惑、价值的软弱就产生了。王威廉敏锐地捕捉到了这些问题。

《倒立生活》这部小说集充满了对现代人生活方式的质疑。生活在这个时代的很多人可能都有生活被倒置的感觉，这很可能是由生活本质的缺失造成的。《倒立生活》是很有代表性的，这也是这部小说集为什么以这篇小说命名的原因。在这篇小说中，王威廉以非常具有哲理性的语言，表达了对现有生活秩序的质疑以及试图改变的可能性。宁肯在谈到他的小说《环形女人》时也曾说过："我在生活中感受到的颠覆远远超过了我的小说，比如我经常感觉不到脑袋存在，而一旦感觉到了反而觉得自己更加可怕。多年来，尽管迫不得已，我们习惯了用身体思考大脑，我们似乎过得不错，但当某个时刻我们用大脑思考身体时，会突然觉得身体简直不可救药。我们习惯了将身体倒置，一旦站起来有思想的时候就会头晕，这是我多年直到今天的感觉。”的确，现代以来，以科学技术为先导的物质大生产朝着极端化的方向发展，人类的未来会走向何方？人类生活能不能倒转？这些问题依然悬而未决。

物质的无限膨胀无疑产生了对人的挤压，人在适应这种物欲化生活的同时，精神生活的空间在哪里？现代工业化大生产把人变成了机器上的螺丝钉，人除了没有任何创造性和价值感的工作之外，就是娱乐至死。《倒立生活》中关于卡拉 OK、KTV 的描写就是一种精神贫瘠的书写。所以，王威廉小说中塑造了一些偏向内心、追求内心精神生活的人物形象，具有反讽意味的是，恰恰是这类人物在社会中受到了排斥，被边缘化，比如《信男》《看着我》等作品中的某些人物。人被这个物欲化社会无限挤压，精神生活的空间愈来愈狭窄。不仅仅是那些从事单调重复工作的人，现代社会竞争机制逼迫每一个人去爬社会阶梯，只不过程度不同罢了。

当人在社会中遭遇物质挤压、被边缘化时，那么最后的个性化空间可能就是情感和婚姻。但是，随着生活的碎片化，人的情感也相应碎片化，导致了人的本质的缺失。这部小说集中比较有代表性的作品是《我的世界连通器》《佩索阿的爱情》等。据婚姻研究专家说，现代以来，人类婚姻经历了制度化阶段、陪伴式婚姻阶段，已经迈向了个人化婚姻阶段，人们在婚姻中追求的是自我实现、自我表达、获得尊重等等。从小说中能够看到，现代人情感的现状已经不是自我实现、自我表达的问题，而是情感早已碎片化的问题。古人说：“食、色，性也。”在外卖小哥满大街飞奔的时代，感情也必然是快餐式的。物质化、碎片化的生活导致了传统价值观的失落，人的情感也变得飘忽不定。对此种现象，一部分人认为制度化、陪伴式婚姻显然不符合人性，或者说那不是想要的生活。什么是人性？什么是想要的生活？在人类历史上，有没有恒定不变的人性？我觉得是很可疑的。当然，我们每一个人都生活在一定的时代和社会中，没有人能够跳出时代和社会之外，我们必然会受到社会、时代的影响。读王威廉的小说，会引起读者对现有生活的质疑与反思：究竟什么样的生活才是合理的？我们怎样才能够不随波逐流，不被社会潮流牵着鼻子走？

▍李德南（批评家、文学博士、广州文学艺术创作研究院专业作家）：

这其实是一个非常沉重的人文主义问题。总结来说，在很长一段时间里，人文主义可以说是王威廉小说的思想底色。他的小说，大多有共同的主题：关照现代人深渊般的境遇，重视展现他们在绝境中的困惑与抗争，并在书写的过程中给予他们富有人文精神的理解与同情。在最近两年的小说创作中，王威廉的人文立场并无根本性的改变，却也有不少变化。这大概和现实的变化有关系，也和作家本人对问题的看法有所改变有关系。以科技为核心的新文明正在加速发展，并且比以往更迅速地影响人类的生活，甚至影响人类自身的存在。尤其是人工智能的迅猛发展，使得人的主体性，以及相应的人文主义的种种知识和价值都受到巨大的挑战，从而形成了存在论、知识论和价值论等层面的多重危机。在面对这种危机时，单一地秉持传统的人文主义立场，将会很难经受住这种挑战。但在何种意义上去调整，在何种层面上坚持人文立场，我觉得是个值得思考的问题。《倒立生活》中的不少作品，比如《铁皮小屋》《老虎来了》《辞职》，为讨论这一问题营造了一个思想空间。

四、哲理与现实的平衡

郑焕钊（批评家、暨南大学中文系副教授）：

刚才培浩兄主要从整体上讨论了《倒立生活》与现代主义叙事语法的关系，主要从共性的层面分析了现代主义叙事语法在威廉小说中的表现。但可能由于时间的关系，没有展开对威廉小说的现代主义的独特性和创造性的讨论，这方面我期待培浩兄的进一步补充。

在我看来，《倒立生活》书写荒诞，但荒诞只是表层，小说以荒诞的方式重新书写另一种可能，其内在仍是一种充满希望的对本真生活世界的探寻。回归生活世界，是20世纪现象学哲学的一种追求。威廉的小说以"倒立"来构造生活重建的可能性，包括对空间的重建，对时间的可能性和人性的可能性的探寻等。在这里面，现实性、哲理性与诗性之间的平衡，以某种独特的形式被创造出来，构建了一种叙事诗学的形式，其关键主要体现在小说文本的三层结构上。

在威廉的这部小说集中，大部分文本都存在着三层结构：现实生活、诗性生活和梦境世界。现实生活总是借助于荒诞的形式被呈现，固执的生活模式及其偏执的观念，以某种极端的方式表现其荒谬，比如《倒立生活》中关于丈夫对固定生活模式的执念、《辞职》中主人公关于“辞职”与“自由”的自我禁锢等，都内在地呈现了这个时代精神的现实性。

与此同时，小说的主人公并非普通人，都是具有某种文艺气质的青年人，这就使得小说因为主人公的阅读、书写和创作而镶嵌着一层由诗歌、小说和绘画所构成的艺术文本，并由其与主人公之间的情感关联和生活勾连而建立诗性生活的空间。如《倒立生活》中，主人公是诗人和画家，而整个倒立生活本身就是一个行为艺术；《我的世界连通器》中将作家库切的《夏日》作为情感生活的互文；在《信男》中，布罗茨基、茨维塔耶娃、里尔克等诗人是一个沟通的媒介，更是构建另一种生活的符号和精神；而在《佩索阿的爱情》中，佩索阿的小说同样主导着现实的爱情生活；此外还有《铁皮小屋》中包括海子在内的文学生活世界和《老虎来了》中的文学理想等等。在艺术文本与生活世界之间形成多种沟通的形式，艺术不仅在于为生活提供了一个不同的可能性的空间，更是以其精神性的影响介入小说人物的现实世界，成为某种具有反思性和颠覆性的力量，从而让小说的现实叙事蒙上了强烈的诗性色彩。

除此之外，小说还弥漫着一个梦境世界所构成的文本层次。比如《辞职》中，最后出现的梦境部分，以“我”与女主人公的父亲在监狱中的梦境，启悟现实的囚笼与自由。《铁皮小屋》最后梦境中出现的铁皮屋，是不同的人生价值信念的投射。老师在铁皮屋中不愿出走，与“我”没有勇气走入，呈现出非常强烈的对比效果，具有强烈的隐喻性：老师最终找到了自己的世界，而“我”仍然停留在现实之中。尽管《信男》中没有出现梦境，但当女孩出现的时候，小说写道：“啊……啊，天蓝色的长裙出现在仓库里，像梦境一般不可捉摸，我是不是已经腐朽到了做白日梦的地步了？”这实际上具有梦境的效果。小说集《倒立生活》中的梦境世界具有某种穿透现实生活与诗性生活所编织的困境的启悟性。在这里，我们当然可以运用各种精神分析学的方法来进行阐释，但从总体上，梦境在这里显示出一种最深层的真实，一种对生活本质的最透彻的醒悟，并构成一种宗教式的启示。

可以说，现实生活的荒诞、诗性生活的可能与梦境世界的启悟，三重文本交互为用，使威廉的小说获得了在现实、艺术与哲理之间诗性建构的可能性。我想，这正是我们理解《倒立生活》的现代主义的一个重要方面，也是威廉现代主义小说个性的体现。

郑润良（评论家、厦门大学博士后）：

大家已经谈了很多关于自由和时代精神困境的问题，培浩兄也谈到《倒立生活》在王威廉创作中的位置，我在这里想谈谈王威廉在当代文坛的位置。在我看来，王威廉是目前已经成名的为数不多的80后作家之一。

他的创作优势至少有两点：一是在题材方面主要关注当下都市人的精神困境。新时期以来，经过伤痕文学、反思文学、寻根文学、先锋文学、新历史主义小说等创作潮流，当代作家在对80年代以前的20世纪历史的书写方面已经取得了较为辉煌的成就，这种成就事实上也已经得到了世界文坛的某种认可。

但在对20世纪80年代以来的当代现实的正面强攻方面，当代作家虽然取得了较大的突破，却遇到了意想不到的困难。一些先锋作家，在转向当代现实的书写方面，都遇到了不同程度的困境。王威廉对当下现实的书写角度独特，卓有成效，体现了一个作家对现实的深刻洞察力。他的写作让我联想起米兰·昆德拉的作品，体现了哲理与现实的微妙平衡。他的写作也可以与“中产写作”这一概念关联。对这一概念，我们过去主要从负面进行理解。但在中国社会物质发展到一定阶段的今天，文学必须更加关注都市中产阶层的精神、伦理等诸多问题。

二是王威廉的写作能够将现代主义手法与现实主义手法较好地融合起来。先锋派写作在20世纪90年代曾经因为在形式实验上走得过远而无法持续。2015年学界曾探讨如何继承和面对先锋文学遗产的问题。王威廉的作品将现代派手法与中国问题有机融合，用魏微的话说就是“上承先锋，下接现实”。他的创作对于当代青年作家如何更好地承继先锋文学传统提供了有益的启示。

陈培浩（评论家、韩山师范学院副教授）：

王威廉的独特性在哪里？我想就这个问题说几句。王威廉跟法国的荒诞派，就是写出《等待戈多》《秃头歌女》这些荒诞戏剧的派别的区别在于，荒诞派的荒诞是因为“无”，王威廉的荒诞却是因为“失去”。“无”是已经没有了，“失去”是本来有的东西丢失了。阿诺德·P. 欣奇利夫说：“荒诞要存在，上帝就必须死去。”也就是说，西方荒诞派的哲学背景其实是尼采的“上帝死了”。上帝“无”了，意义无以附着，等待戈多的那个戈多，其实就是God，God已经没有了，等待戈多不就是一种很荒诞的行为吗？但是相比之下，王威廉不是一个虚无主义者，他其实是一个相当坚定的人文主义者，他虽然洞察了存在的复杂性，但是不妨碍他内心对自由、平等、爱等人文主义价值的确认，他写的不是“无”，而是“丢失”，该有而丢失的荒诞。

对于神圣、美好、理想的东西，王威廉是有信仰的，所以他表达的荒诞，其实是丢失所带来的悲怆感。所以他的作品常会涉及自杀的主题。自杀是最典型的丢失，我们为什么会自杀？因为我们的意义被抽空了，自杀可能是因为无意义，也可能是因为追随、祭奠某种逝去的意义，我觉得王威廉的自杀书写是后一种。他用自杀来表达一种文化的悲剧感和文化的危机感。你会产生悲剧感就在于你还有所确认，只是这种确认，已经变得非常不合时宜。在这个意义上，他的荒诞其实还是一种现实主义，一种更内在的现实主义，他自己称为“深度现实主义”——写法上可能是变形的，但那种现实的关切是明显的。在这个总体性丧失的背景当中，他还是一个对现实非常关切、对总体性有抱负的作家，可以说他在践行着一种独特的中国现代主义。

南方寓言与科技现实

——陈崇正《折叠术》讨论

郑焕钊（批评家、暨南大学中文系副教授，本期主持）：

今天我们一起讨论陈崇正的一部新的小说集《折叠术》。这是他在《黑镜分身术》之后的又一本以“术”命名的小说。陈培浩对这本书有一个概括，认为这本书跟前面的《黑镜分身术》虽同为“术”，却是另一种写法，他命名为“折叠叙事”。那么，这种折叠叙事在小说中究竟是如何体现出来的？按照崇正自己的说法，原来的小说地点都在“半步村”，涉及的是一个中国当代城乡过渡的时间问题，而《折叠术》的人物生活在碧河镇，这涉及一个新的生存空间和状态，这种生存空间和状态引发了什么新的理解？

《折叠术》可以讨论的空间很大：第一，是对我们今天所处的科技状态下人的生存状态的捕捉，如《寻欢》；第二，关于宿命问题的思考；第三，人物的关系在不同小说当中的重复出现，比如说《寻欢》里面的曲曼阿姨，《念彼观音力》中的曲曼嫂子，还有小偷徐灿、记者钱玉龙等；第四，碧河镇的故事同时以不同人物的视角来进行重新呈现和讲述，这些人物之间的关系，以及他们所呈现的视角是不是也构成我们切入讨论的角度？在我们讨论之前，首先请崇正介绍这部小说集创作的背景。

陈崇正（青年作家）：

好，首先还得感谢一下。其实我在广东写作这么多年，能有机会参加读书会，发表批评意见的机会其实不多，这是很荣幸的一次。这个书名字叫《折叠术》，其实它是偶然取的，开始取的是“寻欢”，但“寻欢”这个书名在出版社审批的时候没过，其实我觉得“寻欢”蛮好的，我自己蛮喜欢“寻欢”这样一个名字。“寻欢”是我这部集子第一篇小说的名字，我觉得时代的本质就是寻欢，我们现在这个社会就是不断寻找一种欢乐的东西，不断在寻找一种我们自以为的、根据我们的欲望而推动的东西。但是，往往人在寻找的过程里面就会有各种失落，所以这本书其实我更倾向于这样一种定位和命题。后面这个书名没过，我就很纳闷，看着目录半天不知道怎么办，叫“虚度”吧，又觉得太灰色了，虽然我们寻欢之后确实是在虚度。想来想去还是叫“折叠术”，因为这个“术”刚好跟上一本书“分身术”有点呼应，于是凑巧就这样定下来，变成“术”系列了。

我最近又写了一个《悬浮术》，准备凑成一个系列，这是一个基本的想法。这本书跟上一本书，有很大的区别，因为上一本书“分身术”，其实整本书五篇中篇，它的结构比较紧凑，因为都是跟分身有关，跟疾病、跟人的欲望的膨胀最后导致的问题有关。但我觉得这本书更重要的就是“寻欢”的这种模式，其实是欲望的撤退，向内的撤退，这是我最初的构想。当然作者有时候想得美美的，但很多意图其实难以完成。比如说《折叠术》，它就是一种偶然，一种巧合，然后拼在一起的。我在序言里面也讲了，就这个小说写的时间跨度比较长，有一些是我大学期间就写了，我后面要出书的时候，做了一番修改，还能看出很多小说有 10 年甚至 10 多年前的痕迹。我觉得它提供了一种可能性，就是里面参差多态，像一个罗汉堂一样陈列不同姿态的雕像，让别人能够去观赏。

一、创作谱系、精神特质与艺术特征

李德南（评论家、文学博士、广州文学艺术创作研究院专业作家）：

陈崇正的新书《折叠术》，我是按目录的顺序读完的。读完发现，书中前面的几篇都是近作，后半部分则主要收录一些较早的作品。阅读的过程中，也可以说是对崇正的写作历程稍稍做了一个回顾。从这本书中，可以看到时代本身的变化，也可以看到崇正作为一个青年作家的成长轨迹，还有他的写作抱负。

《折叠术》与陈崇正的其他作品，它们有一个鲜明的特点，那就是试图调适严肃文学和通俗文学，重视融合雅俗。《折叠术》的主题是严肃文学常见的主题，但写法又是通俗文学的，融入了很多通俗文学的元素，比如武侠小说的元素。这在小说的命名上是有体现的，《折叠术》《凤凰铁锁咒》《心灵手术刀》

这样的篇目，其实都带有武侠小说的味道。小说中的一些人物，比如《凤凰铁锁咒》等小说中出现的破爷等人物、《心灵手术刀》中的武和尚，也有武侠小说的气息。而小说的另一些篇目，比如《红焰》《心灵手术刀》，又很有言情小说的意味。特别是《红焰》这一篇，以校园言情作为架构，可以纳入校园文学的范畴。

这种融合雅俗的倾向，还体现为陈崇正的写作有很强的读者意识，非常重视读者的反应。陈崇正会想方设法把小说写得有趣。他的文学语言很幽默、很生动，小说的情节，则大多有趣、曲折，甚至很多情节的安排会有很强的戏剧性和传奇色彩。

另外，《折叠术》的总体风格是偏向后现代的。刚才我提到的言情、武侠等不同类型的融合，通俗文学和严肃文学的融合，可以说是后现代写作的一个重要特点。

还有一点，陈崇正很重视小说对现实的反映和介入，喜欢把自己在生活中所见到的事情、事件在小说中进行书写。但是这种书写，又未必是很充分的，很多时候只是稍稍涉及。当代的很多现实问题，在陈崇正的小说中更多是一种碎片化的存在。因为这样的碎片在小说中非常多，读者也能把它们拼接成当代生活的一幅图景，甚至会觉得小说中的现实是毛茸茸的，很有生活的质感。

从《折叠术》中还可以看出，陈崇正作为一个写作者有很强的适应现实的能力。这一方面体现在他的写作和个人的经历关联密切上，写作带有鲜明的个人生活的印记。陈崇正本人有过多次移居的经历，他往往是刚到一个地方不久，就可以写那个地方的生活。他在小说类型融合方面的尝试也可以看出他具有很强的适应性。在之前的作品中，他就经常融入武侠和言情的元素，这次收入新书的《寻欢》《虚度》《折叠术》等作品，在武侠和言情之外，又融入了科幻的元素。

总体而言，我觉得陈崇正是一位非常适合写长篇小说的作家。他的小说，不管是中篇还是短篇，往往多条线索齐头并进，有很多的人物。这种结构小说的方式，其实更适合写长篇。因此，在中短篇小说之外，我也期待看到陈崇正在长篇小说领域的更多尝试。

孙频（作家）：

我觉得崇正的小说是辨识度非常高的那种小说。第一是叙事方式，第二是散发出来的那种内在特质。因为小说写到现在的话，像托尔斯泰和巴尔扎克的那种写法，不是过时，而是不符合这个时代发展了。有时候我也在思考，时代确实要求一些新的写法，一些不断变化着的写法。比如说现在有很多作家的风格变得越来越轻质化，轻质化也有很多方式，我觉得像崇正这种方式是一种摒弃传统的沉重，和传统的写实与沉重稍微有一点点脱离，走向了一种更现代主义的写法。

我读他的小说，脑子里下意识地跳出来一篇小说和一部电影，小说是麦克尤恩的《立体几何》，电影是诺兰的《盗梦空间》。我觉得它们三者之间可能有一些内在的相通之处，像《立体几何》那个短篇小说最后通过折叠让一个人消失，一种奇特的写法，就是写如何让一个人消失。而《盗梦空间》是要在现实中创造出梦、梦境之中的梦境，一层梦境、再下一层梦境，就是一种虚实之间的层层叠叠。这就像是我们周围的镜子，我们从不同的侧面可以看到不同的自己。我觉得崇正的小说就给予我这种感觉，他把现实、梦境、游戏、武侠，还有人的理想主义，包括人的一些深层次的忧思全部融合在了一起。所以他的小说看起来就像一个多面镜，是在密室里摆满了镜子这样一种感觉，我们从不同镜子里可以看到我们不同的面。但是我觉得他这种写法并不是一种完全脱离了严肃的通俗写法，因为在字里行间我时不时可以看到他的反思和忧伤，我认为他的小说在气质上仍然是一种严肃写作，因为他仍然是在反思现实。他会在游戏的外壳里放入这种严肃的内在气质，把梦境与城堡打通，很有魔术的特征，这种写法我觉得在现在的中国文学圈里很少见，非常卓尔不群。

林培源（青年作家、清华大学文学博士）：

我今天是第一次拿到这部书的纸质版，我之前看的是电子版，但是篇目的排列跟纸质版是一样的。我觉得要谈崇正的《折叠术》，肯定离不开他之前其他的小说集，包括《半步村叙事》《黑镜分身术》，还有他还没出版的长篇小说《美人城》。我觉得《折叠术》处在崇正小说写作的一个中间状态。我们会发现陈崇正的写作有一个从乡土世界，或者说从乡土小说，往我们今天的科技现实主义过渡的一个脉络。如果说他以前的乡土小说是面对过去的一个世界，一个破败的、乡村秩序凋零的世界的话，那么他朝向科技的写作，是朝向未来的一个写作。我们就可以发现《折叠术》可能处在一个过渡的状态之中。我是把它放在一个“现在的我”这里理解的，“现在”是对社会现实的一个隐喻，我们可以看到在这个小说集里面植入的社会现实，比如说传销、人对游戏的沉迷、代孕，还有虐猫等事件，陈崇正会把他的小说跟现实的关系，通过细节或者事件进行一个嫁接。所以我说《折叠术》有体现当下的现实主义的一种意味，这是我认为的《折叠术》在他的整个小说谱系里面的一个定位。

从文学地理学的角度，我觉得他的小说一贯给我们提供一种特色，但是这样的一种写作是有普世性的，因为不管是东方的、中国的作家，或者是西方的作家，我们能看到很多作家都会找到自己一个写作的根据地。在中国作家里面，像鲁迅的鲁镇、莫言的高密东北乡、苏童的枫杨树故乡等。在西方的作家里面，我们可以看到奈保尔的《米格尔街》，安德森的《小镇畸人》，他们把人物放在一个世界文学地里面去，把它作为一个舞台，让人物在这个舞台里面去穿梭、去活动。我觉得放在这样一个东西方的谱系里看，陈崇正的写作是一直在经营、建构自己的一个文学地理学，在《黑镜分身术》《半步村叙事》，包括《折叠术》，都可以看到一脉相承的建构策略。我们可以看到在他的写作里面，文学的边界或者文学地理学的边界在一步步地拓展，而且彼此之间是相互渗透的，所以他的作品建构出来的文学世界会不断扩大，我相信随着他的写作的持续，这个文学地理会更加丰富。我觉得这是他的写作的一个标识性的东西。

另外一点，从我们所谓的科技或者科幻、技术伦理这一块来讲的话，对比《黑镜分身术》，我认为《折叠术》对于科学技术反思的力度，或者说科技在小说中的嫁接力度是不够的。在《黑镜分身术》当中，《离魂术》也好，《葵花分身术》也罢，涉及很多权力的运作，涉及人如何利用这种技术去对乡村的秩序和权利进行重整。而且在这个过程中，我们可以看到个人欲望的投射，还有这些边缘人物如何被这样一种权利，或者说这样一种技术剥夺掉存在的尊严。我们会发现，在《黑镜分身术》中他的这种书写是相对深刻的，但是《折叠术》中，科技好像更多地只是作为叙事的一个元素，我发现陈崇正的写作有求新求变的一个过程。比如在《虚度》里面提到的耳朵手机，或者在《寻欢》里面，一个失败者怎么把他的欲望、另一种可能的想象投射在游戏里面，但这样的一种欲望生产，我觉得并不构成他整部小说集最大的叙事特征，整体的《折叠术》还是现实主义的，我是这样看待的。

第三点我要谈的是关于叙事者的立场。我们可以看到陈崇正的作品一贯都会关注边缘小人物，或者说弱势群体，或者说生活当中的失败者。他通过小说打开一个可能的通道，这个人物就沿着这个通道去获取无法在现实生活当中获取的欲望，欲望生产会变成他小说蓄势的一个推动力，我觉得这也是他的作品吸引我们读下去及我们会在他的人物中找到的一个共情、一种共鸣，你会把你在生活中的这种失败感，或者说对于另外一种欲望的无法达成，在虚构的形式里面找到一个完结，找到一种达成的可能性。

二、快速变化时代的混沌状态与折叠书写

陈润庭（青年作家、暨南大学文学院硕士）：

这是我第一次比较集中地阅读陈崇正的作品。他是很会讲

故事的小说家。一方面，叙事节奏非常快，小说人物都处在一个不断变化的过程之中；另一方面，小说心理描写非常非常少。这是他给我的第一印象。陈崇正小说吸引我的点在于，他很擅长挖掘故事所蕴含的可能性。从这个可能性出发，营造下一个节点的转折。读者猜不出他笔下人物下一步的命运和遭遇，甚至我觉得他笔下的人物对自己的命运也毫无把握。他们不知道自己是即将中彩票，出车祸，还是被一笔写死。

陈崇正的小说从形式到内容都极力描绘当下这个疯狂变化的时代。人物由生到死，整个命途都处于混沌而无常的状态。陈崇正笔下的世界是一个缺乏秩序的世界。我发现在《折叠术》中，陈崇正很喜欢写偷。不仅仅是人物惯于盗窃，喜欢偷，偷盗的物品也无所不包，比如说单车、手机、女人，最后甚至包括耳朵。偷的种类也是非常繁多。我在想他为什么要写偷。首先，小偷几乎都处于社会底层，他们看这个社会的眼光是向上的，也是隐蔽的。其次由于谋生的需要与职业习惯，他们又是非常积极的观察者，而且还带有局外人的身份。我认为，崇正从小偷的眼光和踪迹展开的叙事，意图在于刺破很多华丽的叙述，暴露社会内在的真实。

我比较喜欢《尘埃法则》。这篇小说里面每个人都不是什么好人。他们是混沌的坏人。每个人都在给对方使绊子，也在被对方绊死。但是动机不清楚。人性善恶在这样一个混沌的世界无序地运行着。如果有什么建议的话，我希望陈崇正以后的小说可以在叙事限制上给自己再制造一点难度。目前小说故事的可能性似乎太多了。人物没有被叙述所限制，叙事似乎也可以无休无止地进行下去。没有限制的写作在造成文本过于模糊、指向性过于丰富的同时，也将危及叙事本身的合法性。

郑焕钊（批评家、暨南大学中文系副教授）：

润庭提到了一个非常有趣的问题，就是小偷在整个小说当中的体现。经他这么一提，确实小偷是崇正小说中一个非常鲜明的存在。小偷作为一种人物类型，在崇正的小说中不仅充当一个行动者，同时也是一种特殊的视角和眼睛，由此产生颇具差异效果的叙事视点。润庭提到的另一个问题是，崇正的小说包含的可能性太多，叙事缺乏限制，所以可能会导致无限制的写作。这一点之前在讨论《黑镜分身术》的时候，我就曾指出，半步村那里面很多东西处于半城半乡的状态，崇正想要在这半城半乡中试图去捕捉现实，但小说里面的人物太杂、线索太多，尤其是过多隐喻符号，导致整个叙事陷入破碎。

冯娜（诗人）：

之前我给崇正的《黑镜分身术》写过一个小评论，后来我在读《折叠术》的过程中，好像有一种错乱感——我也读过他即将出版的《美人城》，我就在这三部小说当中不断地以各种方式进入那些人物。事实上这三部小说是不同的，但还是会有《黑镜分身术》的感觉。在我看来这个“术”可能更多地引申为一种技术或者方式。我个人读崇正的小说有三个方式方面的理解。

第一个是他凝望时代的方式，他的这三部小说集都处在一个非常变动和动荡的时代当中，这使他观察这些时代的方式呈现出一种碎片化的形态。在他的写作过程中，我们也能够看到，他的故事也好，人物也好，都处在一种（就是刚才润庭讲到的）流动的或者是变动的、碎片式的状态，但是他试图把这些碎片集合在一起，然后就呈现出了这种镜像式的结构，就是好像我们看到一个或几个重复的镜子，既像宋代的重屏会棋图，又像屏幕当中又出现一个屏幕，是一种重叠的结构。在凝望时代的方式当中，我觉得他体会更多的是人内心的恐惧，就是之前他讲到的，他想到的是欲望，就是人对实现欲望或没有满足欲望之后的种种，他对时代抱有一种变动中的恐惧，所以我在他笔下的人物身上，特别是在《黑镜分身术》的人物身上，更多地体会到了这种人物内心的恐惧。

第二个我想讲一下崇正讲故事的方式，我觉得他是一个很会讲故事的作家。他在这些小说故事里面运用的手法非常多，即他的“术”非常的多，他混杂了武侠、科幻、寓言，还以这种虚实交互等来构建他的世界，很多时候他是运用想象力来完成这些术的。在他的小说中，我觉得结构和叙事非常诗歌化。崇正的故事，呈现出了一种非常丰富和复杂的面貌，这是一个小说家非常好的一面，当然也是值得注意的一面，因为这种纷繁和复杂，可能会令人有点拎不清头绪，就像《美人城》里的香蕉林一样，可能走着走着自己都忘了，底下还有一个地下室要去处理。

第三个讲一下陈崇正的再创造——他创造世界的方式。他会处理很多空间与时间的关系。在这个空间里面，我觉得陈崇正的想法是非常清晰的，他呈现的三个世界——一个是半步村，一个是碧河镇，还有一个是美人城，这里面有混杂了城乡接合部的未来世界，有乡村风俗，也有城市面貌。这些东西是交互出现的，不是单纯递进式的时间结构，那就出现了一个问题，就是他在叙述这些清晰的空间面貌时，出现了一个混沌的时间关系。我觉得这不是说他没有做好，而是我们面对这个世界的时候是以我们的生存经验出发，就是在现在生存的时代的时间线里，我们会看到很多融合在一起的东西，比如说有些人的思维、思想可能还停留在上个世纪，有些人的思想可能就很先锋，这样一来这种时间就会显得很错乱。在陈崇正的小说里，我也感觉到时间线上会有一点混沌感。我曾经看过一个评论家写的甫跃辉，我记得里面一句话是说，对这些年轻的小说家而言，怎样去除内心的鬼气。“鬼气”，是一个值得关注的问题，我觉得陈崇正可能要更多地来关注这个问题，我觉得需要非常好的凝视，也需要非常多的心思。可以再谈远一点，因为我看到了他后面所做的努力——《美人城》那部长篇小说里面，结构和线性的叙事已经干净多了，就是这种感觉。我们同龄的写作者，相互伴随着彼此的成长，所以能够看到这样的一种努力，我觉得是非常欣慰的事情，当然我也期待陈崇正的小说能够越写越好，就说这些。

郑焕钊（批评家、暨南大学中文系副教授）：

冯娜刚才主要从她穿梭在三个不同的文本中所产生的时代空间的混沌感，提到了三种理解这部小说集的方式：一个叫凝望时代的方式，认为这个时代就是一个错乱的或者说变动、动荡的时代，而在这个时代中的人的内心是恐惧的；第二个是讲故事的方式，这是一种带有错乱的方式，提到的手法多，有科幻、武侠、言情等，提到了想象力移到小说叙事结构所带来的诗歌化和跳跃性的问题，以及这种比较复杂化的叙事所呈现出来的丰富和复杂的面貌，也提醒崇正可能要注意在叙事中是不是线头太多，写着写着就忘了其中的某些线头；第三个就是创造世界的方式，谈到了他小说中存在的半步村、碧河镇、美人城三个清晰的世界，但由于三个世界是交互出现的状态，它产生的问题可能又是在一种比较混沌的时间观当中，这种混沌可能是一种现代生存者的错乱性表达。

实际上，我对这种混沌感也有非常深刻的理解。《折叠术》当中有一句话："我们总得和凶手生活在同一个世界。"从我个人的角度而言，我觉得这是理解崇正这部小说集的一个非常关键的依据。透过《寻欢》《念彼观音力》《折叠术》等小说，从总体上来说，崇正对这个世界的某种混乱性的思考，恰恰产生于他对于现实的某种理解：秩序没有被建立起来的状态。这也就是刚才润庭提到的小说中有那么多偷窃故事，那么多人内心欲望迷离的状态、故事的扑朔迷离等等，可能都跟对现代的这种混沌性的现实感的理解有关。现在的小说家处理我们中国今天所面临的现实是非常困难的，可能很大程度上在于，我们今天的现实在媒介、消费、资本以及权力等多重复杂关系下，所表征的分裂和破碎。就像《北京折叠》所寓言的那种分层的世界一样，不同层级的人彼此间可能没有任何交集，这可能是这部小说集当中"折叠术"这个词很重要的一层含义。我记得小说里面提到，一张纸互相折叠之后，角和角之间就再也没有交集。小说集的第一篇《寻欢》里面的虚拟世界和现实世界，同时代表了人的另外两种生存状态。我觉得恰恰是人内心欲望的一个层面。我觉得这三重世界可能恰恰就是我们这个现实世界当中不同空间的混沌感的一种，它们之间可能又是没有焦点的，但人恰恰就生活在这么一种没有交接的却相互切割的世界中。实际上其他的几篇小说都涉及这一点，比如《凤凰铁锁咒》，我觉得非常有意思的就是也写到了这样一种状态，因为他自己去偷，实际上里面每一个人物之间也是处于这样一种状态。还有《心灵手术刀》，也跟这样一种状态有一些关系，就是不同人出现在不同的世界里，然后不同的世界里有不同的焦点和视点，而“我们总得和凶手生活在同一个世界”这一句话可能也是表露出在这样一个混沌世界当中的个体，应该怎么去处理同这个世界的关系。从这个角度来说，我觉得这部小说集的混沌叙事形式本身更为有效地传递出了我们当下的现实感受。

三、小说人物

林培源（青年作家、清华大学文学博士）：

在陈崇正的作品里面，我看不到一个统一的叙事者形象。这里说的统一的叙事者的形象，并不是说作者有意去构建的，而是说我从十几年前一直到现在，在阅读他的作品时，一方面感觉到文学形象非常多样丰富，但另一方面却没办法形成一个完整的、总体性的判断。一个小说家的小说观，或者说带给我的小说观，更多的是破碎的、零散的，或者说像刚刚润庭说的作品里面线头特别多，作品有无限发散的可能，而且前面几个篇目给我一种感觉，可能崇正并不是连续高强度的写作，而是今天写几千字，明天写几百字。这种写作的策略可能跟崇正本身的写作状态、日常生活状态有关，这无可厚非，但是我觉得作为一个短篇小说集的话，它需要有一定的完整度、统一性，可在读完这么多作品之后，留给我印象的人物更多是一种漫画式的，然后人物的心理经常是点到为止，我觉得这个可能跟李德南兄讲的融合了通俗跟严肃文学的元素有关，或者说在《黑镜分身术》当中，我看到更多传统的说故事，或者评书，或者武侠小说这种元素的运用，它会极大地推动叙事节奏往前走，然后让读者参与到故事当中，但同时它又牺牲了作者对一个人物个性或者心理状态、精神状态的建构。我在崇正的作品当中可能更多感受到人物的行动对话，但是他精神方面的，比如说精神的危机，或者说他对这个世界的无奈跟失败感，作为一个读者，我无法感同身受。小说的诞生，会跟所谓内面的人或者内在的人相关，当然这只代表现代小说的一个方向，并不是说所有的小说都要去写人的心理状态，但是我的一点期待就是崇正的作品可以往更深的方向去挖人物的心理精神状态。如果将自己对世界的理解、对科技的感知，以一种更集中化的、更有力度的方式书写出来，我相信崇正的作品会有一个质的飞跃。

▍李石（暨南大学文学院博士生）：

这本书我拿得最晚，只看了《寻欢》。我看《寻欢》这个短篇有一个感觉，元素很杂，有武侠、科幻，跟看卡夫卡《城堡》时候的感觉有点相似。我记得有一段，人物在游戏里面被鳄鱼咬住，然后他拼命地争夺，他带着这样的恐惧回到现实世界，然后问自己，为什么虚拟世界里面的这些疼痛能带到现实？所以我觉得他虽然写虚幻与现实之间的不一样，但是又试图打破虚拟与现实之间的交界。我感觉这篇小说像一部电影，看了这篇小说，有看了一部电影的感觉。但是这部小说它本质是先锋的。我想到余华说过的一句话，他说先锋小说像音乐一样，音乐一定会有伴奏，还有人的歌唱，但是我觉得歌唱是第一位的，伴奏只是配合歌唱。传统的小说，是为了塑造人物，人物放在第一位，但是先锋小说反叛人，它把人物的重要性降低了。这也是我在阅读陈老师小说时的一种感觉，他的人物是根据他叙述节奏去处理的。但可能会出现一个问题，就是人物本身内在的行动逻辑比较缺失。我觉得这恰恰形成它自身的一个特点。最后，我觉得《寻欢》刻画的小人物，边缘群体的叙述构成了《寻欢》这个主题，就是“我”要去寻找欢乐，无论“我”的地位怎么样，尽管“我”在底层，“我”依然有最本能的内心的欲望。我觉得《寻欢》，并不是表面说寻找欢乐，它更是痛苦。

范俊呈（青年诗人）：

我觉得对于一个学习写小说的人来说，这本《折叠术》还是很值得看的。很多青年作家的作品，单独来看每一篇都很好，但是如果整体来看的话，可能就在形式或者写法上，有些雷同的、模式化或者套路化的地方。这本《折叠术》每一篇都是不一样的，我们可以看到丰富多样的小说技法，里面有很深入的文本探索。

比如第一篇《寻欢》，“寻欢”其实就是这篇小说里一个人的名字，作为一个名字来阐述小说主题的时候，我们会发现小说中所有人物的行为都可以用“寻欢”来解释，包括了人在现实世界中的“寻欢”，还有在虚拟的网络游戏中的“寻欢”。《念彼观音力》这篇小说也非常有意思，我觉得里面对话的处理技法十分高超，两个完全不同的人物在一个狭小的空间里相遇，能够摩擦出的可交谈的话题是非常少的。但我们看到，当这两个完全不同的人物相遇在这篇小说中时，发生了反应，两个完全不同的人物的能量级是相同的，所以对话能够一直维持下去，对话不是此消彼长的，而是基本平等的，是守恒的。假如对话在某一方发生了倾斜，这个对话是难以持续下去的，但我们可以看到对话一直在进行，透过对话的表层，可以窥探到人物的内心活动，他们的内心又是完全不一样的，带着各自的心思。崔浩是一个丢了工作离了婚的大学教师，而曲曼是一个农村妇女，他们在车里发生的对话非常具有戏剧性，甚至后来崔浩都对曲曼的命运产生了共鸣，虽然两个人都是生活中的失意者，但悲喜是不相同的，作家如何设置使他们产生共鸣，我觉得是有写作的难度的。这使我想起村上春树的《刺杀骑士团长》。一个失意的画家，和妻子离了婚，独自一人开着车出游，村上在里面有很多倒叙、插叙，很能拉伸篇幅，但那可能是长篇小说的写法。《念彼观音力》这篇小说也可以加入倒叙、插叙，甚至写一些出游过程中的所见所闻，也是一篇长篇小说的体量了，但通过两个人相遇的对话，勾连出人物的命运，我觉得这篇小说更有意思，使用的技法是很高超的。《尘埃法则》是一篇双线叙事的小说，两条线写的都是日常生活，通过一只猫，产生了交点，以猫作为隐喻，我觉得是合理的。贾樟柯的电影《三峡好人》也是双线叙事，故事最后两个人仰望天空，刚好就出现一个飞碟，飞碟降落之处，就把镜头牵引到另一条人物线上，这样的概率可能是非常小的，有刻意的地方，但《尘埃法则》的处理，我觉得是合情合理的。另一篇《心灵手术刀》，也是双线叙事，但视角发生了转变，奇数线是第一人称视角，偶数线是第二人称视角，视角的交叉使用，回到主题“心灵手术刀”我觉得是直击心灵的，比用第三人称叙事效果要好。这样的散点式人物叙述视角在《美人城》里得到了更为充分的体现，可能我们已经在帕慕克的《我的名字叫红》，或者福克纳的《我弥留之际》见过这种叙述方式，但也可以看出作者的叙事野心，有向大师挑战的勇气，叙事的语言、人物腔调有着独有的特色。弱点可能在于小说人物的混沌感，像徐灿、崔浩、曲曼、破爷等这些人物，上一篇小说可能看到这个人物在这里出现，是一个立体的形象，但同一个名字塑造的人物形象在下一篇小说中被打破了，立体感消失了。但对于读者来说，这也有一个好处，我们的人生只有一次，可能是失败的、不如意的，但在陈崇正的叙事中，一个人在这篇小说里可能活得很失败，在下一篇小说里还可以重新再活一次。

黄金（青年诗人）：

我觉得任何东西都是一体两面的，可能这篇小说的这个方面偏弱了，反而凸显了别的强的方面。就拿人物来说，刚刚前辈们都谈到，人物特点可能不够，或者是人物个性不够，但是我觉得反而突出了先锋性，不像传统小说塑造一个鲜明的人物形象。我感觉整本小说的人物就是虚幻的，不是人物掌控命运，而是命运掌控人物。小说有更多的可能性，不是人物在做事，而是牵引的人物在做，这是一方面。所以说人物个性可能是偏弱了，但是另一方面就偏强了，这是我的一个感触。另外一个就是刚刚俊呈提到一个多点交叉，就是有点类似小说人物反复出现，用平行时空来讲也好，复调小说来讲也好，它展现的是一个人物的不同侧面，可能是人物在不同人生阶段的不同经历，或者人物在不同人物的眼里是什么样的，然后这个人物反过来看他又是怎么样的。回到人物的落点，有一个问题就是没有给读者一个整体清晰性，比如说整个的文学地理变迁，从半步村到碧河镇，再到美人城的虚幻世界中，其实人物也是要有变化的，他的那个心路历程是有变化的，但这在小说中感受不到。吸引我们读小说的是故事性，而不是一个人物给我们留下了深刻的印象，这是我的一个整体的把握。

孙频（青年作家）：

我和他们的意见比较一致，我觉得应该把人物简单地刻画，往深里再走一走，精神世界可以稍微深一点。

四、“折叠”与“术”

王威廉（青年作家）：

崇正的写作让我感受最深的就是他作为一个青年作家的成长，他实际上一直在努力建构自己富有个性的艺术世界。我觉得通过他近期的这几本书可以看得愈加清楚。我愿意从这个哲学书名上去谈论一二，觉得折叠这个意象蛮好的，它可以分为两个层面。一个层面自然是文本的层面，很显然他的写作从技艺上继承了狠毒账号文学的痕迹，他对自己怎么写是有要求的，我们可以看到他的文本上各种各样的探索，那么我觉得在文本上的探索，不妨视为一种折叠。那么第二个意义上的折叠，就是一种想象力的体现。崇正是一个特别有想象力的作家，你会发现他的书写无论涉及什么题材，都呈现出了自己独特的个人话语，他个人的这种独特话语进展之后，变成了他的标签，变成了崇正式的小说世界。

现在的乡村题材，其实青年作家写的很少了，要么就写不好，写得太模式化。但是崇正根据自己的个人经验，在乡村经验这块上从来不避讳，他写得特别自然，就是我们看的时候，你都没有意识到，他是在进行一个乡村经验的书写，我们可以特别自然地来到他的这生命体验当中，他的乡村经验的书写也特别自然地来到读者的体验当中。我觉得技巧高超，这是从文本层面的两个理解，一个是语言的折叠，二是想象力的折叠，归根结底我倒是觉得他会落实到他的第三个“折叠术”上。

第三个“折叠术”就是他作为一个青年作家，对于当下这么一个复杂时代的回应。我们知道严肃文学的写作，实际上是带着问题的，不是说要带着社会学意义上的问题，它带有人跟世界之间最本质、最基本的存在关系。崇正其实是有这样的一种写作的原点，由此来看的话，小说里面涉及这些人物、这些事件，实际上我们读的过程中，能感受到这些小人物在命运中的挣扎，这些人大多数其实也都是青年人，带有崇正鲜明的个人生命经验。作为同龄人，我们也心有戚戚，他写出了命运中的痛苦，他的“折叠术”的这个“术”，我觉得不妨视为他的一种希望之所在。我们可以说这种希望有逃避的一面，比方说法术，法术是凌驾于科技的另外一种力量，但是我们作为一个传统的写作者，类似于手工艺人，我们的写作又何尝不是离科技遥远，离巫术更近。所以从这个角度上去理解他的术，对于我们当下整个的人文环境来说，都带有一种更加深刻的反思。我希望崇正沿着“折叠术”意象这条路继续走下去，然后把他的文学世界建得更加宽阔。

陈崇正（青年作家）：

我在鲁院学习的时候跟朱山坡交流比较多，我们讨论说好的小说应该尽量去放大。就是说我们向我们那个屏幕投上去，他说如果有条件在家里搞一个投影，写完以后再在上面看，你会反复思考到底好不好，到底行不行，到底能不能达成内心的想法。其实这部我花了很多时间再修改，包括好多年以前的小说，改的过程也想放弃，但我觉得有一些可取之处。这是一层修改，就认为它跟我的这个想法可能有一些融合的地方。你们可能会觉得这些小说人物的时间线有点错乱，但其实篇目之间有一个流动的时间，比如说第一篇的曲曼，跟第二篇的曲曼年龄是不一样的。有个时间在流动，其实就是不同的，不同的时间，出现曲曼这样一个人。倒推一个过程，它其实还是有一些内在的呼应，这种呼应不一定严谨，也不一定有效，但是我相信如果愿意用心去拼的话，还是有一个版图在里面的。感谢大家！

“在别处”的都市爱情

——文珍《柒》讨论

一、道德的还是不道德的？

▌管季（中山大学中文系博士生，本期主持）：

感谢大家来到这里讨论文珍的作品。首先说说我自己作为一个普通读者而不是专业评论者的感受吧。阅读这部《柒》会给我带来轻微的伦理上的冒犯感，因为她笔下多是一些“三观不正”的人，这种独特的女性意识是我们理解她作品很好的一个切入点。与大多数同龄的女作家相比较而言，文珍笔下的女性并不会视爱情为生命，她们可能是清高的、傲慢的、独立的，并且有自己的一套道德标准。

在这几个故事中，我们可以看到出轨的女性、师生恋的女性、主动离婚的女性、拒绝生育的女性。这让我想到《包法利夫人》——文珍说她最喜欢的一部作品。包法利夫人爱玛也经历过某种思想的转变，从前期向往爱情的单纯女孩，变成了后期虚荣甚至有点浪荡的女性。我觉得是不是有一种可能，文珍笔下的女性就是后期的爱玛？所有人都很清楚自己需要什么，她们的情欲世界已被高度开发，包括她们对于事业的野心也是高度膨胀的。这让她的作品在描绘女性心理方面显得特别真实，也可以给我们提供讨论的空间。

卢顽梅（中山大学中文系博士生）：

我倒没觉得她的作品“三观不正”，因为现在的人普遍都这样，她写得太真实了。这也是我对她小说最大的印象。首先，小说非常贴近现实，描写现代人的生活、情感和心理困惑；其次，小说细节描写非常到位，正是对生活细节的准确描述和把握增强了小说的真实感；再次，小说对人物心理的描写功力深厚。

唐诗人（批评家、暨南大学博士后）：

管季和顽梅说的“三观不正”或者太真实而无所谓三观不正，这种感受上的差异，我觉得正是文珍《柒》最美妙最具艺术感的所在。管季讲到《包法利夫人》，其实还有很多类似的小说，比如《洛丽塔》，还有不久才翻译过来的《如此苍白的心》，它们都有一种不道德感，起码是非道德的，就是很难判断它们是道德的还是不道德的，这是现代小说叙事伦理的一种特别明显的表现。

小说道德上的模糊性很值得分析，文珍《柒》可以展开这方面的专门分析。简单而言，这种叙述至少有三个方面的效果：第一，这些人物都走在道德的临界点上，他们会往哪里走，这很吸引人，读起来特别刺激；第二，这些小说都注重内心叙述，我们能够看到这些走在道德边缘上的人物的内心纠结，所以我们不会简单地说这些人不道德，能够体认到这些人物的内心疼痛，这是文学最重要的伦理意义；第三，因为不能简单判断道德还是不道德，所以我们会对道德本身做深入的思考，比如阅读完文珍的这些小说，你肯定不会再轻易地去评判他人的出轨或离婚，这就是文明的进步。这些年出轨、离婚现象特别多，2017 年上半年民政部统计的离婚数据里，离婚率比 2016 年上半年上升了 10.3%，而出轨是离婚的首要原因，对于这种社会现象，文学能够做些什么？文珍这些年对爱情、婚姻的书写，可以给我们很多启发。

▍张巧（广东外语外贸大学博士后）：

这种伦理特征可以结合小说结构来理解。具体可看《夜车》，它属于情境式小说，它的主旨自然是爱，说得更狭隘一点，也可以说是爱情。只是这份爱情不是提纯的、抒情的，而是陷于情境之中的。这最初的爱情，变成最后坐夜车远行的仪式，多少有点强迫地追求过往，多少有点浪漫的一地鸡毛，但尽管如此，爱仍在这些尴尬、琐碎、难堪的情境中凸显出来。文珍的可贵之处就在于，无论出轨的概念多像洪水猛兽，但是出轨者也许并不面目可憎。在此，出轨者并不是男权化的精英，出轨在这里跳出了一般设计的道德谴责体系，它变成检验爱情的一个小道具。实际上，正是由于出轨的杂质，让作者呈现的爱的主题更为丰厚了。

二、女性意识与生育焦虑

▍洪艳（中山大学中文系访问学者）：

从创作视角看来，她的女性特质是极为明显的。我钦佩于她能娴熟地在性别间置换视角的书写。无论是《夜车》还是《肺鱼》《你还只是一个年轻人》，她能很自然地介入男女主人公的视角来看清对方的种种。《夜车》的叙述者就是“我”，在“我”和老宋的一路向“加格达奇”行走的众多对话中实现了两种视角的转换。《肺鱼》里的“她”和“他”在晚饭时，谈到的撒哈拉沙漠的那条名为拉兹的肺鱼的存活时间是一年还是四年，“他”表达的欲望冷遇了“她”等同于沉默的回答，以及之后“他”和“她”陷入的种种猜测、回忆与追思。《你还只是一个年轻人》里作为心理医生的李彤和“我”的好友兼病人卷云。文珍均能自由而自然地洞察对话中每一个主体的心理，像全知全能的叙述者，又别于书场说书人的故弄玄虚。只是每每阅读到她关于两性关系归于冷漠时的种种，会不自觉地想起《秃头歌女》里史密斯先生和史密斯太太，这出反戏剧的剧本正是现代生活的寓言啊，仿佛《柒》成了它很好的注脚。

▍巫宏振（青年作家）：

对于女性意识，从这本书里，我看到的是“女性困境”问题，比较明显的是生育焦虑。从《你还只是一个年轻人》这篇来说，苏卷云结婚后面临的最大困境不是房与车，而是生小孩，在丈夫看来，女人不生小孩，不繁衍后代是不道德的。女人不想生育，在小说里有，在现实中有，而且在现实中愈加普遍存在。女性从过去像“生育机器”一样繁衍，哪怕计划生育抓得再紧再严也要生小孩，到今天全面放开二胎女人倒是不想生小孩了，生育不再是女人的一种天命，而成了女人的一种自由选择。女人有这种困境，是个别案例，还是普遍现象？我想后者居多。这些困境是社会的压力、经济的压力造成的，还是人物自己选择的后果？我想前者居多。

唐明映（青年诗人、暨南大学文学院硕士）：

这篇小说的主题是切中时代要害的，新时代女性生育问题恐怕并非简单的生存压力问题和职业女性的难以抉择。文珍没有符号化地去探讨它，而置于表面平静，实际暗潮汹涌的生活里来探讨。这是很难得的。卷云的抑郁症只是问题的表皮，内核在于抑郁症这个在中国都市里越来越多发的秘密之病是什么带来的。

文珍的探讨并不虚乏，她指出了童年创伤对人伤害的永久性，也指出生育问题背后是社会道德、家庭伦理、竞争教育、婚姻双方的利益争夺杂糅下无出路的生活。卷云将希望寄托于心理咨询，卷云的丈夫张为咒骂心理咨询对日常生活秩序的拆解，而作为心理医生的李彤对咨询的敷衍最值得玩味。文珍巧妙地将社会问题置于心理咨询的现场，并在最终揭示心理医生李彤的同性恋身份，指出其自我的无所皈依，从而解构了救赎的可能性。就这一层面来说，文珍留出的探讨空间是很大的。

▌卢顽梅（中山大学中文系博士生）：

对，她把心理医生都解构了，我感觉作品中的病人比心理医生还理性，最后心理医生成了病人。

▌管季（中山大学中文系博士生）：

在生育这一点上，大概生过孩子的女性最具发言权。我在生孩子之后的这几年里，几乎每天都在重复小说中的想法：孩子会不会有什么毛病？他的未来会不会幸福？我没有能力保护他，为什么要生下他？所以当我看到那段心理描写，我觉得太真实了。就像你们说的，这个社会的生育焦虑其实主要还是因为女性承担了太多的压力。她们对于自己，对于未来，对于这个世界已经丧失信心了，这是一个社会问题，也是一个信仰问题。

三、文艺范与现代性危机

▌管季（中山大学中文系博士生）：

还可以从现代性视角展开理解。文珍小说是渗透了某种现代性的危机意识的。从一个很明显的方面可以看出来，就是她作品中对于物质的描写。她早期的作品写到很多文化符号和商品品牌，有些让我们完全“不明觉厉”，比如说《穆赫兰道》、“左小祖咒”这些极其小众的文化符号，还包括一些看起来非常文艺的地名，像拉萨、云南、帕米尔高原等等。有篇小说中，连葡萄都有个文艺的名字——玫瑰香。

洪艳（中山大学中文系访问学者）：

是的，她坦诚地将自己的审美趣味于字里行间显露一二，比如将现实中大多数文艺范女青年的生活喜好以一种符号化的文字流送于我们的眼前：用什么香水，读什么书，听什么音乐，爱什么咖啡、吃什么饭食，恋什么包，着什么衣，以及设定某一个“诗与远方”的终点……全然散发着浓浓的青春版文艺范气息。可幸不十分刻意，免去了广告腔的造作与虚情假意，但又似乎在某种程度上迎合了某些文艺范读者的需求。

唐明映（青年诗人、暨南大学文学院硕士）：

我以为文珍不足之处在于有些表达实在过于文艺了。比如文本里的对左小祖咒、陈升、村上春树等人与文本的引用，某种意义上是和小说构建起了互文，但是不是这样容易产生一个问题？引用的小众文本对文本的流畅性造成了一定障碍，小说为自己设置了一个固定的期待读者群，但对于文艺青年、文艺大叔以外的阅读群体，文本敞开的程度是不是足够？我觉得是存疑的。

卢顽梅（中山大学中文系博士生）：

这种刻意的文艺是不是就是刚才说的现代性？是不是指小说中很多地方插入具有现代特征的元素，譬如新近上映的电影、流行的音乐、新出的政策、艺术杂志、画展、香水、APP 等等？

管季（中山大学中文系博士生）：

我理解的现代性，是这些非常平面化的符号代替了深度的精神描绘。她毫无疑问是在寻找那群特定的文艺范读者，但从更深层面来说，当现代人的精神需求必须通过某部电影、某首歌曲，或者一个时代性大事件才能表达，也不能不算是某种悲哀。当我们的世界只剩下物质符号，人的精神屈从于物质欲望的时候，自由是无处施展的。就像她的小说中多次写到房子，两个人私奔到天涯海角，最后还是因为房贷没还完，回家了。这就是一个最深刻的现代性危机：精神屈从于物质，经济基础决定上层建筑。

唐诗人（批评家、暨南大学博士后）：

现代性是一个很大的概念，从物质、经济角度去思考文珍小说的现代性特征自然是可以的，但是我以为管季谈的“危机”其实更值得做现代性分析。当代社会学家里面，有很多人从“危机”或者说“风险”角度理解现代性，从物质精神关系层面去理解可能并不是最深刻的现代性危机，比如最后一篇《开端与终结》，并没有物质上的困难，为什么人心还是会变？这很明显，物质解决不了人心问题。

爱情、婚姻问题上的现代性危机，不是物质与精神的关系，而是人的自我独立性与人同他人之间亲密关系的矛盾性、自反性。个人要独立要个性，同时又渴望有人可以同自己建立起亲密关系。对于建立起来的亲密关系，肯定不可能有绝对的信任，必然存在风险，现代人的爱情、婚姻，已经没有了多少外在的责任，文珍小说里的人物还都没有抚养孩子的家庭责任。传统对爱情、婚姻关系施加的外部要求已经在人心内解体了，靠精神、身体来维持的亲密关系，看似特别纯粹，其实也只是因有吉登斯所言的“好处”而维持着。这“好处”不一定是利益关系，更多的是相互理解、相互抚慰的共同体关系。一旦“好处”不再明显，比如文珍小说中各种的不再沟通、不再相互理解等等，也就意味着风险来临。爱情、婚姻上现代性的危机是一种自反性危机，是个体在没有外在责任基础上将自己托付出去、信任另一个人的过程中的焦虑感和不安全感。说白了，应该就是缺乏安全感，它不是物质问题，是精神纯粹性问题。

四、“生命的逃离”，抑或“生命的回归”？

洪艳（中山大学中文系访问学者）：

思考现代性，还可以从文珍建构的想逃又逃不了的故事结构来理解。文珍为读者展现了一种现代人的焦虑。这种焦虑塑造了各种“困兽”的形象，让读者忍不住产生一一对照自己、反思生活的冲动与忧伤，何止是一声叹息能了。

现代社会所带来的现代病，或者预设的牢笼，让谁都不自觉地成了一头困兽。你、我、他，只是有的人不自知，有的人觉醒了而已。《夜车》与《你还只是一个年轻人》是对应人之“生”“死”而存在的，现世的我们正是在“生”与“死”划定的界限内行走，谁逃得出去？没有谁。然后，我们在《牧者》《肺鱼》《暗红色的云藏在黑暗里》《风后面是风》《开端与终结》里看尽这生死牢笼之内的千百种可能的姿态。《牧者》是甘愿自我囚禁的困兽，《肺鱼》是一对沉沦于冷淡婚姻的夫妻困兽，《暗红色的云藏在黑暗里》是陷于友情的困兽，《风的后面是风》是寻找自我认可的困兽，《开端与终结》是静默旁观的困兽。现代人的“选择困境”也罢，“生存焦虑”也罢，他们或她们都多少映射了我们的影子，孤独、无奈、狂欢、沉寂、怨恨、淡漠……

刘妍（《广州文艺》编辑）：

小说中关于情欲的细节描写，对烘托人物性格和推动情节发展，发挥着不可替代的作用。小说中“欲望”满足与个人社会身份责任的践行之间并没有因果关系，小说也强调无论在怎样的水平上，个人都不期待其行为与社会的关联。《夜车》中男主人公老宋癌症晚期，因对人世美好生活的眷恋和对爱人的愧疚，拖着虚弱的病体，前往冰天雪地条件艰苦的加格达奇，一个跨省跨界的较为尴尬原始的大兴安岭地区，心心念念寻找心灵彼岸的小木屋，未遂，终究拖着病体踏上归程。都市里的饮食男女，总想逃离生活中的纠葛，躲进心目中理想化的城堡，企图蒙混过日子，可惜无处可躲，牢笼处处都是。

巫宏振（青年作家）：

我觉得文珍小说里面关于逃离的意识，在《夜车》中还是比较明显的。“我”跟得了肝癌的老宋来一场最后的旅行，离开北京，坐火车到大兴安岭，找小木屋，然而老宋没能坚持，返回北京，最终去世。作者在《你还只是一个年轻人》里写的是生育的逃离，而在《夜车》里写的是生命的逃离。人在弥留之际，总有种回归自然的意识，想念那些最淳朴最宁静的事物。把生命的最后一段时间活成一场对最初生命的体验，未免不是一种最惬意的逃离。与其说是生命的逃离，不如说是生命的回归。

▌洪艳（中山大学中文系访问学者）：

我比较喜欢《牧者》。文珍设定孙平的身份是一名高校青年教师，舍弃自己的教授转正机会帮助一名有才华、仰慕自己的女生出国。但这份情义里不但包含了正在萌芽的爱情，也包含了一位师者对弟子才华的赏识与无私，还包含了那种看见自己的困兽之境，努力想为另一只如自己的困兽寻找逃离出口的特殊情怀，可以是完全与爱情无关的另一种情愫。而我们，不也常常如此，在认清永远无法全身而退的时候，将美好的愿望寄托给别人，而自己只能始终原地不动，再也不想挣扎了，因为那已无过多意义。

▌刘妍（《广州文艺》编辑）：

我也欣赏《牧者》。《牧者》有种隐忍美。品学兼优的徐冰同学，不自觉地爱慕着孙平老师。一来二去，终于等到了两人独处的机会。徐冰找话题搭讪，孙平悄然出现在她身后，“手抖捏不住手机”，孙平“扶住徐冰的手背”，徐冰“浑身一僵”，孙平“立刻放开”。徐冰顿时心生惋惜，觉得心目中的男神不过如是，反倒是小瞧了他。孙平将升教授的机会让给了竞争对手张老师，条件便是为徐冰争取出国留学的机会。两个聪明人深藏已久的吸引力，终于真相大白。“别招惹我，我们这类人太自私，不配谈爱情。”在理性和道德的控制下，急刹车恰好在临界点。相比轰轰烈烈的爱，这种隐忍、成全对方的大爱，格局和视野更为广阔，更让人揪心，更令人心痛。

五、对现代生活困境的深刻揭示

▌唐明映（青年诗人、暨南大学文学院硕士）：

文珍的深刻之处在于她的探讨并不在于逃离主题本身，而在于她同时也在不断消解着逃离主题。《夜车》里的夜车可以作为福柯所谓的异托邦来讨论，但文珍并非在一般意义上设置了异托邦，甚至火车的叙事只是文本的一部分，夜车驶向加格达奇，事实上是一次不可能的旅行。老宋在临死前和自己深爱的妻子进行一次恋爱时的火车旅行，此时，老宋虽然深爱妻子，却已经中年出轨，两人的婚姻名存实亡。两人试图以最后的旅行逃离现实的惨烈，重温过去的温情，而火车在抵达加格达奇这块飞地之前老宋就已经宣告不治。火车象征着他们曾经有过的爱情，也象征着爱情的分崩离析。逃离的不可能性，是文珍对现代生活困境的深刻揭示。

▌叶由疆（青年诗人）：

哈代的小说中，存在着灵性人物与肉性人物。《柒》在某种程度上也可以这么分，《夜车》与《牧者》属于相对灵性的叙事，《肺鱼》《你还只是一个年轻人》等几篇则是相对肉性的叙事了，气氛情节压抑，人物性格病态。《肺鱼》与《你还只是一个年轻人》中，人物也在积极地寻求出路，但这些出路最后也都走到了尽头，《肺鱼》中的丈夫最后不再被自己的妻子所接受，《你还只是一个年轻人》中，专为人解决心理疾病的医生自己也出现了心理问题。

原本能够互相拯救的人争先恐后地将求生的小船摇翻，几乎呈现了一种集体性的绝望。回头看，《牧者》与《夜车》是否也蕴含着文珍对种种困境的问答？《夜车》里，已经决裂的情侣通过蚕食最初的回忆而得以短暂地绽放与存活；《牧者》里，男主人公通过回避问题，退却一步反而得到了尊严与解救。这是极具可能的，但是这类更加偏向于对作者写作意图的解构却又不宜妄谈了。否则倒像我也变成了文珍，动辄来一句“人世间有些事情往往就是如此”“我想人世漫长不必太慌张。先切完手头辣椒再说，再说”，变成了知音大姐姐，或者老爷爷……

卢硕梅（中山大学中文系博士生）：

《柒》有双重的逃离。一方面，小说中的人物想要逃离他们的生活，《夜车》中的老宋想逃到加格达奇这样一个特殊地带，挖松茸，抓野兔，烧篝火，住小木屋，当野人；《你还只是一位年轻人》中的卷云想逃脱生育的压力；《暗红色的云藏在黑暗里》的薛伟用尽一切手段逃脱自己贫穷不堪的生活。

另一方面，作为读者来说，我非常想逃离这部小说，因为从这部小说中，看不到前景，看不到光明的未来，有的只是人物在现实生活的泥沼中挣扎，逃离也是枉然。借用谢有顺老师的一段评论："看一个作家有没有现代感，一是看他对叙事节奏的控制，另一个就是看他能否找到和现实既贴身又有差异的角度——太像现实了，难免老套；太过夸张，甚至用力过猛，可能又会失去叙事的说服力。"文珍的小说叙事节奏控制很好，但是太像现实了，也就难免俗套了。

六、缜密细致的心理叙述

张巧（广东外语外贸大学博士后）：

谈及节奏感，我想就《夜车》的叙事节奏说几句叙事艺术化问题。我在面对《夜车》这篇短篇小说时，有些特别的感想——我特别强调这个体裁，是因为我期待短篇小说从某种意义上说，不妨是精致的、机巧的、技术化的。因着短篇小说的容量，它难以以思想的含量超越长篇小说，因为它能呈现的时空经验是有限的。所以，如果这是一篇好的短篇小说，它应当有着完整的首尾，并且在相应的地方凸显出它的节奏，就好像一段在有限时间中的歌曲那般。

这篇小说的节奏在哪里？一篇称得上好的小说，当然有节奏，但是这节奏就不那么固定和明显，它有许多处触动你，有时候是某些心理描写，有时候是情境复现，有时候就是遣词造句本身。这些埋伏在小说中的节奏，有时候是有意为之，有时候是无意为之。好的作者是他自己，同时他也应当成为足够多的他人。他一方面自我，一方面自我要作为群体中的一员，足够无我，越是无我，越是客观而无动于衷，作品才能得到更广泛和普遍的呼应。

当我读《夜车》时，我并不知道写它的是谁。出于叙事视角是女性，我当然可以猜想这是女性作家。然而，当我去衡量这篇小说时，我就会忘记它的作者是谁，它跟现实是否发生映射关系，它是否那么真实。比如，它是否映射了我的经验，都不是。让我们暂时忘了其他，只记得小说，记得小说以它的节奏触动我们之处。

我在对《夜车》的第二次阅读中，发现这篇小说无论从内容和写法上并不显得多么前卫和先锋。但是，也正是这种保守让我觉得它难能可贵。我愿意说它是扎实的、朴实的，有种让我十分珍惜的老派。

唐诗人（批评家、暨南大学博士后）：

叙事节奏方面，文珍确实表现得很老到，应该不会有先锋的感觉。我的阅读习惯是，一般都不会一次性读完一本书，而是多本书一起看。但是读《柒》时，我是花了差不多一个白天的时间完整读下来的。读得我很累，简直是精疲力竭。但为什么这么累我还能坚持一次性读完？这就是节奏问题，文珍的叙事节奏不是一般意义上的故事情节进度节奏，她把握的是心理节奏，人物走在我一开始说过的道德临界点上，作者缓缓地叙述出人物的内心感受，特别细致。顽梅也讲到这种细致性、真实感。的确如此，她的叙述近乎行走在我们最深处的心理潜意识上，我们可能没有小说人物那样的经历，却对小说人物的心理感同身受。叙述能真实、细致到这种程度，这是作家特别的才华，很少作者能做到。顽梅说这比较俗套，可能也不是。

管季（中山大学中文系博士生）：

你们谈及叙事节奏的重要性。我最喜欢的小说是《暗红色的云藏在黑暗里》，因为这篇小说把握的心理节奏特别缜密、精细。我记得有个细节，当她拒绝薛伟见导师的请求时，在短短的几秒或者十几秒中，把 QQ 上打好的字删掉了，同时想出了四个拒绝的理由。

叶由疆（青年诗人）：

《柒》里的每一篇小说，节奏感都是不一样的。比如我觉得《夜车》与《牧者》气质上其实特别轻盈。相比于《柒》的后一部分，《夜车》与《牧者》中存在着一种浪漫而纯净的气质，几乎使人想到曾经的韩寒与郭敬明。《夜车》中，男主人公身患绝症，与女主人公外出旅游，向着想象中最美丽的地方前进，精神里生长出一种歇斯底里的放纵，飞蛾扑火似的美。而《牧者》里，老师与学生彼此相恋却又只是蜻蜓点水、擦肩而过，这其中当然有婚姻契约、师生关系以及社会舆论等等的约束，它使人压抑，却最终又因为老师的君子行径而烟消云散，只剩下惋惜、遗憾等情绪。如果整部小说集都是这样的节奏与气氛，无疑将是另一种完全不同的感觉。

管季（中山大学中文系博士生）：

好，时间差不多了，我稍微总结一下。我们这次讨论，就道德感、女性意识、逃离与困境、叙事节奏等方面对文珍《柒》有了比较深入的探讨，给了我很多启发，我相信各位也有所收获。我最后想说几句。其实文珍小说所书写的，都是道德问题。如果按照《包法利夫人》的写法，她小说中的人物也不得不死啊。福楼拜没有办法救爱玛，是因为在那个年代的现实中，爱玛只有死。但是如果爱玛活到今天，她一定不会死，这就是我们当下的时代异于福楼拜时代的东西。我们的社会对女性更宽容了，道德环境更宽容了，女性也更自由了——但为什么，今天的爱玛们反而都不幸福？为什么人们会觉得越来越压抑，觉得不满足，总是幻想生活在别处？这又是一个深刻而沉重的问题。说到底，生活在别处，又永远不可能在别处。

小说家的温暖与慈悲

——郭爽《正午时踏进光焰》讨论

唐诗人（批评家、暨南大学博士后，本期主持）：

今天我们来讨论郭爽最新的小说集《正午时踏进光焰》。

郭爽是我们身边的作家，我一直认为，我们要主动去阅读、评论自己身边的作家的作品，不要盲目地以为“外来和尚才会念经”。自己身边的作家，往往是与我们关系最近、可能有很多共同经验的人物，关注他们就是关注我们自身的文学生活。郭爽是这两三年内才开始真正进入小说创作领域的，之前在报社的时候，她主要写非虚构作品，同时还以主持人的身份做一些事情。今天坐在我们面前的郭爽，感觉已经不是以前的郭爽了，她的小说在文坛引起了很大的关注。我是从去年开始关注她的小说的，包括阅读她获得“电影小说奖”的《拱猪》，还有发在《收获》上的《九重葛》，包括前不久获得《山花》文学新人奖的《鲍时进》，这几篇都给了我很深的印象。我最直观的一个感受是，细节特别密实，抒情性很强。叙述层面的密实内容，这是能看出来的扎实的写作能力，能感受到这个作家是真正在观察这个时代的生活，对他人的生活有着敏锐的感受能力；

抒情性浓烈，是在阅读过程中可以感受的，作家是投注了自己的悲悯之情的，对于她笔下的人生，她默默地关注，有力地书写出来，这其中倾注了她对人世悲伤的无奈的呼救。有这两个特征，她的小说就可以吸引我，也打动了我，所以我读完就想让大伙也来阅读、讨论。

我先说这点，抛砖引玉，请大家畅叙。

苏沙丽（批评家、中山大学中文系副研究员）：

这是我第二次认真地读郭爽的小说，第一次是在暑假，半年后再读又有一些新的感受。但是最直观的、比较一致的感觉是，这是一个出手就很老成的写作者。我们看很多作家，包括现在早已经成名成家的莫言、贾平凹、韩少功、阎连科等等，他们都有一个练习、修改的过程，他们早期的作品是非常稚嫩的，有着明显的模仿痕迹，他们都是越写才越成熟的作家。但是读郭爽的小说，那种模仿、败笔或者不自信的地方是隐藏得很好的，也可以说，我们难以察觉。在暑假与郭爽的对谈中，我也发现，她对很多名家了如指掌、有着自己相对成熟的创作理念，对于故事所能挖掘的解读方向也很清楚，这大概得益于她中文出身的素养，还有多年的媒体工作经验，对于创作与批评的套路是比较熟悉的。这些经历与训练让她能很快地茁壮成长，但我在想，在创作之前她是否有着创作的预想、理念，这些类似执念的东西是否会影响她，牵引她？而不是像一个比较天然的小说家，来自然地呈现故事，在没有写完之前，并不知晓小说能走向哪个方向。比如沈从文在创作之时，我们能感觉到那种天然的东西，对于最终要呈现的人、事并不太清楚，甚至也并不大懂得小说到底是个什么样的东西。其实我在盼着小说家能够成熟写作的时候，也希望能够看到那种素面朝天的景象。

另外，我在郭爽的小说中感受到的一种可贵东西是一个小说家的温暖与慈悲。在新文学史上，有着很强烈的“审父”情结，最明显的是“五四”时期和 20 世纪 80 年代，而郭爽小说里永远都是一种平视的角度，去了解、知晓，去理解、沟通，不是同情，不是哀其不幸，更多的是展现一种生命与生活的存在。我觉得这种态度很重要，也决定着我们能够去发现人生的更多侧面。这其实也是一个写作者的写作伦理。

唐诗人（批评家、暨南大学博士后）：

沙丽师姐讲的这个温暖与慈悲，应该同我提到的抒情性是一个意思。这种温暖，不是作家特意告诉你她有什么态度，而是她讲述出来的这些生活、生命，它们的状态本身，让我们看到了作家慈悲的目光。同时，展现这些生活、生命状态，本身又能产生很丰富的思想面向，可以为我们提供更完整的生活侧面。这种写作伦理，是有作家自己的伦理审视，同时又不是高高在上地批判或同情，而是进入这些生命体最为俗常的日常生活世界，带我们去感知、体认这些平凡人物的爱恨情愁。沙丽师姐还说到一个问题，就是成熟写作与素面朝天的自然、天然的写作的差异问题。这里，我倒是觉得，郭爽在《九重葛》《拱猪》这些小说里那种跟着生活走的自然化思维特别重，以至于这些小说往往有停不下来的感觉，所以基本上都写成了中篇，甚至可以继续写下去，成为长篇。这就类似于贾平凹的一些长篇小说，写日常生活过于细密，以至于如何结尾成了问题。结尾如果是戛然而止，那么它的力量感可能就弱了，如果是有结构感的那种结尾，可能会非常值得分析。很明显的是，郭爽这几个中篇，都有这种未完成的感觉，因为日子还在继续，这些人的生活还要继续，如何继续？这些似乎也很令人期待，比如《拱猪》里面母女俩的生活。当然，这种不是结尾的结尾，或许也有别样的价值，起码留下想象空间，让我们觉得，母女俩可以真正回到自己的生活，开始一种平凡但真实的人生。对于这点，我觉得是开放性的。

高旭（中山大学中文系博士生）：

读这本《正午时踏进光焰》，给我印象最深刻的其实是郭爽在小说中处理了两代人之间的关系，这也是我今天想聊的关键词——“代际”。在《鲍时进》《拱猪》里，作家关注到的是普通人，尤其是我们的父辈那一代人。当下有很多年轻的80后作家写父辈经验，比如张悦然的《茧》，就是讲述父辈的历史。在《茧》里，张悦然想要表达的是这一代人看待历史的态度，以及创伤记忆对这一代人自身的影响。但郭爽的写作不一样的是，她通过对两代人生活的书写，试图要找到的还是关于个人的主体性确认的问题，也就是说，在反思的同时，关注点还是在个人身上，自己如何找到一种身份认同。在这一点上，我是非常认同郭爽的努力的，作为与作者有着相似成长经验的读者，我和我父亲之间的关系是非常疏离的，我常常会思考，我为何会是我这个样子？我从我父亲身上学到了什么？我身上的这些习惯、思维以及看待世界的方式，为何在隐秘之间与父辈有着一种关联？

尤其是我们身处的当下，是一个缺乏整体性的、支离破碎的时代，个人的破碎感十分强烈。在郭爽的写作中，比如《拱猪》里丁小莉和女儿伍珊之间的那种沟通与交流，到最后珊珊忽然有点理解她的母亲了，这其实也是珊珊开始寻找自我的身份认同的过程。珊珊成长中的失败和挫折的经验、参加明星的粉丝应援团、在网络上变换自己的身份，都是一种主体性确认的尝试。当从“伍珊”变成“季末”的时候，这个女孩以为自己可以逃避掉她不想面对的一切，但她在网络上找不到自己的真实存在感，反而最后在现实生活中，在与母亲的和解中，珊珊忽然开始找到了一点认同感。虽然郭爽在小说的结尾没有给出一个解决的方法，但是这一丁点的和解——“猪鼻子”慢慢蜕回少女的脸的过程，也许是作家心中的那点光亮的所在。

另外，在小说中，郭爽采用的表达方式都不是刻意地使用女性视角的，这反而给她的小说带来整体上的一种生猛感觉。在阅读中，我觉得有一些小说比如《九重葛》，给出的线索太多，野心很大，所以阅读中会有一些驳杂的感觉，可能扩充为一部长篇来写会更好——这也许是作为读者的苛求吧。

唐诗人（批评家、暨南大学博士后）：

高旭谈到与代际问题直接相关的身份认同，我们与父辈之间的关系，的确是一个逐渐变得平和的过程，可能每一代都有这样的心理经验吧。像我自己，从小就比较叛逆，小时候存在心理叛逆，长大了自己跑得远远的，有一段时间还经常是吵架式的叛逆。但是，这些年也慢慢觉得，自己好像越来越像他们，包括这种叛逆性格本身，是不是本就源自他们？我们不断反抗的东西，或者正是我们正在成为的。所以我也经常反思，父母的基因，包括他们的性格和提供的家庭环境，在多大程度上塑造了我们？我们所谓的身份认同，到底认同的是什么？这些问题，在郭爽这部小说集中，的确能看到一些。《拱猪》《鲍时进》尤其明显。《拱猪》里，经历挫折、直面了现实的残酷之后的姗姗，回到真实世界，包括母亲丁小莉，也从各种幻想中回到真实生活。这里，真实、真相，似乎就是郭爽要借助来让母女、代际从内心情感层面获得体认和沟通的途径。不管结果如何，我都觉得，这种诉诸情感来完成共同体建构是最文学化的，也可能是最可靠的方式。

李石（暨南大学文学院博士生）：

我昨天开始看郭爽的这部小说集，今天下午看完的，个人最喜欢，或者说最受触动的也是大家讨论较多的《拱猪》这篇作品。事实上，在看这部小说集之前，我就在看金庸的《鹿鼎记》，因为太有意思了，放不下来。所以这两天就是处在这种状态：一边看郭爽的小说，而中午和晚上一个人出去吃饭，就用手机看《鹿鼎记》。这种感觉非常奇妙，因为《鹿鼎记》是通俗小说，是爽文，写小混混、小无赖韦小宝怎么泡妞，怎么不断获得皇帝恩宠，怎么在宫廷里面步步惊心又化险为夷；而回过头来再看郭爽的小说，写底层人物的那种苦难，那种身处油腻肮脏的环境里的绝望，有一种撕裂感。这个表现在语言上，《鹿鼎记》是很流畅的，因为要达到爽的效果，但是郭爽小说的文字不是流畅的，有时候两三个字、三四个字一个句号，那种顿顿的、苦涩的节奏，给我一种阻隔感，郁闷阻滞，但有时候又会来一句很有爆发力的文字让阻隔感获得释放。比如《拱猪》这句："打发疯了，他整个身子把那个小身体压住，像随时要掏鸡巴出来给她一枪。"我觉得这种语言非常猛，讲的是一个底层男人、丈夫的动物性本能的愤怒，但是你同时能感受得到作者的愤怒。当然，所谓的动物性本能，并不是王朔的那种"动物凶猛"，而是生活在底层的人的一种动物般的"温顺的愤怒"。我以前不明白，"鹿鼎记"是什么意思，看了金庸在小说中的解释，"鹿这种野兽，虽是庞然大物，性子却极为和平，只吃青草树叶，从来不伤害别的野兽。凶猛的野兽要伤它吃它，它只有逃跑，倘若逃不了，那只有给人家吃了……因此，古人常常拿鹿来比喻天下。世上百姓都温顺善良，只有给人欺压残害的份儿"。这也是中国历史上"逐鹿中原""鹿死谁手"这样的成语的由来，而"鼎"就是说古人抓到了鹿，就在鼎里煮来吃。所谓待宰的羔羊，这种类似的动物性隐喻在当代文艺的叙事中也是有呈现的，比如说《暴裂无声》一开始那个镜头就是一个肥头大耳的企业家（狼）在吃羊肉，吃得满嘴是油，狼和羊的隐喻在电影里无处不在，作为底层的人就是注定要被猎杀和捕食的羊，他们没有话语权，只是在"无声"中生存和死亡，而"暴裂"则是电影试图呈现出来的底层愤怒，人们看不到不代表他们不存在。而郭爽在《拱猪》中，把人写成猪。"伍珊喜欢猪，虽然臭，虽然什么垃圾都能吃下去，但第一次在农家乐看见猪，她就喜欢上了。猪的一生只有一次任务，就是长肉，越多越好。不像狗还要考虑交配，讨好主人，患得患失。如果可以，伍珊想变成一只猪。"对猪的这种生存状态正是对底层生活状态的一种深刻的揭示。而父母的家暴、打架，在女儿伍珊的眼中，也是两只猪在拱来拱去——“伍珊牙齿都打起战来，看着两个像猪一样拱来拱去的身体，她的脸抽起筋来，挤出一个不能算是笑容的笑”。包括后面伍珊第一次发生性关系时，小说的描写是“班长把脑袋钻进她的毛衣和衬衣里面，开始没声息，后面就跟猪一样呼噜呼噜拱起来”。我出身农村，家里养过猪，小时候我也喂过猪，猪每天的日常就是吃和睡，尽管又肥又笨重，但是到了发情期总能够跳出猪栏去“猎艳”。《拱猪》把生存在底层的人比作“猪”，或许对于揭示底层人的生活更加准确，它尽管有愤怒，但往往向内而不是向外的，它尽管低贱而卑微，但是依然有自身的欲望和挣扎。

阅读《拱猪》能够感受一种强烈的撕裂感，这种撕裂感有两个层面，一个是代际的，一个是阶层的。代际的撕裂，就是我们这一代人的精神指向跟父辈之间产生了某种严重的错位。父母最大的愿望是希望子女能有出息，好好学习，考上大学，能够把家庭从黑暗底层的泥淖中带出来。在《拱猪》里，母亲丁小莉人生的全部希望是伍珊能够考上大学，多年来都在以中年残余的姿色和女性魅力，在一家卤肉铺中勉强维持生计。但是，伍珊似乎并没有那种天赋，十五岁的她把母亲每个月给的100 元零花钱都用在对偶像明星的应援上。我觉得《拱猪》很好地把时代的精神撕裂，浓缩在一个底层家庭里面。当前年轻一代的精神指向跟父辈一代已经完全不一样，某种程度变得更加虚幻化。而这种撕裂的另一层面就是阶层的分化。伍珊化名为“季末”在网络上跟“苹果化的”成为最好的朋友，而维系她们友谊的是共同的偶像傅覃，她们在网络上为傅覃刷票、应援、战斗，去现场听偶像演唱会的过程中，共同分享了一种情感与爱。这种虚幻的爱的纽带，正是伍珊试图在精神上逃离原生家庭的贫穷苦难的一种重要方式。但是，当伍珊跟母亲决裂，去找“苹果化的”的时候，看到“苹果化的”家里的别墅、闪光的地板、洋娃娃、奶白色的床，才发现“季末”与“苹果化的”之间的友谊的虚假性，而客观上，她不过是粉丝经济的“受骗者”。由此“季末”的虚幻世界也随之被戳破——“苹果化的”可以肆意花费去追逐她的偶像，她消费得起，她家是富裕的，但伍珊的家庭是贫困的，每个月100元是她的母亲在劳苦工作中省出来的，却被她投放到了一个虚幻的地方。但正是这种虚幻的精神泡沫被戳破，成为伍珊正视现实，重新发现自我、重新理解父辈的苦难，并与母亲弥合的重要契机。我认为《拱猪》在通过一个具体家庭的分裂和弥合来写这个时代复杂的代际问题、阶层问题上，是成功的。

郭爽的其他小说也一样，她笔下的人物，往往被束缚在生存的各种琐事之中，相互攀比、八卦，从这里面获得一种优越感也好，一种卑微的安慰也好，但还是看不到希望。我在看小说的过程中，总是会无意识地联想到，郭爽是否是从这样的家庭中走出来的，尽管有虚构的成分，我记得小说中有这么一句话，大概意思是人们生活在底层，但是却缺乏冲破底层、改变命运的天赋。但是否恰恰是作者本身拥有文字上的天赋，使她能够从底层的生活中挣脱出来，一方面是物质生存层面的肉身性的挣脱，另一方面是精神性的，试图以自身际遇为基础，去重新构筑文字叙事的网络，并寻找一种主体性的身份确认？因为我本身出生于底层，因此对郭爽的小说中写出来的那种底层的痛感深有体会，因此总是无意识地产生这种预测，尽管这种预测可能是错的。

唐诗人（批评家、暨南大学博士后）：

李石读得很细。首先是《拱猪》这个“拱猪”，它直接的、表面的含义当然是一种游戏，是中国民间很流行的一种棋牌游戏；在小说中，字面意义是丁小莉前夫玩的赌博，而隐喻意义上，肯定有李石分析的姗姗形象与猪之间的关系，指向的是底层世界的卑微生命。综合起这两个层面来看的话，“拱猪”其实就是这一家人，包括类似于这家人的更多的社会底层家庭，他们的生命，都活在“拱猪”般的赌博世界里，毫无安全感，但又要去赌上自己的生活，最后又注定是失败的。无论是父母辈的赌，还是姗姗心理上的、追星层面的“赌”，最终都狠狠地拍回到他们自己的脸上，如此顽固而残酷的现实，底层所谓的赌都是幻象而已。

对于李石说到的从小说看，容易想象作家有过这样的生活经验，会猜想作家是不是也出身于类似于姗姗这样的家庭。有这种想法，我觉得一定程度上也说明了郭爽的叙述有多细腻，带给我们的阅读是很容易有代入感的。但是，我个人或许因为比较早就认识郭爽，所以读的时候倒没觉得这是她自己的成长经验。我关注到的，更多的是郭爽的叙述过程中，无处不在的作为注视者的目光，这是她在观察、观看他人生活式的叙述，这从她的叙述人、叙事视角，包括叙述口吻都能感觉得到。叙述他人生活的能力，其细微程度可以让人觉得是“自叙传”，这似乎也侧面暗示了郭爽非虚构训练成就的小说叙述能力。

范俊呈（青年作家）：

读郭爽的小说，首先总是被小说中的人物吸引。郭爽很善于刻画人物，紧贴着人物来写，对小说中的鲍时进、丁小莉、伍珊、伍爱国、袁园、顾恬等，描写得都很传神。这些人，令我想起的是奈保尔的《米格尔街》上的人物，如同奈保尔所说，米格尔大街上的人，像盐一样珍贵，像盐一样平凡。我觉得这也是郭爽的厉害之处，她将平凡的人物写得珍贵。暗流处，生命依然壮阔。她对普通人的生活有非常真切的感受，写得非常真实、可信。小说人物读起来就像活生生的人，好像就是生活中我们常常遇到的人。王安忆有一篇《小说究竟能做什么》，里面说："小说要做的，给我们平凡的生活增添传奇，使我们的生活变得不平凡。但是，这又并非意味着小说对平凡生活的厌弃，其实我们又是天生的——凡是写小说的人都是天生对于生活有一种热爱，热爱生活的表象。"我觉得郭爽的小说做到了，给平凡的生活增添传奇。郭爽具有很好的洞察力，把小说中的人物写得栩栩如生，令人难忘。

第二是小说语言。郭爽的语言具有野生的力量，使她的小说识别度很高。比如在《鲍时进》中，作者可能融入了一些方言，具有地域性的语言，让边缘的、被人所忽视的工人群体跃然纸上，尤其是对话之间，语言的精准把握，激活了被忽视的生活场景。在《清洁》中，写到小说中"我"的男朋友，他急着结婚，而"我"并不着急。两个人之间的角力、心理，作者用了一句"我知道为什么。他确实需要一个妻子，而我还不需要一个丈夫"，就把两个人的心思写透了。

第三是小说的张力。在《拱猪》这篇小说中，人物之间有多层张力，有代际关系、父母和子女的关系、夫妻之间的关系、明星偶像和普通人的关系，这些关系联动起来，小说建构了多层的冲突，人物之间的碰撞非常精彩；另一点是事件的张力，读这篇小说，读者等待的不是一个结果，而是有多个结果。破败的厂区，母亲靠卖卤肉为生，父亲摆棋牌摊骗钱。为了给女儿凑齐读大学的钱，一人搞传销，一人去广西贩水果；一个是女儿追真人秀、做“迷妹”，在网络应援团里找到了一个新世界。当她带了另一个“迷妹”回家时，虚拟与现实的张力，女儿与母亲的反应，使代际关系更为凸显。整个故事很吸引人，读者带着期待去一步步逼近真相，到了结尾，成了一个象征性的东西：她擦了擦鼻子上的水珠，没有发出声音来。猪鼻子也就蜕了形，慢慢又给她还原一张少女的脸。好像是和解了，但是似乎也没有，回味犹长。

▍唐诗人（批评家、暨南大学博士后）：

俊呈是云南人，与郭爽她们贵州那边靠近，他能看出一些地方方言特征来，我这方面就感觉不出来，或者即便意识到有一些方言，也不会觉得特别。这就是文学的地理特征吧，它召唤着一些特殊读者的情感认同，这也是一种魅力。

▍梁宝星（青年作家）：

我是近两年才开始听到郭爽这个名字的，一度以为郭爽是个 90 后，假如她是一个 90 后，我会大吃一惊，因为她的小说很成熟，小说表现出来的气场很强。写小说要写出气场是十分具有难度的，无论是语言、人物还是架构，所想跟所表达出来的往往具有很大的差距，所以对于郭爽、斑宇这些出道没多久就能拿出那么好的作品的小说家，不免心生佩服。后来经过进一步了解、熟悉，明白他们之所以能写得那样好，跟他们文学素养以及生活经验的积淀有密切关系。班宇在写小说之前就在豆瓣上面写文章，而郭爽更是有将近十年的记者生涯。

我第一次读郭爽的小说是在 2018 年，读的是她 2017 年发表的《拱猪》，后来读了《饲猫》，再后来读了她的《九重葛》以及《死亡练习》。通过这几篇小说，我不得不说郭爽的语言干净犀利，接近刻薄，像个冷冰冰的女子，面对各色人物和故事都显得过于冷静。我想郭爽的写作是她记者生涯中阅历沉淀的一次爆发，我不清楚她辞掉记者工作的原因，也不清楚她为何会选择写小说。在她的小说中我看到了她对于表达的渴望，她有很多故事要讲，她的头脑中有各种人物想要表现出来。她找到了小说这种载体，一发不可收拾。

郭爽小说的完成度很高。我个人比较喜欢《九重葛》，小说的宏大架构展示着郭爽在叙事上面的野心。九重葛在南方随处可见，是那种生命力顽强，枝叶繁茂，喜欢在潮湿的角落生长的植物。郭爽的这个隐喻跟小说的背景以及叙述氛围十分贴合。九重葛就像故事所讲述的那个大院，跌宕起伏的故事以及人物之间的联系跟九重葛繁茂的枝叶一样复杂。但是，个人认为《九重葛》也有遗憾的地方，它的架构过于宏大，中篇小说的篇幅不能展现其全部面貌。小说中有好几个人物本应该写得更饱满，比如开场就出现并且在小说中起着关系枢纽作用的章美玲，作者给她的笔墨不多，人物性格也不是那么饱满；另一方面，郭爽在小说中隐藏了太多东西，她应该更慷慨一些，故事之间的张力表现得更具体一些。

很多人都说青年作家笔下的故事与当下生活的距离越来越远，青年作家没有历史意识，没有勇气。在郭爽的小说里我看到了一股锐气，一个生性秉直的女子，正用犀利的语言戳穿覆盖在真实生活表面的那层虚伪。

唐诗人（批评家、暨南大学博士后）：

宝星谈的锐气问题，我觉得在《拱猪》《九重葛》这几篇里藏得比较深，当然也有一些语言、句子表现得很明显，像前面李石分析的一些句子，都具有宝星说的犀利特征。但就整体而言，可能《蹦床》《清洁》这几篇更显尖锐，直接地刺入当下人的生活，这种生活离我们更近，包括《饲猫》，那里面对自我、对当下的生活状态和精神困境的思考，带着寓言性，也更能看到一个作家对现实的态度。

王威廉（青年作家）：

郭爽曾就职于南方报业传媒集团，是厦大毕业的，还是贵州人，她的小说的确带着这几个地方的特征。我刚刚认识她的时候，她的笔名叫米亚，我们的很多文学活动都由她来主持，我当时觉得这个主持人的文学素养很好。认识之后的有一天，她说："其实我也在写小说。"她发给我一篇小说，我看了，我的第一印象就是这个小说和我认识的那个叫米亚的主持人完全不是一个人。米亚表面上是个从容得体的媒体人，是时尚的、优雅的，而那篇小说里面的她远离都市，充满着西南大厂的气息。我一时以为那是她成长过的地方。她却说并不是，纯然是虚构的。这让我迷惑又惊喜。

迷惑是因为现在写作的大部分年轻人都是跟自己的生命体验发生关系的，或者说，不会离自己的生活太远。而郭爽一开始写作就把自己与离自己比较远的生活用虚构联系在了一起，这是有难度的写作。我想，这和她曾经工作的南方报业所秉持的理念有关。我们知道，南方报业有着很强的人文关怀色彩，郭爽的写作也是如此，她像鲁迅先生说的那样：无穷的远方，无数的人们，和我有关。

如何有关？她并没有从这个地方滑过去。这个“有关”自然是诗意的，是动人的，但究竟是为什么有关的呢？这才是一个根本性的问题，一个哲学问题。郭爽很坦诚，在后记里写出了自己的困惑。她还没有答案，她还在思考。这样的坦诚，令人感佩。每一个作家都应该思考为何“有关”，又如何“有关”的问题。

她曾经作为训练有素的记者、干练的媒体人，对于社会的观察和洞察都体现在这些小说中。她在寻求对话，尤其是和父辈的对话。这是她在精神层面的一次重要开端。比如大家都喜欢的小说《拱猪》，就是父辈的经验跟年轻人的激情、状态置放在了一起，有了更加开阔的叙事空间。她用自己的精神之眼、想象力之眼去复原父辈们的生活，是一种当代史的自觉意识，特别期待她能保持住这种眼光。像在中篇小说《九重葛》里，那眼光太毒了，人们像随意生长的植物一般活着，以至于有人批评她在精神上对人物的关怀不够。但我想，这篇小说里蕴含着她对于那些平凡生命中的柔韧维度的赞叹。是赞叹，未必是赞同。

还有几篇小说，比如说《清洁》《蹦床》《饲猫》，大家谈论得比较少，可在我看来，这反而代表了郭爽在未来写作的更多可能性。从艺术的层面来讲，这几个短篇更加干净，更加简洁，写作难度更大，有了现代主义的意味，尤其体现了变形与飞行的能力。因此，郭爽成了在两条道路上行走的作家，现实主义和现代主义在她身上都有了端倪，我非常期待看到她的下一本书。

唐诗人（批评家、暨南大学博士后）：

威廉说到另外一个问题，也是我在读这个集子时比较犹豫的一个想法，就是中间几篇《清洁》《蹦床》《饲猫》与前面谈得比较多的《猪拱》《九重葛》的风格是不太相同的，直觉是非写实的，概括性比较强，多了一些荒诞性元素。由此也可以看到，郭爽在这部小说集里展示的两个面目，其实是两个风格走向问题，郭爽会通往哪个方向？这是未知的，我们可以从自己的审美趣味来期待，但也期待郭爽能冲出我们的既有趣味，在更多层次实现创作突破。

风格化写作的是与非
——葛亮《北鸢》讨论

唐诗人（批评家、暨南大学博士后，本期主持）：

这是我们读书会的第一场活动，关于读书会的话后面再说，我们还是先读书吧。这期话题是由明映提出来的，按我们中轴线时期的规矩，本是她来主持，但她觉得这第一期活动要我这个读书会牵线人来带个头。葛亮的《北鸢》我是前段时间才读完的，可能读得不够细致，我知道你们都是有备而来，我尽量少说点，你们要多说。

葛亮 2016 年在人民文学出版社出版新长篇《北鸢》，小说出版后获得众多奖项，再次获得“《亚洲周刊》全球华文十大小说”荣誉，获得 2016 年度“腾讯·商报华文好书”特别奖，他本人则入围“华语文学传媒大奖·2016 年度小说家”等。

小说得到陈思和、王德威、止庵等众多名家的推荐。陈思和撰文评价说这是一部“向《红楼梦》致敬的小说”。王德威从《北鸢》中判断：“属于葛亮的叙事抒情的风格，已经隐然成形。他经营既古典又现代的叙事风格。他的小说美学以及历史情怀独树一帜，未来的成就必可期盼。”这些评价备受引用，影响广泛。

好评与获奖，让这部四十万字的长篇进入了更广泛的读者视野，我相信在座诸位对此著作的阅读和探讨兴趣，也有这个好评如潮为语境背景。既是一片好评，且有名人铺垫，《北鸢》还有商量余地吗？各位开始说吧，我希望大家都有异见、真言。

我先讲一点最明显的文本特征吧。也就是语言特色，我想这是每个阅读葛亮的人都会有的最基本的感受。他的语言的确成了特色，甚至可以说是“葛亮风”了。只是，大家会不会读得累啊？从头到尾的风格化语言，读起来真的挺累的。我虽然很佩服这种语言雕刻，但还是喜欢自然一点的语言，像同为香港作家的西西，她的语言也很有特色，但看下去我们是不会意识到语言特色的，就是说语言问题不会冒出来，不会遮蔽别的什么，这就是最自然的语言吧。

▍高旭（中山大学中文系博士生）：

有人认为葛亮这种语言风格是香港性，但基于我个人短暂的香港和台湾两地生活经验，我反而觉得葛亮的《北鸢》更加贴近台湾文学中的某种潜流与特质。台湾文学中那种文质彬彬的文化想象，那种语言的柔韧弹性，可能比作家的香港经验要明显得多。关于这点可以留待以后更多的思考。

我今天想谈的是作家与历史之间的关系。《北鸢》可以读到作家重构历史的一种努力，葛亮处理了自己想象中的民国历史，在面对历史的同时，也发掘了历史中那些令人心怀向往的美好传统。在葛亮的文本里，可以读到为了一句承诺三代人扎虎头风筝从不间断的坚守，挺身而出、哪怕破产也要帮助姚永安渡过难关的仁义……在对民国悠远的想象中，民族血脉里那些美好的东西被书写出来。葛亮自己勾勒了一个“文化中国”的历史图景，他处理的是祖辈们的历史经验。

在众多关注自身个体经验的文本之外，我们看到仍有一些青年作家开始着笔处理自我与历史之间的关系，正如葛亮自己所说：“我是带着过去出生的。”张悦然在新作《茧》的创作谈里，也表达了相似的观点：个人与历史不是孤立的。历史是这一代作家绕不开的话题，关心自己的来路，才能更好地找到去处。这批作家对历史的关注和书写，是令人欣喜的。从这些返归历史的叙述里，我们看到作家对历史长河里个体生命浮沉的思考。《北鸢》作为葛亮的第二部长篇小说，在描写大时代之下小人物的种种命运的无常感，以及传统文化遭遇现代冲击之下的苍凉感等方面，都是非常独特的，期待作家未来更多的可能。

▎唐诗人（批评家、暨南大学博士后）：

高旭讲到葛亮更愿意发掘那些令人心怀神往的美好传统，这确实是葛亮小说很清晰的思想表现，这也表明了葛亮的历史观念和叙事精神。这点也是葛亮与张悦然的区别，葛亮与张悦然处理历史的方式好像很不一样，葛亮是想象父辈、祖父辈的历史，张悦然是书写父辈历史对后辈——我们这代人的影响。

▎唐明映（青年诗人、暨南大学文学院硕士）：

葛亮的写作呈现出一代人以自己的经验处理历史的思考，《朱雀》让人惊喜，《北鸢》的野心则更在于民国“《清明上河图》”的勾勒。作者任教于香港高校，却痴迷于一种民间的、日常的、空间的写意，呈现出一种有意思的错位。其写作能看出对曹雪芹和张爱玲的致敬，也有自己的特色，但物化苍凉更多地变为一种对想象中的民国的温情记忆。姑且不讨论葛亮的经验是否能处理祖辈的历史（这也是70后、80后、90后作家共同的危机），这种肯下功夫的写作态度值得我们致敬。

这种带有距离的历史想象，跟前代人相比，显然更多乌托邦的气质，葛亮的书写显然如他自己所说，不在于历史的钩沉，甚至某种意义上，本是一种对家国叙事的解构。对文化民国的乌托邦化，是对民间精神的高扬，以至于《北鸢》并没有塑造多少真正的反面角色。

另一个层面，作者对民国的乌托邦化也间接导致了人物主体的消解，以至文笙类似补天顽石，一直在被动地承受历史，而主体意识浅淡。以日常的常和变来塑造另一种抒情空间和历史想象，这是否经得起推敲依然值得深入探讨。

作者的写作是否带有一种王德威的所谓世纪末的华丽？这种工笔细描的痴迷，关于文化民国想象的狂欢是否与作者游弋的身份有关？毕竟葛亮移居香港已经十年，地域的转移未必以文本的香港性体现，但笔者认为恰恰是香港现代的、都市的一面，促使了作者近年来创作转向对中国文化稳定的一面的思考。这在作者短篇集子香港都市书写的《迷鸦》和南京忆旧系列《七声》中已经有所体现。这也是葛亮仍有待观察的一面。

唐诗人（批评家、暨南大学博士后）：

明映讲到温情化问题，同时给出了一个解释，乌托邦化间接地导致了人物主体的消解，这是我没有想到的解释。

管季（中山大学中文系博士生）：

挖掘历史中美好传统这一点，我想多讲点。我发现一个很有意思的现象，就是整部作品中除了日本人和土匪，几乎没有一个坏人。没有一个坏人的作品，在当今几乎已经绝迹了。因为无论什么小说，它想要让人性丰富立体起来，就一定会塑造某些主要人物的阴暗面。而这个小说里具体描写的人物，随便说几个例子，就算是路人，也是正气凛然具有家国情怀的。

比如说昭如的侍女，为了保守文笙是收养的这个秘密，宁愿自己嫁得不好，也要离开昭如以绝后患，非常讲义气。再比如说仁涓，三姐妹中的大姐，最不争气也最传统的一个，她在自己丈夫的小三自尽以后，没有怪罪，反而答应小三的母亲赡养她一辈子，既是善良，也是宽容。还有文笙家的佣人云嫂，有一段描写，就是在逃难的路上，云嫂唱起了歌。在这种情况下还能保持乐观的心性，不让自己的善良被腐蚀，这又是一种让人感动的品质。

更别说叶师娘、小蝶、言秋凰这些直接对抗日本人的烈士了。这里面最坏的，也就是外国人雅各了，他最后卖给永安的次品，直接导致了永安的自杀。但是他只是个商人啊，他眼中只有利益，主观没有害人的欲望，也不算十恶不赦，更何况他还不是中国人。

也就是说，这部小说其实是把中国人骨子里的那种善发挥到极致，包括传统的伦理道德、政治抱负，都有了一种近乎完美的表现。

所以，据我推测，作者葛亮的胃口不小，他想创造一个古典价值的乌托邦，但正因为它是家族史，所以必然带着作者本人的美化和偏见。很多时候，我更愿意相信这里面的每个人物都是葛亮的代言人。他写来写去只有一个主人公，那就是葛亮自己。他在写他理想的世界，他刻意营造这种古典气息，包括善良、义气、宽容、锄强扶弱、以德报怨这些古典价值观，但有些东西在当时那个时代逻辑中，其实是站不住脚的。

这种美化固然造成了读者阅读和理解的障碍，可能会感觉小说不真实，但是从另外一个方面来说，这也是小说最大的特色和最可贵的地方，因为在人人都挖掘人性恶的今天，人人都按照还原的方式去描写现实的同时，我们已经对生活、对人性丧失了基本的信心。而在葛亮的作品中，我们又看到了这种信心，这种对于人性美的浪漫的渴望，看到了某种理想的与世无争的生活和悲天悯人的圣人情怀。简而言之就是看到了民族的精神出路。我觉得这部作品之所以这么受推崇，大概就是因为这点。

▍唐诗人（批评家、暨南大学博士后）：

没有坏人的小说确实挺难得的。这点或许也是葛亮向《红楼梦》致敬的一个方面。

王国维评《红楼梦》不是说这是最高等级的悲剧吗？这种悲剧是由剧中人物之位置及关系而不得不然。没有坏人，或者说整部小说几乎没有恶人存在，每个人都按着他们的角色说话、做事，每个人都有自己的精神信仰和生活道理，可是，这个没有坏人的小说，结局却那么悲凉，刘再复将此总结为一种共犯结构。

《北鸢》其实也有这样的基调，相对主要的人物，都不是坏人，甚至都是“对人”。但是我感觉《北鸢》有个巨大的不同，《红楼梦》的悲凉、悲剧性质，是对一种总体文化、对历史文化的悲悯，基础是小说中每个好人的悲惨命运，其内部的每个人，都性格清晰、形象独立。但是《北鸢》人物众多，却普遍面目模糊，可以看得出，小说人物的命运是直接受制于历史事件的，是被历史变故中的恶人残害的，而很少情况是好人导致的。这种差别，当然和两部小说所书写的历史阶段不同有关，但是不是也说明，《北鸢》塑造的人物形象不够清晰？当然，这也是一种特色。

管季（中山大学中文系博士生）：

这正是我要说的第二个方面的问题。这篇小说开篇是很吸引人的，带有一种古典小说的韵味，细节描写非常精彩。但是读下去以后就会感觉小说有一个很大的问题，就是人物性格的塑造。

举个作品中人物性格自相矛盾的例子。昭如从一开始就是一个自称妾身、低眉顺眼、非常有礼仪节制的大户闺秀的形象，但是她对政治不关注吗？不是的，她跟她姐姐昭德经常谈起政治，甚至谈起自己姐夫的战事。小说开头写到她去拜佛，到了一个叫独乐寺的地方，看到这个名字几乎脱口而出：民欲与之偕亡，虽有台池鸟兽，岂能独乐哉？意思是她居然有着古代文人的那种怜悯济世的情怀，她居然能感慨天下民生，认为佛祖也不能做到独乐乐。这简直不是一个自称妾身的闺阁小姐，简直是一个女政治家、女哲学家。假如这种人物真的存在，在五四那个风起云涌的时代，她怎能对外面的那些新思想视若无睹，安心地待在自己家里做一个两耳不闻窗外事的贤妻良母?

可见，昭如身上带有明显的文化符号感，人物性格封闭在作者创造的语言空间里，让处于当代的读者难以产生代入感。从头到尾都没有什么变化的人物就太多了，很典型的是主人公文笙，他一直是这种与世无争的形象，而作者在写到对人物性格影响比较大的事件时，直接绕过了人物心理描写。

唐诗人（批评家、暨南大学博士生）：

昭如身上的矛盾性，或者说前后不一致性，不知道其他人有没有觉得有问题，我倒不觉得有什么大问题。因为昭如毕竟出于历史变革时代，她面对的长辈是传统的，自己的子辈却是全新的，她是历史变革转型中的女性，她要考虑很多问题，而表达出来的形象，也就往往是多面的，自相矛盾、前后不一致的。

高旭（中山大学中文系博士生）：

《北鸢》里仍旧存在一些情节的观念化与简单化的问题。某些情节如日军侵华、举家逃难、西方传教士对中国人的救治收容等等，还没有逸出惯常的影视文本的轨道。同时，日常细节的处理上也可更加完善。叶伊莎、和田等人都是外国人，他们的语言和生活细节读来始终有一种隔的感觉，不如昭如这样的形象丰满。

林丽媛（暨南大学中文系硕士生）：

我也想谈谈情节、人物形象的问题。从情节上看，小说稍嫌支离，不够集中，旁枝末节荡开的笔墨甚多。角色繁杂，虽然以一次次的离别或生死诀别与经年后的变迁重逢串起，但频繁的出场退场也使人物面目模糊化。文本的内在逻辑一定程度上被归结于宿命论，如家睦、玉璞、昭德等人的死亡显得突兀随意。

主要人物形象趋于扁平化，大都正面无瑕，德行端正。而故事的主线实际上存在着缺失，文笙及仁桢形象单薄，尽管开篇的楔子便是结局先行，双方的成长故事被大大地节省略去，但人物个体的独立性不强，行事缺乏充分的动机及因果关系的铺垫推进。作为父亲与言秋凰、二姐仁珏与范逸美的故事的旁观者仁桢，在传统女性的知书达理、恭顺矜持之余，还具有怎样的性格特质读者却无从把握。诸如文笙喜欢些什么？长处优势是什么？文笙和仁桢在小说结局之后会过上怎么样的生活？这些问题亦是同理。

相比于主线的圆满顺遂，小说中的婚恋关系恰恰多是破碎的不完满形态甚至是悲剧，如温仪与查理、仁涓与叶若鹤，女方因男方出轨而带着出生不久的孩子离婚；还有冯父与言秋凰、仁珏与范逸美、姚永安与尹小姐……从性别关系看，昭如、仁珏、言秋凰等女性刚强坚贞，男性内敛沉默，我们会发现，女性形象比男性更为出彩。

葛亮构建了一部令人伤感又迷恋的理想化民国传奇，体现出对历史与家族脉脉温情的美化倾向。但在华美的语言之下，众声喧哗之中，人物像是被操纵的人偶，找不到实际的支撑点，立不起来。在构建出的理想化民国社会里，作者对种种美好遗风的想象追求同样未能落到实处。

卢硕梅（中山大学博士生）：

这两个方面也是我特别有感触的地方，我也讲讲我的看法吧。葛亮曾说："希望我的读者读这本书时能慢下来。"我恰恰是他期望中的读得很慢的读者。

最初读《北鸢》，感觉小说是写得相当不错的，其中的很多情境和细节是需要去仔细体味的。比如仁珏点燃若鹤写给她的一沓信的描写，比如多年以后仁桢想起她与言秋凰的初遇。在情境的营造和细节的描绘上，葛亮还是有很强的功力的。

诚如陈思和先生所说，《北鸢》这部作品"有意凸显出民国的文化性格"，是"关乎民国的文化想象"。

大家在讨论过程中，认为这部小说是"精神的乌托邦"。我个人认为，精神的乌托邦并非葛亮作品的缺陷，文学作品完全可以是精神的乌托邦，文学作品既然能大量书写人性的恶、道德的沦丧、人性的复杂，为什么就不能书写人性中美好的、善良的一面呢？为什么就不能追怀传统的礼仪道德呢？现实中不存在就不能书写？

问题恰恰在于，葛亮太急于创造精神的乌托邦，于是创作过程中暴露了太多的瑕疵。如在逃难的路上，云嫂居然有闲心唱一支旋律，居然是鲁地姑娘们唱的《绣荷包》？显然不合常情常理。再比如在教会医院，叶伊莎的一段话："我自小在这里长大，知道中国文化的好，博大精深。如今是民国了，不忘本，也是难能可贵。就如我自小，《圣经》之外，我父母也时时教我读荷马、莎士比亚与乔叟。美利坚也不过二百年的历史，有了这些，就能摸着自己的根了。”完全是中国式思维与中国式话语方式，与小说中的人物身份很不相符。还有日本人和田居然对中国的字画相当熟稔等等。

总之，葛亮在塑造人物的过程中，很多对话与思维方式完全超出了人物身份，不切实际。昭德、昭如一家人逃难路上被土匪追拦，昭德最终与土匪同归于尽。这群土匪如此凶恶，下手如此狠毒，作者却并未交代其具体来历以及为什么如此凶狠。在视女人如衣裳的昭德丈夫的眼里，昭德是个巾帼英雄，是不让须眉的，但小说却过多塑造了她忧愁、柔弱的一面，及至丈夫死去，她却突然疯癫，不合人物性格逻辑，与土匪同归于尽那一段，昭德又正恢复了自己先前的性格特点……可见葛亮在细节描写、人物塑造上太过随意，牵强附会之处太多。

读葛亮的小说，能够感觉到，作者对 20 世纪社会的风云流变没有切身体会，特别是对日本侵略、人民逃难的描写，始终是隔着一层的。

关于葛亮的《北鸢》与张悦然的《茧》之间的相关性，二者都是追溯家族的历史，都非出于内在的自觉，而是外在的动因。如葛亮坦言：“此书的创作缘起祖父遗作《据几曾看》编辑的一封信，这位我很尊敬的编辑在信中说，希望我从家人的角度，写一写祖父的过往。”而且，他为此做了大量老辈的访谈、相关典籍的案头工作。

唐诗人（批评家、暨南大学博士后）：

几位读得很细，可以给我们很多启发。对于细节问题，我个人觉得，《北鸢》确实有点“吃力不讨好”的感觉。为什么这么讲？葛亮下了很多功夫，这我们可以在阅读过程中清晰地感受到很多日常生活情景的细致描绘，这方面也是在向《红楼梦》致敬。

但是，我不知道大家有没有意识到，这里面葛亮有没有出现错位感？《红楼梦》书写的，毕竟是曹雪芹自己同时代的历史，小说的细节什么的，根据一些考证，也认为那是曹雪芹经历过的历史、体验过的生活。但是，《北鸢》却是当代的青年作家书写现代的历史、生活。

这里面的细节考证，完全是知识考证，而没有实际生活的经验支撑，那这种细节真的可以信赖吗？作者可能考证出民国的人吃什么、穿什么、怎么说话等等，但有一些东西还是过于概念化的，比如对日本人、土匪的描写，的确有“神剧”的影子。不是说我们不能写没有亲身经历过的历史，而是说，书写以往历史与书写作家同时代生活历史的重心或许有些差别，我们不可能凭借当代的小说来判断、论证过去历史的细节是否真实，但我们完全可以信赖每一个历史阶段内的同时代作家作品所呈现的历史细节。

我个人以为，我们书写过去的历史，最重要的不是展示细节本身，而是这些细节能否支撑起小说内部的结构逻辑和精神逻辑。支撑小说逻辑与展示过往历史的生活细节，这二者有重复也有所不同。这个问题的重要点不是有多少重复，而是叙述过程中该怎么处理生活细节的问题。

《北鸢》的细节问题可能就在这里，过于刻意的细节展示，一定程度上打破了小说叙事结构，影响了小说所要表现的历史哲学。它们过于突出，以致模糊了人物性格和小说的整体精神。如果一部小说的价值只在于细节考证上的功夫了得，而在整体结构和总体精神表达上不够醒目，就有些本末倒置了，小说毕竟首先是文学作品，其次才是历史文本。细节上用力过猛，人物形象上刻画得不够细致、完整，导致了小说体量庞大而形象模糊，这影响了小说的厚重程度。

叶由疆（青年诗人、暨南大学中文系本科生）：

我读得也不够细，简单讲几句吧。我听完大家讲的，几乎怀疑我看的是不是山寨版《北鸢》，直到刚才私下和阿柒（唐明映）谈了小说的开头几句，才算安下心来。我所读的《北鸢》是刊载于《青年作家》上的，与大家所读成书后的《北鸢》有很大差异。根据大家对成书后《北鸢》的描述，我推测相比于载于期刊的更侧重故事情节的《北鸢》，成书的《北鸢》似乎完成了一种艺术风格上的蜕变，有了更加丰富的美学价值。

我以为期刊上的《北鸢》是流畅的、完整的、恰到好处的，可能也有一些类似于电视剧的处理上的随意，但却并不存在像诗人兄及大家所谈的细节上用力过猛、人物形象上刻画得不完整等一些原本应该属于技艺而并非深度的问题。我很认同阿柒刚才谈的有“乌托邦”的谈法，人物与情节的问题某种程度上是葛亮为了完成一种思想与美学深度上的拯救而无意产生的。

我曾一度以为这是一个很大的问题，因为这展现出来的是一个作者刻意追求意义的态度以及刻意拔高作品价值的倾向。但在仔细思考了“乌托邦”之后，我以为存在于葛亮身上的，不是所谓的野心，更是一种割舍的勇气。他主动放弃了《北鸢》原本简约的风格与流畅的故事情节，这无疑是他拉开与读者距离的尝试。

在这个浅薄时代，的确已经太久没有遇见真正具备深度与厚度的宏大叙事了，某种程度上，葛亮的这样一种对“小”的舍弃，让我看见了一种态度，一个成熟作家的、一个具备艺术家的良心的小说家的态度。或许和《北鸢》故事的“乌托邦”一样，成书后的《北鸢》本身也是葛亮要完成的“乌托邦”追求，甚至，难道说他的写作行为本身不能看成当代写作的一种“乌托邦”？

从大家刚才的谈话来看，葛亮的这种“乌托邦”很明显还有各种各样的问题，但是或许我们都不能否认，他的这种创作理想，无疑让他未来的小说具备了更多的可期性。

另外，我还想讲一点关于想象力的问题，即便《北鸢》在成书后情节上显得略为松散，但更为丰富的想象力也彰显了出来且颇具亮点，比如对一幅画的命名，“一线生机”与“命悬一线”之间呈现出来的想象的张力，诸多类似的点无疑使得《北鸢》焕发出了一种活力，而且是在一种传统中迸发出来的新的活力，这使得《北鸢》真正成了《北鸢》而不再是一个追溯过去的模板。

唐诗人（批评家、暨南大学博士后）：

谢谢由疆。我没读期刊上的，没进行比较，不知道期刊版与成书版有没有区别呢，感兴趣的可以去找来比较一下。

这期我们读书会的差不多都讲了，在座还有一些朋友，暂时还没读书，所以就不互动了，以后我们的读书会，最核心的原则就是参与的都要阅读，不读书叫什么读书会呢？

总结一下，今天晚上大家谈《北鸢》，观点都挺令人意外的。我以为各位的发言都会充满褒扬，没想到，大家都带着问题、批判的观念来。这不一定是读书会最好的情况，但总比没有批评只有褒奖的感性阅读分享会有价值一些。我们对一部作品的研讨，要注重发现作品的价值，同时也要从高标准意义上提供一些批判性见解，毕竟我们是研究文学的专业读者。

《北鸢》这部小说，它的优异面当然很多，在当前很多小说各方面都非常平庸的背景下，葛亮与他的《北鸢》完全可以胜任其所获得的那些奖项、荣誉。我们的批评意见，都是拿它同历史上的伟大作品相比较而来的，比如同《红楼梦》比较。必然，我们的批评意见并不一定都有道理，但起码提供了更多理解《北鸢》的思路，也暗示了我们各自的阅读趣味选择，大家可以回去再慢慢体会。

从这第一次的读书会情况来看，我感觉到，大家的心理预期，包括各自的审美趣味和价值标准，都非常不俗，有这个为基础，见言读书会会做得越来越好，期待下一期。谢谢大家。

科幻文学的中国书写

——李宏伟《国王与抒情诗》讨论

一、关于“诗人之死”的多重文本

郑焕钊（批评家、暨南大学中文系副教授，本期主持）：

今天我们讨论李宏伟的小说《国王与抒情诗》。这部小说融科幻、寓言、侦探等多种类型于一体，具有较强的思想能量和广阔的讨论空间。它应该是2017年以来华语小说中较为出色的一部作品，围绕作品的一些关键词，可以形成有意思的讨论话题：比如科幻，作为科幻小说的现实性、虚构性以及在“国王”与“抒情诗”这对关键词的精神源泉所召唤的“传统性”；比如抒情，它在国王执掌的商业帝国中的抵抗的可能性的问题，以及“抒情”与“国王”之间的辩证关系及其空间；又如“文字”与抒情的关系，如何理解“提纲”与“本事”等。再如，在小说的结构上，本事、本事中宇文往户的《鞑靼骑士》以及提纲“关于死亡的十二首抒情诗”，都是关于“诗人之死”的多重文本，其内在的结构关系、隐喻性以及写作的可能性的问题，都关涉一个连接人类、个体的生存处境的现实性与未来性的思想通道。

▍邱婧（暨南大学博士、广东技术师范学院讲师）：

如焕钊所言，《国王与抒情诗》，书名就构成了一个二元对立的关系。我注意到，里面用史诗的概念作为抒情诗的代表。虽然故事指向了遥远的未来，而关于史诗的描述又指向遥远的过去，比如作家铺陈出了彝族浩如烟海的史诗典籍，从而指出人类抒情、文学表达、书籍的没落与消亡，而虚幻的精神共同体又成了未来社会的内核。另外，我从此书里看到了类似于艾柯式的小说写作模式，从一个死亡案入手，来进行知识考古、符号学式的探析，从而反映出时代转型中所体现的人文面向。

▍褚旭（中山大学中文系博士生）：

《国王与抒情诗》是一部写给现在的未来小说，我以为，它的寓言功能大于科幻。各行业精英不要报酬痛毁纸质成果、社交应用“帝企鹅”的巨大成功与致命隐患、意识共同体与移动灵魂导致的隐私安全威胁以及诺奖的权威挑战等等，这些都是作家基于当下而做出的带科幻性质的寓言。

▍唐诗人（批评家、暨南大学博士后）：

《国王与抒情诗》是我最近读到的最可探讨的小说文本，焕钊老师刚才提及的众多话题，也是我读完小说后想去思考的问题。我们这次可以针对一个话题深入探讨。比如最明显的“抒情诗”与“国王”，我看到小说名的时候，很自然地联系起柏拉图《理想国》以来各种关于政治与诗歌关系的知识，我预期这是一部有写作胆量的作品，不管写得如何，直面这个话题，也是勇气可嘉。读完小说后，我意识到，这个文本没有那么简单。小说核心虽然是追问“理想国”时代政治与抒情诗关系，但追问它们的关系的过程，还有很多必须思考的、更有意思的东西，比如科技发展与人的主体性变化关系、语言消失与抒情诗死亡的关系、文学的未来等等。

二、“不是消灭诗人，而是抹除抒情语言”

郑焕钊（批评家、暨南大学中文系副教授）：

可以先集中谈谈“国王”与“抒情诗”。作为一对关系词，“国王”与“抒情诗”既是小说叙事的主要对象，也是一对充满哲学意蕴、老而尤新的隐喻词。说它老，是因为“国王”所表征的宏大的、理性的、预期的生命规划与“抒情诗”所象征的人类的丰富的、具体的、差异的、感性的、独特的生命体验之间的关系，已然是古老之物，是哲学与诗之争，是理性主义与浪漫主义的冲突，是两种现代性的张力关系，是酒神与日神、是存在与存在者，如此等等。“国王”与“抒情诗”不过是在未来的、科幻的视野之中，以一种寓言的方式再次模拟出人类心中所存在的困惑和纠结，在这一意义上，《国王与抒情诗》其实有着一个非常传统的内核和悠久的精神源流，其关切问题内蕴在人类自有精神意识以来所潜在的人类文明的结构性困境之中。

▍高旭（中山大学中文系博士生）：

读完《国王和抒情诗》，有三个情节我一直印象非常深刻：第一个是宇文往户去世之后，黎普雷跟随宇文燃去往宇文草原给宇文往户送葬的场景；第二个是宇文往户留给黎普雷的“凡人如何不死”的问题；最后是黎普雷和李伟去的焚烧厂，一群顶尖机构的学者教授亲手将字纸送进焚化炉，就如同给自己的孩子安葬一般。事实上，这三个情节都带有某种仪式感，不论是给凡人还是字纸送葬，都是对一种逝去的惋惜，都带有浓郁的绝望之情。“凡人如何不死”的重点不在“凡人”，而在“不死”。消弭了个体之间的种种差别，凡人就成了所有人，所有人当然不死，而消灭差别的重要手段就是消除文字中抒情性的成分。由此，“国王”和“抒情诗”就在文本中形成了一种对峙。

▍唐诗人（批评家、暨南大学博士后）：

讲到寓言，我很赞同。这个小说与其说是科幻，不如说是寓言，它有着《一九八四》等经典寓言小说的影子，当然也有着焕钊老师谈及的那些非常传统的人类困惑，这也说明作者叙事能力和思维能力不简单。这小说不是当前流行的小而轻的叙事，它关注的话题都非常宏大，而且都特别沉重，里面有很多哲学式的、思辨性很强的论述。

另外，我觉得，“国王”与“抒情诗”的关系，在李宏伟这里有了新的思考路径。在小说里，它们不是简单的对立，也不是理想国式的和谐。它提出一个科幻式的想象，不是消灭诗人，而是抹除抒情语言，进而抹除人类内心中的情感。这明显借鉴了结构主义语言学的思维。

郑焕钊（批评家、暨南大学中文系副教授）：

在李宏伟的笔下，“国王”“抒情诗”之间有了新的关系。抒情诗作为人工智能时代人类捍卫自我尊严的最后一道屏障，与人类的自我意识息息相关。在《国王与抒情诗》所描绘的由“意识晶体”“移动灵魂”和“意识共同体”三位一体所建构的未来时空中，当“国王”凭借着“帝国”的庞大机制，努力朝人类的意识融合发展，语言丰富的歧义被不断削减，诗人可以被规划完成诗歌的创造的时候，人类自身的创造性和体验性将面临内在的解构危机，而这就触及这部小说的内在主题——抒情诗或者写作的自我解构的危机。

三、何为抒情？如何不死？

唐诗人（批评家、暨南大学博士后）：

抒情诗、文学写作的自我解构，确实如此。小说中宇文往户的遭遇，诺贝尔文学奖都可以规划，诺奖最终宣告终结，这都是语言、意识被操控后，诗人、文学自我解构的最终结果。从你的分析里，我又想到，“国王”抹除抒情语言的行动，是如何作用到人的意识的？很明显，如果用结构主义的思维来看，语言确实决定了我们的表达，甚至决定我们能够思考什么。但是，若从解构主义思路去看，从 1968 年的世界历史来看，语言真能操控意识吗？

或者换一种问法，小说想象的2050年，这一科技高度发达的“理想国”时代，抒情诗如何就不存在了？抒情诗、诗歌到底是因为什么而必须存在？电子化、符号化时代，抒情性词汇被慢慢抹除后，人的情感也就没有了吗？语言控制人类还是人类可以反转语言？小说中表达的是抒情语言被抹除，抒情诗于是消失。小说中的《鞑靼骑士》，不过是人类最后的对抒情诗本身的挽歌。抒情语言消失，似乎抒情诗也要死亡。但是，人的情感去哪里了？没有了吗？我是怀疑的。

高旭（中山大学中文系博士生）：

何为抒情？作家在小说里想要表达的抒情或抒情性到底是什么？按照小说里的说法：“抒情不是情绪的泛滥，不是抒发个人感伤，也不排斥深邃的理性，抒情是对人类处境的深刻感知，并将这种感知传递出来，触动、感染其他人，宽广的抒情更可以在个人身上生发出一种幽暗的处境，”在小说最后，国王说自己的抒情是“帝国的抒情”，那么黎普雷的抒情则可以称为“个人的抒情”，这两者之间的区别是什么呢？在我看来，这部小说里的抒情是泛化的，可能不是指修辞学上的抒情，而更多是个体经验面对强大的同质化信息流时的一种抵御的姿态。“帝国的抒情”面对的不再是种种差异的个体，而旨在消灭差异，达到一种“巴别塔”状态，而有意思的是，这种方式也成了另一种抒情。

叶由疆（青年诗人、暨南大学中文系本科生）：

对于大家认为的小说中的国王与抒情诗的对立，我有些不同的看法。这里涉及如何定义抒情的问题。如果说小说的其中一个主题是缅怀的话，在缅怀之后还有一道追问，即如何不死。诗如何不死来源于人如何不死。但假若人不死，诗是否就不死？诗是否等于抒情？抒情诗是否等于抒情？国王问宇文往户“诗如何不死”，或许本身就诱导下一个问题，即人如何不死。而他要做的，就是一件让人不死的事。但国王所谓的不死的人是否已被异化为非人？非人究竟是不是人？换句话说，所谓的人文主义是否一定就是民主自由平等一类，抑或人是怎样，人文就是怎样？三体人的人文主义是不是人文主义？

关于抒情是否不死的问题，我是分成两个部分来看的。其一是情，其二是抒。帝国以消除抒的方式来消除情，本身是矛盾的。消除对一个事物的命名，并不等于消除事物本身。没有高兴这两个字，依然能够有高兴的体会，高兴应该来自于生物学的神经元的某种反射，而不来自于文学，而表达这种高兴，则也是纯粹的欲望了。从这个角度来说，如何杀死抒情，这倒不是文学讨论的范畴了，而是生物学的，就像你该如何让一只原本一听见主人回来就乱叫的狗变得对主人毫无反应一样。

唐诗人（批评家、暨南大学博士后）：

高旭和由疆都说到了很重要的一点。小说中也提及，国王的帝国规划，其实也是一种抒情。我们可能会将国王的想法描述为志。但抒情言志本就一体，情志在古老时代也是不分彼此的。小说能够点出这个问题，也说明李宏伟对抒情、语言的思考并不是单向度的，他也考虑到抒情本质上是无法抹除的，或者说，人的感情、情绪、意志等，并不会因为语言的消除而消失，只要还有人，只要人还有欲望，包括国王那种操控一切的欲望，情感、意志就会有它们相应的表达方式。其实，所谓文体的变化，就是人类情感表达方式的变化。到2050年，即使如小说描述的那样，高度的科技化，也会有高度科技化的情感表达方式，当前所认为的抒情语言，到2050年或许不存在了，但我相信会有新的抒情模式。当然，由疆也讲到，抒情诗消失背后是人的不死，小说也确实是将人可以不死作为抒情诗消亡的理论前提。人若可以不死，也就从根本上取消了生命的根本意义问题。因为需要面对死亡，人类才有真正的文学、哲学。人不死了，要这些烦人的东西干吗呢？

四、“国王是一个疯子？”

叶由疆（青年诗人、暨南大学中文系本科生）：

继续追问的话，会发现其实小说在抒情的主题下指向了另一层更深的主题，即存在，这在“命中注定”中其实也是有体现的。或者退一步说，假定我们，或者小说中，要谈论的抒情确实就是我们当下所认知的人的抒情，其实国王与反抒情之间本身也是暧昧的，不仅因为对国王候选人的选择，更因为消灭抒情这种行为本身。它是一种僭越，而并非归于虚无，也因而是一种更加疯狂的抒情。谁能否认国王是一个疯子？而之所以疯，就是情已抒至极致，杀死它而又寄生于它。

唐诗人（批评家、暨南大学博士后）：

由疆思考得很深刻，极致的抒情，把既有的抒情模式取消，用这种取消来抒发一个理想国国王的疯狂。这一理解可能也是对小说旨意的僭越，但很有意思。这令我想起阅读过程中一直存在的一个疑惑。这个国王真的是一个很好的、带有理想性质的国王，可以说是开明帝王了。他有人格魅力，做事又如此理性，借着科技的力量，可谓是带领王国走进了乌托邦、理想国。这在很多人看起来特别有魅力、充满智慧的国王统治，本应该实现理想的、完美的未来，但是，在小说中，或者说我们读起来，是一种很复杂的感受，我们不会觉得国王是暴君、独裁者，但也不会赞同他的统治策略和王国规划。这是为何？国王是一个理性的疯子？极致的理性当然是疯子。

高旭（中山大学中文系博士生）：

谈到开明统治者形象，我也想到了一个问题，是不是这样的与西方传统不同的处理，一定意义上会削弱国王这个人物的深刻性呢？因为这个开明君主的设定，小说中很多对峙的紧张感被消解了，也会让黎普雷和国王之间达成一个看似简单的和解，进而丢失很多继续深挖的机会。

唐诗人（批评家、暨南大学博士后）：

这点我倒是不太认同，在我看来，塑造成开明帝王，小说显得更有思想深度，或者说，作者考虑的东西更为丰富。开明帝王规划的理性化、高度科技化帝国，跟希特勒当年的策略不一样，我们也不会将它归为恶魔形象。人被同一化，被去人性化，成为不死的机器。找不到暴君，帝国的规划是顺应科技发展的人之常情的理想规划，但导致的也是可怕的未来，这是从更深刻的层面思考科技伦理和人类命运问题。

联系由疆的“存在”观，国王如果是理性至极的疯子，如果是有意识地将这种理性统治当抒情，那这个国王也是个哲学家，是个哲学王，他用极致的方式考验人类。国王对继承人的选择，也看出他是在考验人。没有情感、没有自我主体性的人不在考虑范围内，由此可猜测，内在于国王心里的，应该是对有情者的珍惜和对被技术完全统治的人类的不屑，他也是在思考人类的命运。

郑焕钊（批评家、暨南大学中文系副教授）：

“开明帝王”问题很有意思。“国王”是这部小说对于未来帝国政治最重要的想象，这一人物有着非常悠久的中国传统，是中国人对于理想政治想象的基础，呈现了这部小说在政治想象层面上的局限，但也正是在“开明国王”这一想象中，涌现出了小说在思想上的创造性：这种具有暧昧性的主体，打开了“国王”与“抒情诗”两者之间更为复杂的辩证关系。

五、“它是科幻文学中国书写的又一样板”

姚怡然（暨南大学文学院硕士）：

这种开明形象，也可以拿电影来比较。《国王与抒情诗》这本小说的前半部分，与《黑客帝国》《分歧者》这两部电影有很多相似之处。《黑客帝国》的主角在网络“矩阵”中生活，却发现眼前的一切都是虚拟的、被操纵的，从“矩阵”中回到现实世界，却被定义为“异类”，遭到追杀。《分歧者》中的芝加哥人，16 岁时都被分配到不同派系，从事不同的工作，每个派系都拥有纯粹的美德，可主角因为每种“美德”都拥有，从而遭遇杀身之祸。《国王与抒情诗》的不同，在于帝国对“异类”的接受，这描绘了一种中国式的开明帝王形象。这样的开明，让其中的对抗性没有那么强，也呼应了李宏伟对帝国的操纵与诗的消亡之间的“暧昧态度”。

另外，小说叙述让我觉得略有遗憾的是，由《鞑靼骑士》这首诗引出的“不定之城”，仅有揭开帝国面纱的作用，却没有更多的展开。本以为可能出现的时空穿越、废弃之城甚至环保主义等议题，则并没有出现。这样宏大的诗篇，这样冰冷的世界，可以构建更为广阔的世界观，弃之可惜。

郑焕钊（批评家、暨南大学中文系副教授）：

这小说确实可联系《黑客帝国》，从科幻角度来看，《国王与抒情诗》的文体是科幻小说而不是纯文学。首先，从叙事学的角度，该小说具有非常明显的模式化：寻找诗人的死因，或更准确地说，寻找商业帝国的合适的继承人。由此，小说以黎普雷作为叙事主体，以他的视角展开，讲述了三个候选人的三条线索，并汇合在最终写作的基础之上。小说中每个细节都具有叙事功能，并服从于大的主题，这一意义上，它具有通俗文学的叙事特征；其次，尽管作为类型的科幻文学有其基本模式：科技异化以及人类命运。但是从《三体》到《北京折叠》，都呈现了与西方科幻小说的书写非常不一样的景观：它们不是书写科技异化，而是着力探讨科幻未来世界图景下的社会阶层及其政治。在这一点上，《国王与抒情诗》有着非常类似的情况，它是科幻文学中国书写的又一样板，呈现从现实性和思想上的本土特征。

唐诗人（批评家、暨南大学博士后）：

《国王与抒情诗》提供了科幻写作的又一样板，的确。一般的科幻作品，对技术的思考，主要是技术对人的异化，以及想象技术发达到不受人类控制，而《国王与抒情诗》，提供的是“理想国”时代的情感命运和政治伦理问题，哲学味更浓了。

不过，我倒是觉得小说主要还是纯文学书写。从叙事结构来判断是不是类型小说，我觉得是不靠谱的。只要不是实验写作，多数小说都要讲故事的，而讲故事就必然会使用一些经典的叙事结构。同样的结构，可以有完全不同性质的美学价值和思想见地。当然，更主要的原因还是，《国王与抒情诗》处理的问题，是纯文学写作最应该处理的，比如诗歌的未来、文学的意义问题，这甚至有元小说的味道；还比如科技发展与人性伦理的冲突问题、国家伦理与个人伦理的关系问题。作者虽然用了科幻、悬疑小说的壳，但核心还是在探讨科技伦理、反思文学价值、思索人类命运，而且，类型小说的写作都会考虑市场，很明显《国王与抒情诗》不是个走市场的作品。

郑焕钊（批评家、暨南大学中文系副教授）：

或许到底是什么类型什么文体并不重要，重要的是这个文本能引发我们思考什么。关于《国王与抒情诗》，我们谈讨得很深入了。总结一下，小说既建立“国王”“抒情诗”两者之间的对立关系，又在对立之中将其推到一个较为暧昧的状况，从而有了打开文本意义的可能性。除了国王在最后面对黎普雷讨论帝国自身的抒情性之外，在“本事”的其他篇幅，无论是宇文往户自身如何透过《鞑靼骑士》的写作来对抗帝国的人为规划所带来的了无生气，还是在《彝族史诗》的序言中两者围绕着帝国与抒情诗之间的决裂性宣言，又或者是黎普雷对帝国计划的不满，都表明两者之间的巨大对立。但小说的深刻性就在于：它试图讨论，在抒情也被规划的情况下，抒情在这种对立中仍具有的意义；另外，它写出了抒情与帝国规划之间的相生相反的关系，以及帝国规划背后的抒情，从而打开了思想的可能性空间。

“以心证史”
——《魏微十三篇》讨论

一、叙事伦理：模糊的、不确定的叙事

唐诗人（批评家、暨南大学博士后，本期主持）：

非常开心今天请到这么多朋友来讨论魏微的小说。《魏微十三篇》这部刚出的短篇小说集，收集了魏微 1998 年到 2016 年的近 20 年的十三篇代表性作品，其中的几篇还有准经典的性质。《大老郑的女人》是鲁迅文学奖获奖作品，这篇写得非常精彩，是我们了解 20 世纪 90 年代中国小县城文化人心的一个凝缩口，有很浓烈的时代感、历史感；而《化妆》这篇，也非常精彩。我看最近《收获》请了很多人评选自己的 40 年 40 篇，有好多作家、评论家选了《化妆》，所以，我想《化妆》是不是也有着准经典的品质。这次讨论魏微小说，也就有点经典重读的味道。

理解魏微小说可以有多个角度，我想从我比较熟悉的叙事伦理角度谈谈魏微小说。首先，魏微的写作，是深入每个人的

内心世界，去体悟、感受人物的心灵世界，所以读她的小说，不会像读很多小说之后爱憎分明，而是道德模糊化，改变我们通常意义上的、道德审判性质的伦理观念，而是对人物抱有深刻的同情心、同理心。比如《石头的暑假》，写一个猥亵小女孩的少年，按惯常的逻辑来看，这是个不道德的故事，但是，作家用一种不可靠叙述者的方式，把故事变得情感复杂。魏微让叙述者“我”成为对这个少年抱有好感的人，开篇写“我”与这个少年隐隐的亲密关系，包括家长们对他的好孩子评价，这些前情铺垫，让我们对少年石头发生兴趣，有了良好印象，同时又暗暗地期待着将会发生点什么。果然，石头做出了猥亵小女孩的可怕事件。这震惊了所有人，可在“我”心里，却是好奇多于恐惧、同情大于愤懑，甚至遗憾、不开心于石头对自己不再感兴趣。叙述者“我”的这份小女孩心思，多么天真、奇特，而我们也在这份天真的叙述口吻里，纳闷为什么好好的一个少年会这样。这份纯真的疑惑，延搁了我们的事件理解，携带到最后，小说写出多年以后，石头再次遇上那个女孩，忍不住又犯了事，我们才恍然大悟，这是命啊！其实，无须理解石头为什么会这样，只就小说的叙述视角，以及作家把一个并不少见的事件处理成一个诡异的心理事件，就足以影响我们了。起码，我们不再会从一件孤立的事去简单地审判一个人，不会再高高在上地指点他人罪大恶极、不可救药，而是深沉地想一想，石头这样的人其实也是可怜的，他怎么就控制不住自己？

从伦理考量出发，还可以看到一个社会发展阶段的人心史。比如《大老郑的女人》，20 世纪 90 年代小县城外地商人和本地农村妇女之间的爱情或者情性关系，尤其是叙述者等旁观者对这些现象的心理感受、立场态度等，这些就是我们了解 20 世纪 90 年代社会变化、文化转型过程中人心变化、人性变化的很好参考。我们说文学是活着的历史，这所谓活着，我的理解就是因为文学着重的是“人心”，人心是活的，“以文证史”不是证明什么事发生过，而是什么年代的人会有什么样的心理感受、伦理心态。当然，这个“以心证史”也不一定正确，比如我一直在想，《化妆》这个就不成立，我看到的“心”，是超越历史阶段的，我今天读来也能感觉它很真实，我相信这种人心依然很普遍，不管男人还是女人，都能在里面读到同感。这就是“心”的超越性，所以我以为“以心证史”只是一面，更核心的，是“以心立心”，它写这些既特殊又普遍的心理感受，其实也是努力去树立起一种理想化的、更值得尊敬的心灵。

我个人就这几个方面很有感触，肯定还有很多我没想到的。我希望在座的可以从我提及的角度，也可以从自己的理解，来细化或拓展这些话题。

郑焕钊（批评家、暨南大学中文系副教授）：

这是我第一次读魏微的小说，主要读的是《大老郑的女人》和《化妆》两篇。其中，更喜欢《大老郑的女人》，觉得这一篇小说在虚和实之间的处理比较特别。

小说写的是 1987 年整个社会刚刚开启和商业刚刚兴起的背景下的故事。书写了以大老郑的女人为代表的一个特殊的群体——“半良半娼”——她们既不同于寻常良家女子，叙述者房东的女儿用“我们”与“她们”来区别，而大老郑的女人也对完全从事性交易的娼妓表达厌恶，认为她们“又脏又下流”，这种特别的自我意识构建了一个特殊群体的暧昧身份。小说正是围绕着叙述者“我们”对“她们”的认识的变化与反转来完成对于某种看似确定的道德观的解构。

小说叙事的视点是在15年后的2012年，因而整体上充满一种对80年代的回忆和想象。由于这样的时间距离与主观色彩，充满着不确定的叙述语言，使得关于那个时代、关于现代化与传统的价值判断呈现出一种含混的色彩。当我们阅读时，可以明显发现小说不断地在“从前”与“现在”之间摆渡。“从前”被假定为一个美好的存在状态，如“我的眼前总浮现出一幅和我们小城迥然不同的海边小镇的图景，那儿有青石板小路，月光是蓝色的，女人们穿着蓝印花布衣衫，头上戴着斗笠，背上背着竹筐……和我们小城一样，那儿也有民风淳朴的一瞬间，总有那么一瞬间，人们善良地生活着，善良而且安宁”。又如“我们两家人，坐在那四方的天底下，关起院门来其实是一个完整的小世界。不管谈的是什么，这世界还是那样的单纯，洁净，古老……使我后来相信，我们其实是生活在一场遥远的梦里面，而这梦，竟是那样的美好”。再如“在他们离开院子的最初几个年头，每到夏天，我们乘凉的时候，或是冬天，我们早早缩在被子里取暖的时候，就会想起他们，那是怎样安宁纯朴的时光啊，像我们幻想中的莆田的竹林，在月光底下发出静谧的光……现在，它已经遥不可及了；或许，它压根儿就没存在过?”然而，这些所谓美好似乎又是不确定的，是“遥远的梦”并且叙述者也在不断地质疑它的“遥不可及”以及“或许，它压根儿就没存在过”。

这几段话虽然将从前叙述为一个极为虚构、不真实的场景，这种遥远既因为现在的叙述距离而产生，但在当时又是作为一种淳朴、古老的价值认可而存在，然而经过了大老郑的女人的进入以及真相被戳穿以后，这种肯定的价值认可又遭到了质疑。如果它并非真实存在的话，那么整个故事原来所赖以确立的道德支点就受到了致命的解构。因为那个道德支点假定“从前”应该是美好的，如小说的第一部分就反复不断地在书写时间变迁中的变与不变：物是人非与物非人是，不管如何变迁，时间都是缓慢的，而价值是稳固的。然而，随着改革开放和市场经济的到来，它开始变迁，外地人进来了，传统这种淳朴、古老的伦理的解构正是产生于外地人进来后原来的世界被打破的基础之上的。小说以二元的方式叙述外地人和本地人，外地人的进入，以“广州发廊”为标志，使原本稳定甚至停滞的小城发生了变化。对这种变化，小说从写大老郑的女人不被接受到因为与大老郑的恩爱，及因为她的存在为大老郑散漫的三兄弟带来一种家的温暖凝结而被接受、认可。小说写道：“她的性格是有点淡的，不太爱说话，可是即便一个人在房间里坐着，房间里也到处都是她的气息。就像是，她把房间给撑起来了，她大了，房间小了。”“也真是奇怪，原来我们看见的散沙一样的四个男人，从她住进来不久，就不见了，他们被她身上一种奇怪的东西统领着，服从了，慢慢成了一个整体。有一次，我母亲叹道，屋里有个女人，到底不一样些，这就像个家了。”

但这一个东西越美好，那么随着她的丈夫的出现，这个东西的真相被拆穿，它的残酷性或欺骗性就会越明显。因此在小说的第三部分，实际上解构掉前面所确定起来的道德和价值。作为对比，前面因为大老郑的女人的存在被缩小的空间，这时候突然被感觉到变得非常的大，再也没有比这更寂寞荒凉的一瞬间。这是一个悲剧性的反转时刻。

而在这样的反转当中，应该如何评价大老郑的女人？叙述者又引出了另一个女人——冯奶奶。冯奶奶可以说是一个存在于所谓稳定的、停滞的、过去的时间中的人，对于冯奶奶的过去“我们”表示谅解，而对大老郑的女人却不可宽恕。但两者是否具有本质的区别？事实上叙述者也并不清楚，“好像”“也许”等词语加重了这种模糊，整个叙事充满着不确定性。作为叙述者的父亲与母亲在评价大老郑的女人时的意见分歧，更彰显了这一点：父亲说“卖笑能卖到这种份上，还搭进了一点感情，好歹是小城特色吧，也算古风未泯”。但母亲就不同意，认为她“卖身就是卖身，弄到最后把感情也卖了，可见比娼妓还不如”。有趣的地方就在这里，“我们”之所以谅解甚至尊敬冯奶奶，是因为她卖身不卖情，她觉得只要她的男人不死就不能嫁，尽管她并非悲情地含辛茹苦地抚养小孩，而是“快快乐乐”的。而因为“卖身”连同情也卖了，却不被谅解，本质上肉体与情感在这里真能分高低对错？其实小说中有一系列这样的矛盾，比如“好人”和“坏人”。虽然房东家也认为大老郑是个好人，但体面比好坏更重要。这些二元对立及时代变迁中价值与伦理的模糊状态，正是透过大老郑的女人这样一个半良半娼的群体来书写并体认的。

更进一步，叙述者以更为坦白的评述来模糊化和消解这种区别，在她看来，无论是冯奶奶还是大老郑的女人，与一般的良家女子“唯一的区别就在于，在通过恋爱或婚嫁改善境遇方面，她们是说在明处的，而普通妇女是做在暗处的。因此，她们是更爽利坦白的一类人，值不值得尊敬是另一说了”。这段评说从根源处消解了原本设立的“从前”的种种淳朴与美好，使“从前”成为一个可能并不存在的、遥不可及的“遥远的梦”。假如是这样的话，那么实际上这种道德本身是不是原来也不存在？小说的解读空间就在于它树立起这些对立，但同时以一种模糊的、不确定的叙事角度来消解掉这种对立，从而对“半良半娼”这样一个新人群及它所带来的伦理问题进行思考。这种思考不仅体现在1987年那样一个时代，同时小说赖以与之产生对比的“从前”的价值因为冯奶奶而受到消解，也就使其反观整个传统中固有的价值的质疑与消解。

唐诗人（批评家、暨南大学中文系博士后）：

感谢焕钊老师，他的解读非常细致，就针对《大老郑的女人》这篇来细读，结合小说的叙事结构和叙事细节，包括用词特征和表达上的犹豫性，很贴近文学的解读，然后判断出作品的精神特征和美学特征，我觉得这个评论方式特别值得推崇，是我们需要学习的品质。

焕钊提到的模糊性，跟我刚才提到的叙事伦理特征是一致的，就是作家写出了一个时代的人心矛盾特征，也表现了自己的写作伦理。这个写作伦理不是作家给出鲜明的道德判断，而是以不确定的口吻去表现这种过渡时代、特殊年代的人心和伦理变化。这一方面表达了作家对一些特殊个体的理解和同情，同时另一方面也更加真实地表现出了时代性。我觉得“以心证史”若成立，首先就需要作家把自己那种明确的道德立场给收起来，以一种更客观全面、更贴近人心的方式去书写生活事件。

小说的张力应该来自作品所描写的生活细节和事件本身，而非来自作家在作品中明确的观点结论。

陈润庭（青年作家、暨南大学文学院硕士）：

这是我第一次读魏微的作品。初读魏微的《化妆》我就被那种娓娓道来的节奏感打动。魏微小说的遣词造句，小到对于某个感觉的捕捉，都很精确。她会用一小串的形容词印象式又准确地传达出要表达的意思，除此之外没有多余的话。所以我特别喜欢短篇小说《化妆》。对于《化妆》中的女主角嘉丽来说，在贫穷中保持自尊是她的舒适圈和保护色，两者缺一不可，就好像有些女人只有在华服和艳羡的目光中才可以泰然自若一样，嘉丽的出身和思想的深度，让她反而沉迷于有尊严地贫穷着的状态。所以发迹后奢侈并有尊严的生活，让她无所适从。她认为这个社会对她的尊重是先敬罗衣后敬人。当她被包裹在华服和职业之中时，她反而觉得自己享有的一切都是假的。反观她人生中最好的一段岁月，不仅仅是因为她爱这个男人，而且是因为这个男人欣赏的是她的贫穷和她不经修饰的美丽。所以当科长一提到钱，嘉丽的尊严就破碎了，梦就醒了。

嘉丽可以那么轻松地回到属于她原本的角色里，可以浑然天成地制造贫穷的假象。这一切让她多兴奋，根本是兴奋到战栗，就好像拜金女穿上华服在宾客的目光中走下扶梯，全场的聚光灯都打在她脸上一样。她的妆容是贫穷，而她的贫穷不需要别的角色来成全，只靠自己的想象就完成。科长不过是一面镜子。嘉丽以为再一次照镜子，最多就是铜镜未磨而斑驳模糊，但是颜色还是在那里，但其实是照妖镜，把自己照得清晰又不堪。

《大老郑的女人》和《化妆》都关注了在世人眼中可能不是道德完璧的女人。在当代要书写一个有道德争议的女人是非常困难的，比书写一个有道德争议的男人更难。如果要写到读者对其不厌恶，反而心生怜爱与同情，更是难上加难。从叙事的难度上来讲，《大老郑的女人》比《化妆》的完成度要更高，更能展现魏微深厚的叙事功力。《化妆》里嘉丽作为女主角，叙述中也有许多心理描写，自然会让读者产生某种“同情之理解”。而《大老郑的女人》的“女人”却一直处于被观看、被非议的道德边缘境地，却又让我们对她无法心生厌恶，反而觉得她很纯洁，跟“我们”是一样的人。我注意到《大老郑的女人》写于2002年。在此之后我读过许多题材相似的小说。在那些小说里，作者更会编故事，“女人”的道德也更加可疑，叙述里充满了暴力与血腥的味道，色调阴暗，人物内心扭曲，却无法让我由衷地感动，只觉得这些作家无法真正体恤这样的女人。他们的作品不像《大老郑的女人》一样，让你感觉到浑然天成的怜悯、理解和通透。这是极其珍贵的小说品质。

唐诗人（批评家、暨南大学中文系博士后）：

润庭更细致地分析了这种叙事所能带来的伦理效果。我也挺喜欢《化妆》，润庭说到镜子，的确如此。科长是一面镜子，嘉丽把自己“化妆”成穷人，也是直接让自己成为一面镜子。变富的嘉丽化妆成穷人去见老情人，爱在还没有相见时已经落幕，她只是要表演，要检验这个老男人连同我们每一个人的心。我们看着这个老男人如何面对这个“又穷又丑”的嘉丽，就是在直面自己内心深处不可见人的羞耻面。读这个小说，我们爱嘉丽，也恨嘉丽，她痛苦、痛快，我们也感慨、自省和愤恨。

▌余阳（中山大学文学博士、华南师范大学中文院博士后）：

在阅读“十三篇”的过程中，有两个词一直交错在我脑海里浮现，一个是中间人群体，一个是灵魂的灰色地带。

正如我们所了解，世上人们的生活并不是非富即贫的，在成功者与贫弱者之外，更广大的是处于这二者之间的中间人群体，也就是我们所谓的平凡人。而平凡人，也是相对不引人注意，最没有存在感的群体，这就好比在一个家庭有三个孩子，老大往往被寄予厚望，需要成为弟弟妹妹的楷模，老小会得到最多的怜爱，而中间那一个，常常会被习惯性地忽视，得到最少的关爱。他们不至于穷得揭不开锅，在维持生存之外，还能保留一点自己的精神空间，但也无法超脱，时时被生活所缠绕，他们既不值得被崇拜，也无法得到更多的同情。因此，要克服习惯，写出平凡人的故事，并且写得不至于无趣，写出平凡人的存在感来，并且不故意夸张变形，其实并不是一件容易的事。而在“十三篇”中，这样的平凡人形象几乎无处不在。比如在《大老郑的女人》中，大老郑背井离乡在外打拼，家底似乎并不丰厚，但养得起暗娼，证明生活还是比较滋润的，大老郑带回的女人，虽然有着沉重的家庭负担，做着不能见光的营生，但也让家里“有饭吃，有衣穿”，甚至“住上新瓦房”了；《化妆》中的科长和嘉丽也是如此，科长虽然没什么钱，但也有着“看上去还不坏”的家庭，有一份比较体面的工作，嘉丽过去虽然贫穷，但也被家里支持着读完了四年大学，后来虽然创业成功，“雇了几个员工，在市中心的黄金地段供了一户写字楼，每天，开着那辆黑色的‘奥迪’，驰骋在通往乡间别墅的马路上……”，但也只是普通的有钱人，和达官显贵还有很大的差距。小说中这些平凡人都有着自己闪光的一面。比如大老郑，他“平时话不多，可是做起事来，那真是既有礼节，却又不拘泥于礼节，这大概就是常人所说的分寸”；大老郑带回的女人虽然不美，但也是“非常生动的，俏皮的，像一个可爱的姑娘”，“有时候她把眼睛抬一抬，眼风里是有那么一点活泼的东西的”；过去的嘉丽虽然是个“很少引人注目”的穷学生，但她“不知道自己的眼睛有多美：大，安静，灵活，时常焕发出神采”；而科长后来虽然越来越让嘉丽失望乃至厌恶，但在两人结识的时候，对于嘉丽还是充满吸引力的，“嘉丽简直不敢看他的眼睛，那样的沉着，静美，他看上去比实际年龄要年轻一些，架着秀郎镜，举止温和，风度翩翩”。同时，在作为读者的阅读过程中，这些平凡人的故事也让我时而温暖，时而紧张，时而忧愁，有着内在于情感之中的跌宕。个人感觉，魏微之所以能写出这些平凡人平凡而并非平庸的故事，塑造出一个个各具吸引力的平凡人形象，或许是因为她真正把自己带入了人物的视角，通过一种细腻而平等的书写，真正进入了人物的内心世界，从而通过对人物情感起伏的刻画，使人物的故事也得以富有了曲折感和悠长韵味。适才听魏微说起自己的写作体验，说自己的写作需要耗费生命气息，写作时会有一种演员式的状态，需要先进行情感的沉淀。这是一种十分辛苦的创作方式，但我想，要写好平凡人的故事，这可能也是目前能想到的最合适的一种创作方式了。

此外，刚刚大家也谈到，在叙事伦理方面，魏微也使用了一种比较模糊的处理方式，从而展现出人性的复杂性与时代、社会的多面性，而这种比较模糊的处理方式，个人觉得，也展现出一种灵魂的灰色地带。关于灵魂的灰色地带，在当代小说中其实也有很多书写，而“十三篇”的特别之处，或许在于它显示出，当我们从不同立场，将其放在不同环境中来看这种灰色地带、人物的行为选择的时候，我们的认识或许会截然不同。比如对于大老郑养暗娼的行为，从社会伦理的角度来看，确实是难以容忍的，因此，母亲还是对他们“下了逐客令”，但是，因为在彼此相处的过程中有了感情，所以，十五年过去，每到夏天乘凉的时候，还是会想起他们，想起那段“安宁纯朴的时光”，此时个人的情感倾向，已无法与对是非准则的判断放在一个维度里言说。同时，也就像作者本人在小说《胡文青传》末尾，借胡文青视角发出的那段感慨所写，“胡文青看不见他们的脸，听不见他们的抱怨、吼叫，知道他们是活在今天。他的眼睛突然掠过了眼前的景象，回到了四十年前……心里想着，今天的这些人，若是活在四十年前，谁知道他们中谁会变脸、变成什么样的人？谁知道他们中谁会哭泣？谁会仰天长啸？谁会变得狰狞，以至于他们自己竟不自知。然而现在他们都是好人，这些正走在中央大街上的人、走在他厂区里的人……他们追打、嬉笑、抱怨、吼叫。他们都是平凡人。”

最后再谈一点对于魏微今后创作的期待。在对于平凡人的书写中，模糊、灰色或许也对应着一种茫然感与不确定性，人生在世如黑夜大海行船，魏微的写作，也时时使我感受到一种苍凉的底色，而在这种苍凉的底色上，是否也能发现各人赖以生存的稻草，在不确定中，是否也能有一种作为支撑的确定呢？

英雄人物的稻草是他们的信仰，贫弱者的稻草是生存，而平凡人的稻草是什么呢？或许是生活中的温情，也可以是痛苦，或者某种奇异的执念。就像小说《姐姐》中所写到的姐弟感情一样，希望魏微在之后的创作中，在苍凉的底色上，也同时能书写出各种丰富多样的稻草。我对此充满期待。

唐诗人（批评家、暨南大学博士后）：

余阳从中间人物、平凡人这些人物的角度来理解魏微小说的故事特征，看到魏微书写灵魂灰色地带的趣味，从另一个角度丰富了我们关于魏微小说叙事伦理特征的理解。

二、她追求一种平权的人性立场，而不是尖厉的女声

冯娜（青年诗人）：

读魏微的小说，会让我想起墨西哥小说家胡安·鲁尔福的摄影作品。胡安·鲁尔福的镜头中墨西哥乡村和人群仿佛都处在凝固的时间中，朴素、深远，又让人有一种微微的窒息感。魏微的小说也有这样的气息，她笔下的场景和人物会让人感到亲切和熟悉，好像我们也在那样的地方生活过，而她笔下那些人就是我们的邻人、亲戚。她书写的世界也像是一帧帧黑白照片，它是内视的、有收缩感的，在平静的时日中涌动着暗流。

《大老郑的女人》和《化妆》是魏微两篇颇受关注的作品，很多读者也做出了很详细的文本解读。我在阅读中特别关注到

一个问题，就是人的身份认同。在《大老郑的女人》中，无论是大老郑的女人还是冯奶奶，作者都带着一种用身份来确认她们的存在的视角。然而，到底她们的身份是合乎正常道德伦理的呢，还是处于一种暧昧不明、游移不定的灰色地带，人们又是抱着什么样的心态如何界定、接纳或者排斥这些“身份不明”的人？——这种不能分明、难以确定恰好成就了魏微小说的魅力。又好比《化妆》里的嘉丽，她在自己不再贫穷后，依然想以自己“穷人”的身份确认自己曾经的爱恋，她渴望得到他人感情的认同，在那永远得不到的妻子的身份之外的自我认同。

魏微小说对人物的书写、对事物的观察细致敏锐。她也很关注女性的生存和命运，但她的书写并不像她的同代中的一些女性写作者那样尖锐和凶猛，她对人怀着同情和善意，她的目光是平视的。她追求的是一种平权的人性立场，而不是尖厉、突兀的女声。

每次阅读魏微的旧作时，我都有一个疑问，为什么这样一位具有小说天分的作家突然就不写了？带着这样的疑问我也看过魏微很多的访谈和创作谈，其中她说过一句话，“有时候觉得沉默也是有尊严的”，给我留下很深的印象。可以看到，魏微是一个对自己要求很高的小说家，她保持着一个小说家的自尊心，走在自我完成的路上。她也并不在意时代喧嚣，她依然走在属于她的节奏当中。魏微的写作，就像她的淮阴老家，蒙蒙薄雾的平原景象，开阔平静，河流流经她抚摸过的土地，不徐不疾。而作为读者，我期待看到更加丰富、更多层次的景观，这是对她的期待，也是对她的祝福。

唐诗人（批评家、暨南大学中文系博士后）：

冯娜从诗人的独特视角看魏微小说，非常诗意的表达。冯娜也提到《大老郑的女人》几篇的“灰色地带”问题，这也是前面我们说的叙事伦理特征。另外，冯娜提到魏微小说的创作节奏问题，的确，这是我们都很好奇的，为什么这十多年来，魏微没多少新作？这自然是一种保持尊严的方式，没有写到让自己满意，就不如不写。在这个年头，每个作家都在比赛一样看谁写得多看谁发表得快，而她能够镇定自若，如果不是有足够的自信，肯定是做不到的。的确，魏微这些旧作，在那个年代已经奠定了重要的位置，已经在我们心中留下了难以抹去的印象，这已相当难得。试想，今天很多作家一年发好多篇，每年好多本书，又有几个人的某一个作品真正出彩到令人刮目相看的？似乎没有。

桃子夏（本名张蓓，青年作家）：

第一次见魏微是在作协拥挤的电梯里，我被挤在最里面，瞧见电梯门开了，又进来个女人，安安静静的：她眼睛挺好看，属于最好画的那一类人，有眼神，而且眼神抓人。这么美的一双眼睛却有着呼之欲出的焦虑、深思和哀愁，而旋即又对人群视线有闪躲，像小鹿一样慌张，有少女的美好洁净感。后来才知道，哦，原来这就是魏微。

《魏微十三篇》非常好读，一晚上能读去大半，读完口干舌燥如梦初醒，从时光隧道里把自己捞回来了一般。按作品发表年份来排这十三篇作品的主意非常好，人物弧光和作者成长的弧光一目了然。前几篇主角天真，天真中也有自己的小算盘，后几篇愈发厚重，作家对人和人世的悲悯令人动容，如《姊妹》里黄、温二人缠斗一生、纠葛一生的苦痛共鸣不可剥离，读来颇有波澜壮阔之感。

看她的文我常常觉得是在烟火人间里晒太阳，躺在一块四周喧嚣这儿却十分安静的草地上，阳光是极好的，温暖、舒适，我晒着晒着就融化了，融化在这烟火人间里了。因为是在太阳下晒化的，所以并不觉得十分寒冷，但孤独，多少是免不了的。

唐诗人（批评家、暨南大学中文系博士后）：

这是来自一个青春作家的素描式感受表达，谢谢张蓓。

旧海棠（青年作家）：

我看魏微的小说是从《收获》杂志上发的《石头的暑假》开始，喜爱。折回头找她其他的小说，一篇不落地看，太喜欢了。后来又追，发现《石头的暑假》刚好是她写作上的分水岭（我以为的）。我又找她的随笔、创作谈、对话，只要是她写的说的都看，一字也不想落。这么看下来，就发现魏微的文字从明清来，低眉垂眼，开腔启唇都带着中华几千年大户人家深闺小姐下楼见客的气质。“她”知书达理，深谙世情，一开口说话早就是刚刚好的语言，连语速快慢都想好了。而她又是有才情的女子，世俗伦理通晓，来人一举一动她已熟谙于心，她答人说话，把未来多少年预见都藏里面了。所以，魏微的小说多是给出结局的，这是内容表达中很重要的一环。学魏微难学的不是她的语言和腔调，凡学不像的都是没有魏微小说式的结局。

我以为魏微是70后一代中不多的首先进入经典序列作家之一的作家。也是因为如此，她使小说长期保持了她的语言腔调之外，还给出了她的小说独有的发现与命运，这对文学来说是给出其生命了的。

魏微的产量不高，她对作品的要求也并非在已形成魏微式的好语言上，而在对文学母体的发现，她已说过的不想说了，别人说过的她更不会说，她若动笔必定得是她已通晓的东西，这包括文本的形式、言说的内容。以她的早慧经历，不管是什么时候的生活，她肯定是少不了感慨的，但要她把感慨书写成小说，又要适合她的语言，她多又为难了，那样的语言还能说出更多故事吗？我觉得是能的，从文集中的《家道》看，她就用她的语言写出了《红楼梦》式的故事，这是一篇新时代背景下家道中落及人物是如何看待自己的命运的故事。

唐诗人（批评家、暨南大学中文系博士后）：

旧海棠从自己小说家的身份来看魏微小说，这份阅读感受，让我们看到魏微小说的文学位置。独特的腔调，每一篇有自己的母题，这些或许都是魏微在写作中特别重视的品质。

陈崇正（青年作家）：

魏微的小说有自己的腔调，这样的腔调就是她的语言才华，读起来非常舒服。我首先想谈谈她小说中的时间。《魏微十三篇》这本书中一共十三篇小说，其中有八篇是以带有时间性词语的句子开头的，其中《十月五日风雨大作》更为明显，索性以时间作为标题。当然这是一种不完全统计，但能看出一些问题。短篇小说的开头第一句，我觉得非常重要。琢磨清楚开篇第一句话，我们可以看出什么是对她写作的驱动，调动了她写作的热情往下奔涌。显然是时间，魏微对时间有天然的敏感，或者说一种深深的迷恋，这里面包含了非常复杂的东西。一个作家太早看穿时间，会让她少年老成，也让她后来对世间一切更容易厌弃。

沿着小说中的时间这个角度，我想重点谈谈《化妆》这个短篇小说。《化妆》最近入围了《收获》四十年四十篇多个评委的榜单，说明它得到了许多人的认可。这篇小说刚好就是一个时间结构，“十年”构成了故事的天平两边，以“十年前”开篇，时间不单成为故事的容器，还成为故事的骨架。这种以时间为骨架，形成前后两截结构的小说不是太多，苏童老师的《西瓜船》就是这一类。这种结构很考验作家的功力，有些作家就只写前半截或者后半截，如何让前后两截达成均衡，如何让前后两节形成合力，是这类小说结构的关键。《化妆》难在嫁接，这个小说前半截把主人公嘉丽的穷写出来，穷内化了她的痛苦，导致她爱上另一种痛苦。魏微在前半截塑造了她的穷，穷在时间中成为一种“化妆”，成为嘉丽伪装的工具，她十分兴奋地论证另一种人生的可能，却击碎了自己的梦。十年前穷是她的本质，十年后又倒过来，穷成为她外在的试剂。在这个小说中，穷成了一种记忆，使她摆脱不了穷的魔咒。

另外，从塑造女性人物的角度看，魏微作为女作家有天生的优势。她有两种能力，一种是代入感，她很能贴着小说中的人物来写，让读者跟着她走，读完让人有强烈的意识——魏微就是小说中的某个人物，人物的命运跟作者捆绑在一起。另一种是疏离感，魏微能在小说中制造疏离的感觉，让她变成看客，她慢慢将视角从“我”切换到“我们”，这让她保持了对于时代的某种敏感，而不至于卷入其中。比如说《家道》，时代的痕迹在这个小说中呈现出一种自然的生长。写时代是很难写的，不留神就容易刻画得很硬。在《大老郑的女人》里面，新的经济力量，一股改变时间的力量，变成她书写的着力点，变成故事的内在逻辑。魏微小说的疏离感让我们清楚看见历史的运行，历史也就是时间，时间在她的小说中呈现一种缓慢气质，魏微对时间清晰的触摸，其中不单有自己的影子，也轻轻将小说中的人物裹挟进这个时代。

魏微具有经典化的力量，虽然她写得少，但难得的是，从未离开过。

唐诗人（批评家、暨南大学中文系博士后）：

崇正从“时间”和“女性人物书写”两个角度，看到了魏微小说叙事结构特征及其所能够形成的叙事效果。对于这点，我也很有同感。魏微短篇小说有独特的结构：现实感很强，同时也明显地想超离现实，表现诗性。今天，在我们重新强调现实感和社会性的时候，很多人开始觉得，着眼于内心的写作，往往狭窄、逼仄，无法开阔，但我始终以为，真正做到了贴着人心写的作品，可以既接地气，深富现实感，又能飞翔、超越，表现出浓烈的诗性。《大老郑的女人》扎实地插入了20世纪90年代小县城的生活现实，表现出的人情，纯真到可敬。《乡村、穷亲戚和爱情》更为明显，以城市家庭的小孩视角，看着父辈的农村亲戚如何来访和怎么拘谨，写出叙述者那份厌恶和好奇混杂的矛盾心理，更通过细微的观察，把那些农村来的穷亲戚写得尤其真实。读这个小说，我仿佛看到了来自农村的我曾经如何造访城市亲戚，那份夹带着美好想象的羞愧和不安，最为直接地展示着一份介于自卑与自尊之间的尴尬心灵。这是扎实的一面。另外，魏微还在其中掺入了自己回归农村的爱情想象。这份不可能的情感，营造出一种超脱世俗的诗性幻象，同时也消弭了叙述者曾经对农村、对穷亲戚的厌恶之情。如此，这个小说不是乡土的也不是城市的，而是关于人心的。魏微用内在的心灵面打通了乡村与城市、富裕与贫穷，由观察人心来观照社会现实，自是一种开阔。

高旭（中山大学中文系博士生）：

魏微的小说关注了那些变动的时代，她的小说常常是放置在一个特定的时间节点的，比如“文革”结束初期、改革开放的时代等等。在这些特定历史时期，人物的心理变化、伦理道德的变迁都得到了解释。作家自述：“我喜欢把一切东西与时代挂钩，找到个体后面那博大精深的背景和底子。”在这样的写作背景之下，魏微小说中人物的成长，也是与时代密切相连的。《在明孝陵乘凉》这篇小说，讲的就是一个少女的成长主题，十二岁的小芙的性意识的萌芽与觉醒。小说发生的年代是 20 世纪 80 年代初，作家说：“‘文革’已经结束了，全民性的改革还没有开始。整个城市处于一种无所事事的、青黄不接的潜伏时期。”在这样的时代背景之下，一个十二岁的少女的青春期启蒙，就从想象明代那些活色生香的爱情故事开始。

《在明孝陵乘凉》里，南京的夏天是燥热而不安的，“最高气温达到43摄氏度”，这恰恰符合了小芙在青春期的躁动的内心。在读这篇小说的时候，我想到了苏童的一篇小说《灼热的天空》，和这篇小说里营造的气氛十分相似，《灼热的天空》里那片滚烫炙热的天空，和四方城毒辣的太阳一样，映衬了少男少女的成长。小芙的性觉醒，来得突然而仓促，她渴望成为一个女人，但等到十六岁初潮来时，她觉得“自己从自己的身体内走出了”。在那个禁忌初开的年代，少女的成长所经过的这一段旅程，是躁动不安而又饱含生命力的。

唐诗人（批评家、暨南大学中文系博士后）：

这也是“时间”问题。从少女的性意识书写与特殊时间节点之间的关系来看，魏微这种写作却也是“以心证史”的表现。这是我未曾想到的，应该只有女性读者才会发现。

三、探讨生命成长及其被毁坏的可能性

高旭（中山大学中文系博士生）：

魏微的小说，对个体的尊严感，尤其是女性个体的尊严特别关注。在她的写作中，对女性身上那种敏感的心理的观照以及对个人尊严的强调，是非常明显的。如《化妆》里，嘉丽因为贫穷，在与科长的恋情中，她拒绝了好几次科长送给她的戒指、衣服，但后来得知科长送给她的不过是百货公司最低档的衣服后，又深深受到了伤害。尤其是最后一次见面，当科长掏出三百块钱的时候，嘉丽的自尊心完全被击碎。对于嘉丽来说，

贫穷既是她的黑暗的、耿耿于怀的部分，又是支撑她自尊心的部分，所以她选择化妆成原来贫穷的样子去见旧情人，在这一过程中，嘉丽找到了自己的身份认同感。小说中这么写道："她不能忘记她的穷，这穷在她心里，比什么都重要。她要时刻提醒自己，吃最简单的食物，穿最朴素的衣服，过有尊严的生活。有时嘉丽亦想，她这一生最爱的是什么？是男人吗？是一段刻骨铭心的情感？不是。是她的穷。"对于嘉丽来说，贫穷反而带来了一种两性关系的平等，一旦对方用金钱和首饰来打破这种平等，嘉丽的自尊便不再存在了。在同样写爱情的《情感一种》里，我们依然能读到这种依靠贫穷来建立起一种尊严感的感情模式：女大学生栀子因为找工作的事情与已婚的潘先生相识，到后来又发生关系，在这种看似纠缠了利益的恋爱中，支撑起栀子脆弱敏感的自尊心的，也是贫穷。物质上的贫穷，急需一份体面的工作，这些是潘先生能够给予的，但栀子拒绝了。她躺在狭小简陋的房间里，"她觉得她穷"。魏微在这些小说中，通过对这些男女情感的复杂和细致的书写，向我们展示了一种女性的个体尊严和自我认同。这一点可以说是非常深刻的。

唐诗人（批评家、暨南大学中文系博士后）：

我们穷时需要钱，又害怕赤裸裸的钱，没有它我们觉得失望，有了它我们感受到羞辱；同样，我们爱时也是如此，需要钱的保障，又恐惧着钱的污染。穷与爱遭遇钱的时候，注定了矛盾纠结、脆弱不堪。魏微对穷的心理描写，的确非常精到。或许从穷家庭出来的人读魏微的小说，都会有同感。

孙频（青年作家）：

我从魏微小说中能读到的几个关键词：

第一个词是时代。我觉得魏微的小说中，若隐若现的，都会写出时代感来，写时代对个体的冲击、个体在时代中的变迁、个人怎么去面对时代，但她不是写时代与个体之间的对抗，不是写那种撕裂感，不是写时代对个体的戕害，而是把时代写成了河流，人在这种河流中顺流而下，整体基调从容而苍茫。所以在她的小说中读不到怨气。只是，所有的人在时代里尽量努力地散发出他们作为人的一点光芒。他们没有在时代中沉溺，也没有被时代所吞没，因此小说中不会有绝望的感觉。像《大老郑的女人》，小说中的男男女女们如何在这个大时代中往前走，这些人如何相互之间，获得一种温暖，温情地往下走。像《胡文青传》，小说叙述得云淡风轻，非常从容，把时代化解为一种河水静静流过的感觉，水面下却是暗流涌动。

第二个词是气息。我越来越觉得一个小说的好坏，不在于故事的完整性，最重要的是气息和味道。魏微小说就写出了自己的气息，这种气息和萧红的底色有一点像，就是苍茫而不寒冷，是一种温情冷静的、缅怀式的、挽歌式的写作。这是一种回忆式的写作，她的写作是在回忆一些与自己生命体验最息息相关、最吸引人的东西。这是一种暗流涌动却饱含深情的写作。当一个个体远离家乡，远离她最早生命体验的时候，向自己最深沉、最真挚的回忆寻找是一种真诚的写作。

第三个词是尊严。魏微写个体人物被时代裹挟着往前走的时候，最终寻找的其实还是个体的尊严。《胡文青传》就是一个典型。胡文青在“文革”时期打过人、迫害过人，后来他花很多年时间，一个人什么都不干地去想过去，这种无所事事的状态，其实就是要去寻找回自己的尊严。《大老郑的女人》里面那个暗娼其实也是要最终表现出自己的尊严。《化妆》里，嘉丽没有被贫穷伤害成另外的一种样子，她最后所做的“化妆”，也不过是用一种独特的方式，去找回自己的尊严感。所以，魏微的写作，写出那些最平凡、最普通的人身上也有尊严感、光辉感，这种尊严与生命的生生不息同在。

唐诗人（批评家、暨南大学中文系博士后）：

“写出卑微者的尊严感、光辉感”，我特别认同。虽然风格不同，但孙频与魏微小说在这点上，的确是非常一致的，这也应该是当前文学最应该推崇的精神品质。

王威廉（青年作家）：

魏微的小说反复探查这个世界，也回过身来探查自身的生命。在生命与世界的相遇中，世界是庞大的、近乎顽固的永恒，而生命是变化的、短暂的、脆弱的，因而生命的底色便逐渐显露出了悲凉的基调。时间把一个人从元气充沛的鲜活状态逐渐变成了一种腐朽的、毁坏的废墟，她对此特别敏感，这种敏感几乎贯穿了她全部小说的始终。她的小说还几乎贯穿了贫穷和爱情，这又意味着什么呢？我想，这依然来自于她关注一个生命体在精神成长的道路上所遭受的挫折感、挫败感，以及那种无力感。贫穷，隐喻着这个世界的物质性、社会性，而爱情则隐喻着这个世界的精神性、私密性。她从物质和精神两个层面上，探讨着生命成长的可能性以及毁坏的可能性。

读魏微的小说，我时常会想起萧红，隐隐觉得她们有相似的精神气质。还是以《大老郑的女人》为例。小说的第一部分，足足有好几页篇幅只是讲述着小城的变化，如果用电影镜头来类比，那就是长时间的空镜头和画外音。在这部分，只是提了一下大老郑是邻居，四十多岁，然后叙事者一直讲述着小城的情况，那些不变的街巷，以及那些开始变化的氛围。在耐心的叙述中，小说完全复活了一段时光。萧红就是一个回望型的作家，在《呼兰河传》这部小说里就复活了那座东北小城的模样，也复活了她自己的童年。但她们又有很深的不同，魏微相比于萧红来说，又少了那种疯狂折腾的活力。她通透了人世的悲凉底色，以至于面对许多事情她都显得有点儿淡漠，甚至有点儿疏离。就此而言，她又和她喜欢的另外一个作家——张爱玲有了某种相似性。不过，她身上又少了张爱玲沉溺于人情世故的一面。这让她像是张爱玲、萧红这两个作家的不同特点的集合。

唐诗人（批评家、暨南大学中文系博士后）：

孙频和威廉都谈及魏微小说与萧红小说的相似性。这种相似指向小说的叙述，也指向作家的情感特征。这都说明，魏微的写作，是跟自己的生命体验有着特别紧密的关系的。她写的都是与自己体验感相关的故事，这种相关，不一定是故事相关，更是精神气息相关，是个体对时代、对生活的情感体验。孙频说这是饱含深情的写作，威廉说这是要写出这个时代对个体生命的伤害，联系起来的话，是不是可以说，作家对这个时代饱含着深情，而时代回馈的却是各种类型或大或小的伤害呢？而小说对个体尊严感的看重，也可以看出，这种写作或许是作家自我疗伤的方式。因着这种生命体验和自我疗伤，小说也就有着很深沉的叙述口吻，同时也能看到不至于绝望的光芒。

龙扬志（暨南大学文学院副教授）：

虽然我平时主要关注诗歌，但是很喜欢她的小说。说起来认识魏微有七八年时间，她在我心目中的形象是纯粹、圣洁的。我认为这是一个有高贵气质的作家，处理小说的技艺令人敬佩，也许这跟她的家庭背景有关，像我这种从农村里摸爬滚打的野孩子，只有到青春期才开始萌发出一点喜欢文学的念头，所以一看到魏微就觉得她身上散发出属于文学的迷人气质。读收在《魏微十三篇》里的作品，能看出过去二十年间她的大致创作历程，特别是她作为一个小说家的成长。尽管我来不及去参考学者对她的评说，但是我猜想会有不少高校学生选择她作为研究对象，因为成长主题对于青年读者群体历来具有强烈的吸引力。

陈崇正的发言提及时间因素，我也感觉她的时间意识很强，这使得她的作品被纳入成长的序列。不少作品就是以一个小女孩的视角展开，让她去看周边的人和事，这个视角具有非常自觉的文学意识。很多人都有故事讲述，但是往往只考虑从成人的视角去打量世界，缺乏说故事的自觉，所以不能成为小说家。从小女孩的角度出发，就让故事具有间离效应，读者一看就知道这是文学，而不是关于事实的复述。早期的小说《乔治和一本书》也体现出另外的自觉，小说使用道具“书”展开，他在年龄大了，不能完整背出昆德拉的原文时，调情的套路就失效了。我认为作家对人性的捕捉和刻画能力比较厉害。这个短篇令我想起张爱玲和白先勇，对生活的描摹代表了作家对时代的凝视，选择一些熟悉的生活细节，很克制地表达作家对个体与时间的解剖。

我在公交车上顺便检索读者对她的评价，记得有一位评论家说她呈现了“我们时代的异乡人”角色，当然这样一个论述的直觉依据来自魏微不断迁徙的生活经历，这种经历自然会支撑作家切入时代的方式，她与生活之间保持一定的距离，促使作家对社会与时代保持冷眼旁观的姿态。这是一些平凡人物的平凡故事，他们完全消弭于时代之中，因此书写也就刻上了时代的烙印。比如不少作品中有失败的情感经历，里面的男人要不出轨，要不离婚，或者就是其他不堪的遭遇，也许就代表了魏微对于事物的基本看法，这个世界上没有完美的东西，透过光鲜的表面，都能看到底下藏着艰难的人生。《大老郑的女人》《化妆》等作品皆是如此。《化妆》里的张科长，当年何等风华正茂，仅仅十年时间，就在嘉丽的面前散发出一股老人味。

我很羡慕她有这么一副优雅、沉稳的笔墨，保持着不疾不徐的步调，只是觉得她有时太懒了，如果我有这样的才能，我会天天写，月月写，年年写，不然就是浪费天分，这种浪费是愧对人民的。

唐诗人（批评家、暨南大学中文系博士后）：

没想到龙老师嘴巴那么甜。蒙克写维特根斯坦传记时，用“天才之为责任”来概括。我觉得，愧对人民的帽子太高了，还是用“天才是一种责任”来期待更适合。有这份才能、天赋，就应该把它发挥好、利用好，这是对自己的交代。

第一篇《乔治和一本书》，最后一句是：“然而不可否认的是（这非常糟糕），从那天晚上开始，我爱上他了。”这是一个人的爱情故事，明知糟糕，却又爱上，关于爱的内心有多诡杂，可想而知了。2011 年《胡文青传》最后两段：“他的眼睛突然掠过了眼前的景象，回到了四十年前……心里想着，今天的这些人，若是活在四十年前，谁知道他们中谁会变脸、变成什么样的人？谁知道他们中谁会哭泣？谁会仰天长啸？谁会变得狰狞，以至于他们自己竟不自知。然而现在他们都是好人，这些正走在中央大街上的人、走在他厂区里的人……他们追打、嬉笑、抱怨、吼叫。他们都是平凡人。”这是对一群人的书写，这里可看到，魏微想通往一个新的，包括了更多人、有更广阔世界的文学空间。我们期待着魏微的这种突破。谢谢大家的发言。

辑二　大视野

《鹿》：地狱一般的嫉妒之火

唐诗人（批评家、暨南大学博士后，本期主持）：

我们今天讨论一部外国小说，花城出版社出版的“蓝色东欧”系列之一、萨博·玛格达的《鹿》。我最初提出讨论这本书的时候，很多人，包括这本书的责编，都有些惊讶，问我为什么会选这个？而不是我们大家都相对熟悉的赫拉巴尔等人。我其实没想那么多，只是阅读《鹿》的过程中感觉特别精彩，我是被这种叙述迷住的。我还没读完就有想法，应该讨论一下，这部小说有很多地方值得我们好好学习，起码在叙述层面，如此绵密，又如此锐利，这种文学性兼思想性都特别强的叙述，在我们的青年作家作品中，真的太少见了。在我读完小说后，我又想到，岂止叙述，就这种风格本身，也值得深入探讨。我们今天都在谈现实主义、谈文学要重新走向社会历史，于是我看到有些人就开始对写心理、写意识为重的现代主义一类风格展开批判、排斥。我觉得这种排斥是幼稚的，我们都很希望文学有现实感，有真正的社会历史维度，但是，这并不是简单的回到现实主义的问题，而是如何写当下的现实的问题。我觉得，玛格达这种写作，所谓的心理现实主义，以及作为匈牙利文学界的“西方派”，她对西方20世纪文学资源的汲取和改造，是很成功的。在《壁画》里可能还相对笨拙，但在《鹿》里，我以为是应用得炉火纯青了。《鹿》的叙述，肯定是心理流露式的，完全是现代主义的，但是小说所流露出来的，那些细密的记忆，都是历史，是特定阶段内的精神现实；同时，玛格达所塑造的这个嫉妒人格，难道不是历史创伤？社会历史内容，如何真正成为文学内容，这是需要作家才华的，需要作家将外在的社会历史素材内化为文学精神内容，如此书写出来的，才有真正的文学魅力。

我就先讲这两点感触，大家可以从各方面展开。我们先请《鹿》的责编、花城出版社编辑杜小烨来谈谈。

杜小烨（花城出版社编辑）：

《鹿》是匈牙利当代最负盛名的女作家萨博·玛格达的女性心理小说。小说描述贵族家庭出身的主人公艾丝特与她出身于高贵家庭的朋友安吉拉的友谊和纠葛。作者是当时“心理现实主义”写作的代表人物，特点是大量的心理独白，以回忆和当下心情自述交叉进行，来推进情节的发展与塑造人物性格。这种创作方法现在看来并不新鲜，但在匈牙利文学史上占有重要的地位。而且在现代生活语境下，女主人公复杂、独特的人物形象也能获得当今读者的共鸣——在生活的重压下，自尊自傲又脆弱敏感，不计一切代价为了生存进行斗争，如同《飘》中的斯嘉丽，将女性气质与男性气质集于一身。由此可见萨博·玛格达笔下的角色具备了经典的魅力。

萨博·玛格达有三部重要的长篇小说可供读者对比阅读：

长篇处女作《壁画》（1958 年），成名作《鹿》（1959 年），以及晚年代表作《门》（1987 年）。《门》先后两次被翻译成英文，1995 年在美国初次出版，2005 年在英国出版，2015 年在美国再版，并在 2015 年登上《纽约时报》年度十大好书。有趣的是，萨博写于 42 岁时的《鹿》与写于 70 岁时的《门》是有一定程度的文本互涉的。《鹿》是作者亲身经历的投射——相同的女演员身份、相似的童年经历以及对社会的控诉，还有一个较为负面的女仆角色。而《门》则将女仆人艾梅兰茨设定为主人公，小说家玛格达则成了映衬女仆的镜子。《鹿》写于作者壮年时期，充满锐气，大胆地披露人性中的嫉妒，而《门》写于暮年，温和内省，关注人与人之间的关系。两者对比，可以看到一个女作家用一生的时间来进行的自我反思和自我超越。

唐诗人（批评家、暨南大学博士后）：

《鹿》与《门》的对比，我也认同。读《鹿》感受到的是一个尖锐的女性嫉妒者，看《门》则是通过一个性格怪异的女仆形象，对照叙述者自己，反思的是自己所相信的那套价值标准到底有何种问题。《门》里的女仆，她一生所遭遇的苦难，不比叙述者“我”轻和少，甚至也要比《鹿》里的“我”更悲惨，但是，这个女仆却是一生在付出爱，尽管表面上看起来非常冷漠。这个女仆看透了世间苦难，但这种苦难成就的，不是一个异化的人，而是一个对他人的苦难更能给予同情和安慰的菩萨心肠的人；而“我”对生活苦难的愤懑，成就的往往却是一种极端的性格，或者是一种出于所谓正义感的慈悲表演，台面上义正词严实际上对他人生活却并不尊重。所以，对比《门》和《鹿》，能发现两种不同的叙述风格，也是两种不同的对待苦难生命的态度，对我们的启发是非常大的。

郑焕钊（批评家、暨南大学文学院副教授）：

今天我们讨论以萨博·玛格达的《鹿》等为代表的“蓝色东欧”小说的时候，我们在谈论什么？在整体性上，东欧小说已经很长时间被我们疏离甚至遗忘，除了个别作家以外。因此，东欧文学与我们中国文学的关系，实际上一直以来远远超出文学的边界，而跟20世纪中国自身的历史命运和精神资源之间构成了复杂的关系。从我熟悉的晚清时期算起，中国人对东欧文学的关注，在20世纪至少有三次。第一次是梁启超在倡导“政治小说”的时候，一方面通过译介日本政治小说以及书写那些通过独立革命获得政治独立的国家的英雄人物的文学传记，确立了中国民族独立的精神榜样；另一方面则是对于那些与中国陷入相似命运的东欧国家机器惨状的书写，为中国现代命运的悲惨构造了反面镜像。可能正是受到梁启超的影响，五四时期鲁迅、周作人对域外文学的翻译中，也格外关注东欧等国家的文学，作者大多是俄国及东欧弱小民族的，像波兰的显克微支等。这些小说家，均有一种苦难的意识，作品深处是底层的痛感，以及苍凉的精神。从精神渊源上，这两次翻译均显示了中国现代文学“感时忧国”的精神结构中所具有的“第三世界国家寓言”的色彩。因此，在中华人民共和国成立后，尤其是冷战意识形态背景下，第三次对东欧文学的关注也就在更广泛的意识形态背景下被开启。随着20世纪80年代以后我们开启市场经济，在社会文化思想整体上“告别革命”的影响下，重启了文化现代性的历程。在此前提下，东欧文学、亚非拉等第三世界国家文学以及国内的工人文学等，都失却了时代焦点之光的烛照，淡出视野之外。

对这一背景的梳理，或许是我们解读萨博·玛格达的《鹿》等为代表的“蓝色东欧”系列小说需要具备的历史性视域，它能够开启一个新的问题维度：我们今天可能会在什么视域下来关注东欧文学？尤其是“蓝色”的东欧文学。文学与思想的新的维度能够透过对蓝色东欧的解读与阐释而开启？正是带着这个问题，我以为萨博·玛格达的《鹿》带来了一种重要的维度：我们如何以更为个体化的书写去面对20世纪的历史、记忆，如何去面对那激动人心、理想主义却又充满残酷的革命历史，以及我们是否可能在全球资本主义的整体性意识形态中，获得新的想象力？在阅读的过程中，我感受最深的就是萨博·玛格达在《鹿》中，尽管书写的是极为细小的个人情感，尤其是个体非常内在的“痛”的感受，但是这种“痛”却不仅仅属于个人，它实际上总是有一个自身国家在20世纪所遗留下来的历史与记忆的精神印记。其意义显然也是丰富的，经历了现代主义之后的现实主义书写，应在个体的精神、历史的记忆与当下的反思性之间获得一种有效的结合。

唐诗人（批评家、暨南大学博士后）：

焕钊从历史背景出发，来看我们今天重拾东欧文学、读玛格达这类作品的历史意义，这个背景知识点是我没想到的，但他提出来的——我们如何更为个体化地去面对20世纪的历史、记忆——却是我读玛格达，包括读很多东欧作家，比如昆德拉和山多尔、凯尔泰斯，都会想到的问题。这些作家，真正把自己民族的历史苦难化作了思想财富、精神财富，可以真正影响到他们民族的精神进程，而我们的当代文学，说实话，有些对不住我们的 20 世纪历史，这里面当然有很多原因，但比较东欧民族的作家，包括比较俄罗斯文学，可以说，我们的当代作家是做得很不理想的。这个不理想，不一定是作品不够好，更可能是我们的读者还不够理想。比如大众层面的读者普遍都理解不了莫言和阎连科，甚至从来就不读文学，那即便有这种作品，也影响有限。

陈崇正（青年作家）：

如果我们从地图上看，总会觉得东欧是破碎的。但是在文化上，它又是自洽的。与我们的幅员辽阔相比，小国寡民有时候更容易获得文学上的公约数，更容易寻找到他们的国家命运交汇点，从而获得集体的共鸣。但走近一看，又会发现这样一片土地上生长起来的作家又如此迥然不同，从我们熟悉的昆德拉到米沃什，再到我们今天要讨论的萨博·玛格达，这位我们都非常陌生的作家，我们看到了斑斓多样而又自圆其说的风景。同样是战争的背景，同样是在二战这样一个特殊的时间点，但男作家和女作家所关注的就完全不同。男作家可能会像库斯图里卡的电影《地下》那样去描绘和想象战争，而女作家一直都在写家长里短，写身边的人和事，写家族史，写爱情。

《鹿》出版的时候，作家萨博·玛格达已经 42 岁了，并不是一个少女，但她却保有一颗童心、一颗少女心。从这个角度来看，小说中的主人公艾丝特就是一个长不大的女人。整部小说是在痛失爱人的悲痛基调之中推进，由第二人称“你”所指代的情人，成为主人公艾丝特内心浓烈情感的直接倾诉对象。我们可以看到这样一个在物质匮乏的环境中成长起来的女人，她内心的嫉妒是如何吞噬自己。外部战争的环境已经让这个世界失去秩序，而她在内心其实是渴望秩序，有强烈的道德要求，认为“通奸的人是应该下油锅的”，但现实中她扮演的角色，就是一个通奸者，就是秩序的破坏者，一个喜欢偷东西、具有强大占有欲的坏女人。她一边在内心期待秩序，但一边又不断在现实中破坏秩序。这样一个坏女人却在作者高妙的叙述圈套中让我们产生强烈的同情和共鸣，读者逐渐忍受她的种种不堪，也认同她的所有行动都具有合理性。艾丝特太渴望爱，渴望她的小鹿，渴望她的情人，但是她又在不断毁灭这些心爱之物。这些看似偶然的失去，其实是嫉妒之火的必然结局。她“求不得”的爱与恨交织在一起，让她甚至绝望地爱上了这种痛苦，爱恨的边界变得模糊不清。

只有女人才有权利永远拒绝长大，也只有女作家才有权利用女性的逻辑来重构破败世界之中的内心生活。这种完全内视的写法，喃喃自语，充满独白的叙述方式，其实需要非常高的资源储备和叙事技巧。萨博·玛格达非常清楚自己小说的制高点在什么地方，她笔下的人物是混沌的，她自己的艺术直觉却极端清晰，她并不是要和当时那样一个荒诞的世界直接决斗，而是通过一个女人的痛苦回望来完成对人性深度的勘探。这大概也是我们在几十年后读到这样一部小说仍然不会觉得老土过时的原因。

唐诗人（批评家、暨南大学中文系博士后）：

崇正讲的这几点都特别好，其中谈到说玛格达写出了这种嫉妒如何吞噬叙述者自己，也就是艾丝特这个叙述者，其实对于自己如此强烈的嫉妒心，她也是感到惊恐的。这就是说，玛格达的叙述带着强烈的自我审视、自我审判特征。这也是典型的现代主义叙事精神。我前面说阅读过程中被这种叙事迷住，其中就有着这个缘由。她的叙事是向内挖掘的，指向的是叙述者自己，从自己身上去发现一个时代、一段历史。我经常在文章中强调，写作是向自己开刀，解剖出自己身上的“病”，这“病”到底是你个人的还是一个时代的，能看出你的思想能力和叙述能力。

冯娜（青年作家）：

萨博·玛格达的小说《鹿》的译者余泽民认为萨博的“文字里头有阳刚”，意即她的小说有一种中性风度，并不阴柔。但我以为《鹿》是一本女性化气质十分突出的小说，她以大量的内心独白、强烈饱满的情绪开掘了一个色彩感浓烈、高饱和度的女性心灵世界，讲述了一个“地狱的炼火”般的关于嫉妒的故事。

这部小说是萨博·玛格达42岁时的作品，在此十年之前她是一个诗人。从《鹿》庞大的心灵独白、面对“你”“她”“他”这样人称进行倾诉等方式或许可看作是作者在早期写诗手法的赓续。在我看来，整本小说作家是以诗人的思维方式在写，也是以一种诗性的方式来推动和讲述整个故事和人物的命运。也正因为如此，小说的时代背景弱化、人物的关系和命运相互交织又晦暗，只有作者本人所在乎的感情和情绪如烈焰般灼灼，如地火蔓延，其余的一切，哪怕身后是战火纷飞、是众多家庭的破碎，“她”都毫不在意。她被败坏的内心世界却正是这一切的写照——这是一种女性的刚烈决绝，某种意义上，也是历史碎片中个人的强大。这使得萨博的小说在其时拥有非常独特的品质。

初读《鹿》这本小说时，那种铺天盖地的独白和铺张的情绪甚至让我感到有些不适，随之联想到美国自白派诗人普拉斯。同时，我很希望看一看萨博早期的诗作是什么样的风格。一位接近中国人所认为“不惑”之年的作家能有如此一以贯之的激情和强烈的表达意志和创造力都让人感慨。

有意思的是，这本书的书名是《鹿》，这也是作者在小说中试图展示的人性温柔的、“天使”般（作品中有一个人物就叫作“安吉拉”，意为天使）的一面，她试图与内心世界近似疯狂的嫉妒达成和解，也虔诚地祈祷。但是这种看似“向善”的拯救并不能克服被焚烧和损毁的心灵，她那炼狱一般的内在世界，是如此炫目，也如此独树一帜。

唐诗人（批评家、暨南大学中文系博士后）：

谢谢冯娜。作为诗人，冯娜对于玛格达的诗人身份特别敏感。这本小说叫《鹿》，我读的过程中就给冯娜推荐了，建议她读一读。一个原因是我知道冯娜也喜欢“鹿”这个意象，她的多首诗都出现了鹿，我还解读过她的一首叫《鹿群》的诗，写得很好，但很晦涩。另一个原因是，玛格达也是个诗人，她的这部小说，特别女性化，语言也特别诗化。《鹿》里的“鹿”很惨，成了艾丝特嫉妒心理的受害者，但艾丝特是特别喜欢这头小鹿的，因为她的缘故，它走向了不该走向的结局。从这个“鹿”的意象中，最典型地看到了玛格达这种自我审判的叙述精神，自己所钟爱的，却被自己所伤害。这种自己无法控制、令自己也惊恐的心理力量，何以如此强烈？这种自噬，有着非常强的张力。试想，这整部小说，难道不是这样展开的？可以说，这个写嫉妒的小说，嫉妒的对象概括而言就是“鹿”——那些可爱的东西，却被我们这些被时代所扭曲的心灵所伤害。

另外，冯娜还读出玛格达这个小说的写作思维也是诗的，故事发展线索不像很多小说，是事件在推动，也不是性格在推动，而是感觉在推动，一种语言的感觉或者说内心的感觉。诗歌的思维方式来写小说，这也解释了为什么这种叙述如此迷人。

王威廉（青年作家）：

在我看过的小说里，表现伴随着爱情而产生的嫉妒，《鹿》写得最深刻、最生动，也最丰富。嫉妒是爱情当中最常见的情绪。爱情跟普泛的爱不一样，普泛的爱是没有特定对象的，但是爱情有着特定的生命对象，因而需要不断克服与这种极端占有的情感相违背的障碍。探测这样的障碍，需要我们有过撕心裂肺的情感体验。你会清楚，嫉妒是所有的人类情感中最微妙的琴弦，萨博·玛格达把琴弦弹拨得非常细腻、极端和残酷。玛格达自己这样谈论《鹿》：“我——写这本书的人，只要有可能避免，我就不会去读它：我怕它。”这其中地狱一般的嫉妒之火，出自她的笔下，也必定出自她的内心。这是我们每个人心底深处压抑着的黑暗洞穴，没有熊心豹子胆，没人敢探入那洞穴并回来告诉我们里边的景象。就此而言，玛格达的勇气令人吃惊。这也是她要给这本充斥着嫉妒毒素的小说起名为“鹿”的原因所在吧。这种可爱、无害和漂亮的动物，在书中只出现了短暂的片段，可那才是希望和救赎。在鹿的纯真、脆弱跟极度的嫉妒、仇恨之间，是人性的挣扎历程，感谢这书名、感谢这生灵，在我们即将窒息之际，一头蹦蹦跳跳的小鹿忽然出现了，它睁着硕大的萌萌的眼睛望着你，在那眼神里你暂时忘却了那些折磨着生命的利刃，也暂时宽恕了你对自己的极端惩罚。

唐诗人（批评家、暨南大学中文系博士后）：

“在鹿的纯真、脆弱跟极度的嫉妒、仇恨之间，是人性的挣扎历程”，的确如此，“鹿”这个意象，包括用它来做书名，是极为准确的。整部小说就是叙述这样一个脆弱、纯真的心灵如何又残忍又悲痛。或许，嫉妒就是这样一种矛盾的心理，为何嫉妒？因为自己脆弱、匮乏，自己无法得到，于是出现了破坏与毁灭，这里面有着丰富的思索空间。

李石（暨南大学文学院博士生）：

读《鹿》让我想到《安妮日记》和西格弗里德·伦茨的《德语课》，这些作品采取的都是孩童化的视角来叙述自身成长的感受和体验。不同的是，安妮的写作和她的年龄是同步的，而萨博·玛格达的《鹿》出版于 1959 年，可以推知她很可能是在 42 岁的年纪才写作小说《鹿》，却依然保留着某种纯粹的孩童化视角。与此同时，《鹿》又充分呈现出一个女性作家的叙事特色，其叙事完全依照内心的节奏和意识的流动而不断延伸，跳跃性的对话、碎片化的场景转换，构成小说的诗性化风格。

《鹿》的孩童化视角至少带来两种叙事效果。一方面，在叙述方式上，《鹿》在处理历史与个人的关系时往往采取的是一种“轻”叙述。我们在很多作品中感受过叙述之重，比如雨果的《悲惨世界》对人的苦难的描写，比如莫言在小说中写一个苦难的母亲时用的是“跳蚤爬上母亲的阴道”这样冲击力十足的语言。小说《鹿》也写到苦难，写战争的苦难，但采取的是一种“轻”叙述。比如少女艾丝特在叙述战争空袭她们的城市和她们的房子被炸毁时，她用的是“我们家的房子在奥姆布鲁什家和卡拉斯大婶家的院落之间，消失得如同被风吹走了……”这样的描述。这种“轻”叙述反而更容易产生怜悯效果。

另一方面，艾丝特苦难的人生、家庭、命运，以及个人成长上对爱的渴求以及爱的缺失，导致她的很多行为往往是非道德化的。孩童化叙述和非道德化视角，往往在叙述过程中能够一针见血地道破社会道德的虚伪之处，因为童言无忌。同时容易让我们在阅读过程中对她犯下的错误保持一种包容和同情。比如艾丝特的父亲是一名正直的律师，他拒绝打不正当的官司，不愿收受客户的贿赂，父亲的耿直不仅使其成为人们的笑柄，也让艾丝特一家一直处于贫困之中，而艾丝特常做的事情是趁机偷取客户贿赂父亲时带来的食物。艾丝特成绩优异，她能够为了挣零花钱而在学校考试时帮助同学们作弊。还有就是艾丝特对童年伙伴安吉拉的不加掩饰的嫉妒。“鹿”在小说中是艾丝特的嫉妒的一种重要投射。艾丝特嫉妒安吉拉有一只小鹿，因此在一天夜里她把小鹿偷偷放走了，结果第二天安吉拉告诉她小鹿被火车撞死了，而小鹿的死亡并没有给艾丝特带来多大的心理负罪感，从这可以看出她的嫉妒本身的破坏性——她要想尽办法剥夺同伴所占有的东西，包括后来安吉拉的丈夫。

《鹿》还值得注意的是作品中的“斧头”的意象。至少在前五六十页的叙述中，“斧头”的意象就出现过多次，比如：

我猛地推开带玻璃的屋门，这时候看见米斯蒂趴在地上，看到在插着白色梳子的红色发绺下有一把斧头，砍进她的脖子里。

我暗中想象，伊鲁阿姨突然意识到自己该做什么，在一天晚上抄起斧头砍死他！

我感兴趣的是，假如真像人们传言的那样，尤若砍死了米斯蒂，多米叔叔跟艾尔莎偷情，那为什么伊鲁阿姨还不杀死多米叔叔？

假如有一天她也发现我父亲不忠，她会抄起斧头杀了他，然后以某种方式结束自己……

可以看出，艾丝特目睹了一起因偷情出轨而导致的杀人事件，这一事件对她的成长带来巨大的影响。她把自己视为“一个局外的偷窥者和无辜的目击者”，经历这次事件，她逐渐建立起某种道德审判意识。“斧头”意象的频频出现，象征着她对世界的一种审判方式，即包括对周围世界的一种绝望的恨意，同时也包括她在自我想象中按个人的道德准则来裁决一切的报复性快意，比如她对安吉拉的疯狂而偏执的嫉妒，“我想象自己是一个法官，宣布对安吉拉处以死刑”。但事实上，艾丝特又是非道德的，艾丝特对出轨有着本能嫉恨的同时，却又成为安吉拉婚姻的不道德的“第三者”。艾丝特这个人物本身的道德模糊性和含混性，或许恰恰构成一种解读的内在张力。

唐诗人（批评家、暨南大学中文系博士后）：

李石读得细，从孩童视角、“斧头”意象这些，看到玛格达叙述上的特征。孩童化视角，其中一个效果，李石说是“轻”，这让我想到，这种“轻”化的描写，恰恰是写出了这般的历史留给孩子的心灵伤痕。因为战争，因为各种不可预期的事件，很多东西瞬间就没了，这造就或者强化了一个孩子的嫉妒心理。但我有点不同的理解，我觉得这小说，整体上而言并不“轻”，只是部分描写以“轻”写重，大部分还是直接给人以沉重感的。因为玛格达是内心叙述，是独白式的写作，所以她对外在世界的描写，往往是淡化或者轻化，而把心理、内心的那种被扭曲的状态写得特别精细、深邃。由此，你讲的第二个效果——非道德化，我觉得就正好对应上一种冷漠感，一种嫉妒心支配下对他人所遭遇灾难的冷漠无情，这并不是童言无忌或非道德化视角，背后反而是作家玛格达的一种非常尖锐的道德审视，审视一种被嫉妒所扭曲的童心。由此也可以理解“斧头”意象，绝望的恨意、报复的快意，这些也都是冷漠化的、被扭曲了的、极致化的孩童嫉妒心理表现。

最后我们请这本书，包括很多东欧作品的版权引进者、编辑欧阳佳子来说几句吧。

▍欧阳佳子（青年诗人）：

萨博·玛格达凭借1958年出版的长篇小说处女作《壁画》一举夺得了匈牙利最高文学奖——科苏特奖，是匈牙利当代最受海外关注的作家。2015年，她的自传体小说《门》在美国重版，并登上《纽约时报》年度十大好书榜首。然而令人诧异的是，这位作家的作品至今还未在国内翻译出版过。

“蓝色东欧”译丛的存在，正是为了填补东欧文学的空白。因此，译丛的主编高兴决定将萨博·玛格达这两部具有代表性的作品——《壁画》《鹿》）列入“蓝色东欧”译丛。《壁画》最鲜明的特点是采用了大量的内心独白式描述，这在当时非常具有实验文本的意义。因为文本中大量使用了第三人称叙述，初读起来可能会稍有障碍。

整部小说由十三个章节组成，没有特别紧凑的情节发展，前八章基本都从某一个家庭成员的视角，从各个角度完满地刻画每一个出场的人物形象，如思想顽固保守的退休教士、叛逆的、离家出走的女儿安努诗卡，唯唯诺诺的大女儿扬卡，等等。作者以女性特有的耐心把日常细节、孩童小事娓娓道来，生动还原了当时当地的氛围，再现了一个匈牙利新教家庭各色人物的人生轨迹及心路历程，历史的背景无声地影响着他们以及家族的走向。相信这部小说会得到中国读者的喜爱，也会让萨博·玛格达这位伟大的作家慢慢走进文学爱好者的视野。

我们即将原文翻译引进萨博·玛格达的第三部小说，在这先卖个关子不说书名，敬请期待！

鲍勃·迪伦的歌给诗带来了什么？

▍唐诗人（批评家、暨南大学中文系博士后，本期主持）：

摇滚诗人鲍勃·迪伦获得2016年诺贝尔文学奖，这引起巨大争议，有人欢喜，有人愤懑。欢喜者看到的往往是迪伦诗歌的反抗性和异质性；而愤懑者，普遍觉得这是文学的失败，认为迪伦的歌词不够“纯”不够“深”，甚至说把奖颁给流行歌手、音乐明星是诺奖的堕落……

抛开接受与不接受的情感问题，暂且搁置迪伦诗歌（歌词）好还是不好的美学趣味差异，我们是否可以尝试着深入迪伦的诗歌，看看它们到底能给诗带来什么？这一期中轴线读书会，我们来聆听鲍勃的歌声、细读迪伦的诗作，重新思考“诗歌”传统，反思诗、反思“现代性”。

今天，学科壁垒现象日益严重，我们虽然还习惯于讲“诗歌”，但诗与歌早已分家，诗人写诗并不会顾及“歌”的问题，而音乐界，即使歌手可以写歌词，许多民谣歌手也喜欢用当下诗歌做歌词，但他们也并不认为自己是诗人。这种分裂的观念，我们已经习惯，甚至觉得这才正常了。那么，迪伦的获奖，是否可以让我们重新思考诗歌关系？去打通一些学科壁垒，让诗和歌结合得更紧，让诗人和歌手可以同一化，而不再壁垒分明？

诗与歌的关系还只是表层的，深入迪伦诗歌文本本身的话，我们可以看出更多的问题。比如诗的现代性问题。迪伦总是被界定为反抗者，那么他到底在反抗什么？现代诗是应该反抗压迫等宏大问题，还是该反抗个体人的被概念化、被标签化？什么才是迪伦真正要反抗的？他不断变化的风格追求，是基于怎样的内心？迪伦的诗歌文本，连同他的生活经历，都值得思考。

“反抗”之外，“异质性”也是人们对迪伦诗歌的欣赏点。什么是文学、诗歌的异质性？迪伦的诗歌在哪些层面表现了异质性？我们当下的诗歌创作，其实也面临着书斋化、知识化、同一化的问题，急需“异质性”来实现突破。那么，当代诗人又该在哪些方面寻找异质性？这些都可以借着探讨鲍勃·迪伦做出思考。

一、迪伦印象

唐诗人（批评家、暨南大学中文系博士后）：

以上只是开场白，我希望接下来的讨论可以有针对性地探讨那些问题，当然也欢迎其他角度的、有意思的见解。那么我们开始讨论吧。大家可以先谈谈对鲍勃·迪伦的印象，或者谈对他获得诺奖的观点，然后慢慢地深入。我先说说我对迪伦的印象吧。我是本科时代开始接触迪伦的歌，一听就喜欢上了他的《答案在风中飘》《荒芜街区》等歌曲，尤其是那种口琴曲调，特别诱人，我一听就迷上了，感觉真是口琴王子，很多时候我重复听他的歌就是为了听那几段口琴。说实话，迪伦的声音在民谣里面并不很好，没有伍迪·格斯里、约翰·丹佛这些人的那种浑厚，但他的声音很朴质，非常自然，厚实里带着尖刻感，是原生态的、未经过修饰的嗓音。有人评论说这声音像是“大地的血脉”，质朴，却带着撕裂感。这声音或许更适合摇滚，所以他由民谣步入摇滚也非常成功。或许因为他能够在民谣、摇滚，甚至爵士乐这些不同风格间转换，所以我听他也就听得最久，每次不知道听些什么歌的时候，基本都还是找到他，现在依然如此。

余阳（华南师范大学文学院博士后）：

确实，迪伦的声音带着尖锐性，更适合摇滚。我也特别喜欢他的口琴演奏，特别迷人。像《荒芜街区》中出现的那两段口琴演奏，乍一听刺激耳膜，但旋律婉转连绵，加以音色中特有的喧杂感，一面给人以尖锐的刺激，一面将人带入荒凉街区的情感基调中，对歌曲的情感抒发，无疑也有所升华。

高旭（中山大学中文系博士生）：

最早听鲍勃·迪伦是在大学年代，坐长途火车回家时总会单曲循环他的歌，迪伦的歌干净纯粹，常常成为我漫长旅途的慰藉。不久前瑞典文学院宣布将今年的诺贝尔文学奖授予鲍勃·迪伦，一时舆论纷纷。但我认为，单纯讨论诺贝尔文学奖是否应该颁给鲍勃·迪伦或者愤怒谴责瑞典文学院“为取悦群众而颁奖给迪伦”等都是没有太大意义的，聊一聊鲍勃·迪伦给诺贝尔文学奖带来了什么，或者具体地说，迪伦给当下的诗歌写作带来了什么，这更有意义。

曹晓雪（中山大学中文系博士生）：

对于鲍勃·迪伦，坦诚地讲，我对这位诗人了解不多。当时诺贝尔文学奖公布的时候，老实说，我还是被不小地震了一下，居然把奖颁给了一名通俗歌手。这的确是超出了我对这个奖项的一般认知。虽然，之前我也知道鲍勃·迪伦的名字，但也就在不经意间听过他的一两首歌，没有什么特别的印象。所以，得到他获奖的消息，我就马上找来他的歌听，可是，怎么说呢，我个人不是很喜欢他的音质，真的，我总觉得他的声音有点油滑，虽然这种感觉有点莫名其妙，但还是产生了。再在网上搜一下他的歌词，他的歌词写得很好，不过这种好，在我看来，是相对于其他的通俗歌手而言的，很难把他列入顶尖诗人的行列，我们可以顺手找来几位当前在西方有些声誉的诗人，比如说罗伯特·品斯基、大卫·伊格纳托等等，真的很难说鲍勃·迪伦的诗比他们的会更有深度，或者说更有诗意。所以，我在想，如果不是鲍勃·迪伦采用这么一种大众的、摇滚的形式来让他的作品广为传诵，他能不能获奖？至少这个问题在我的心中，是打上一个大大的问号的。

蔡其新（青年诗人）：

对于迪伦获得诺贝尔文学奖，我还是保持冷静的态度，因为真的没有任何使我躁动起来的因素。我在视频之中看到，当瑞典皇家科学院的女秘书长宣布今年的诺贝尔文学奖得主是鲍勃·迪伦时，躁动的人群之中，众多喧哗的媒体，交头接耳议论纷纷，其实可以看出对这个出乎意料的结果，众人更多的是疑惑，这像是开了个巨大的玩笑，国内这些纷纷扰扰的评论我没看，但你再重新看给迪伦的颁奖词——在美式歌谣的传统下，创造了全新的诗意的表达，这是很贴切的一个评价。

崔迪（中山大学中文系硕士生）：

当我们谈论鲍勃·迪伦的时候，首先想到的或许是他流传甚广的 *Blowing in the Wind*、*Master of War*、*Knocking on Heaven's Door* 等歌曲。在许多人的眼中，“抗议歌手”“左翼青年代言人”这样的名号似乎是迪伦最好注脚，但这样贴标签、符号化的方式是完全无法解读迪伦的。鲍勃·迪伦是变化的，这种变化不是单纯的风格或者某种形式的转换，而是经由深层的思考与自我的审视产生的改变，因为变化，迪伦独一无二。

二、口语性与诗性

唐诗人（批评家、暨南大学中文系博士后）：

以上几位谈了大概印象，比较感性，但这是我们进入迪伦诗歌的心理基础。这些印象，也代表了很多人的观点。我们在迪伦获得诺奖后的朋友圈里都能发现。但流于印象肯定不够，我们做此讨论也正是为了突破这些印象，真正进入迪伦诗歌内部，去言说更本质的东西。要进入迪伦诗歌内部，首先接触到的就是语言。他的语言有怎样的独特性？我们可以做些细读探讨。

▌高旭（中山大学中文系博士生）：

我以为，在语言层面，迪伦提供了一种极富个人魅力的语言风格，开拓了语言表达的新领域，他的诗歌（歌词）为诗歌的口语化和日常化提供了更大的发展空间。比如他为大众熟知的*Blowing in the Wind*和*Knocking On Heaven's Door*，语言看似简单而生活化，内里却暗藏机警。他的诗歌内核是与那个混乱浮躁的年代紧紧结合在一起的，是他个体生命经验的传达。鲍勃·迪伦在诗歌的语言方面找到了一个非常巧妙的平衡：既不是未经加工的完全粗俗的口语，也不是提炼加工后的晦涩的学院化语言。他的诗歌来自于日常生活，但又不是"口语诗"那样的完全返回日常生活现场，而是从普通的生活中抽离出来，又避免了过分堕落到纯粹哲思的晦涩之中。这种语言的巧妙平衡来自诗歌中的变形和荒诞手法的使用，也就是说，迪伦在创作的时候，有意对生活中的惯常事物和事件进行了加工，使它们蒙上一种荒诞的色彩，因此拉开了与现实生活的距离，这使他的诗歌在俚俗口语和阳春白雪的精英话语之间，找到了一个非常有效的平衡。

如他的*License to Kill*，用的都是很简单的词汇，也没有复杂的语法，朴素的句子里表达的却是迪伦对人性的思考：Now there's a woman on my block / She just sit there / As the night grows still / She say who gonna take away / His license to kill. 人类一直认为自身无所不能，向外探索和扩张，用贪婪、暴力、伪善来掩盖真实。在这首歌里，迪伦用四个循环往复的段落"有一个女人坐在我的街道/直至夜幕降临/她问，谁来带走他的杀人执照”来传递自己的思考。也许权利是最厉害的杀人执照，那个坐在黑暗里的女人，象征了善的力量，期待把人性恶的方面驱逐。另一首歌 *Desolation Row* 讲的都是非常生活化的场景：接待室、马戏团、救护车、工厂等，迪伦通过对这些生活事件的拼贴和变形，拉开了与现实生活的距离，从而深化了诗歌的主题。

因此，鲍勃·迪伦通过荒诞的变形手法，拉开了诗歌与普通的口语表达之间的距离，创造了一种新的表达方式，从这个意义上说，也为我们当下诗歌的口语化和日常化拓展了多种可能——我想这也是鲍勃·迪伦提供给我们当下诗歌的思考。

唐诗人（批评家、暨南大学中文系博士后）：

“在俚俗口语和阳春白雪的精英话语之间，找到了一个非常有效的平衡。”高旭提供了一个很有意思的观点，也看得很准确。很多人觉得迪伦的语言太浅白了，觉得没什么深度。我就很不明白，为什么我们不能用浅显的文字去表达深刻的东西？当前的诗歌写作有一种怪现状，包括翻译，都觉得语言繁复更有深度，认为翻译出来的句子语序繁杂的话更高深，好像简洁就是浅显，就有问题。这其实是一个很大的误区，我们去看那些大诗人的诗歌原文，虽然也有繁复的东西，但那些句法什么的在人家的诗歌传统里是有章可循的。我们的很多诗歌翻译，只求皮毛，而失却了真正的东西。诗歌创作上也是，现在青年人也乐于玩弄辞藻，这不好，要在繁复与口语之间寻找一条简明化的道路，诗意可以复杂，诗性可以朦胧，但表达一定要清晰。

管季（中山大学中文系博士生）：

若说迪伦为诗带来了什么，我认为更多的是一种关于艺术形式与边界的思考。我们长久以来一直把诗当作一种文学形式，要求它必须表现人性或者提供哲思，但却忽略了诗的艺术性。很多人惊讶于一个歌手获得诺贝尔文学奖，正是因为我们的观念中，文学与艺术的壁垒太过分明，我们没法将一个音乐家拿文学奖看作是正常的事情。的确，假如我们将迪伦的诗从他的歌曲中单独抽离出来，那么这些作品大多是泛泛之作，这点已经被无数的评论家们诟病过了。但我们忽略了一点，就是艺术的整体性，诗与音乐融合所带来的浑然一体的冲击力，成就了某种更高的审美价值。至于为什么要融合，怎么去融合，这种融合能不能成为今后艺术创作的常态，这又是我们另外要思考的问题。

一连串的问题，实际上也引出我们对于艺术边界的思考。尤其是在这样一个信息化的时代中，有人因为艺术打破了疆界而感到恐慌，叫嚣着文学将死。因为我们现在看到的除了流行音乐，都是铺天盖地的电影、电视剧、网络小说、视频、动漫、微电影等等。我们很难将这些多媒体的艺术形式归入文学的门类，但不得不承认，文学渗透其中，并在悄悄发生着变化。迪伦得奖或许也是文学界的一个信号与契机，它喻示我们文学的定义即将发生变化，文学其实完全可以放开自己的边界，与多种不同的艺术形式共存，因为文学——诗本身就是一种艺术。融合是一种趋势，也是一种回归，毕竟从文学诞生之日起，诗与乐从来就不是分开的两种形式。而在今天信息化多媒体的时代中，表面上看“纯文学”或者说纯文字的时代在消亡，其实从艺术融合的角度来看，文学遇到了前所未有的契机。文学能不能通过延伸到这些新的领域而成为艺术的一部分，不断丰富自身的内涵，我们拭目以待。

唐诗人（批评家、暨南大学中文系博士后）：

管季谈的是艺术形式与边界的问题，也是非常好的思考。我个人也一直觉得，文学界要主动向新的艺术形式汲取养分。这里其实可以结合诗歌传统谈。中西方诗歌的古典传统里，都有一个“唱”的维度。西方最早的荷马史诗、民谣，都是唱的，而我们最早的《诗经》，不也是民风吗？唐诗宋词元曲，哪个不是由唱开始的，因为有人唱了才流行，才有文人去雅化、纯化，而纯化到一定阶段就变得僵化了，文学又要从民间歌谣、从瓦肆廊间的唱词里汲取些鲜活的元素，为此新的文学形式又出现了。今天，我们的文学也走到了这样的阶段，专业化到了极端，似乎也到了向民间、向其他艺术媒介汲取资源的时候了。

余阳（华南师范大学文学院博士后）：

要谈语言，我想细读一下迪伦在 1965 年发布的 *Desolation Row* 这首歌，这是鲍勃·迪伦的所有作品里我最喜欢的一首。起初只是觉得它很好听，旋律悠扬，有种像古老的行吟诗人一样娓娓道来的感觉，并没有认真探究过它的歌词。因此当我因为想要细读，而仔细读歌词的时候，感觉颇为意外，第一遍看下来完全是一头雾水，各种陌生场景、童话形象、历史形象、文学形象、宗教形象，诸如此类，全被一股脑地放置进这首长达 11 分钟的歌曲之中，而且彼此间看起来毫不相干。若想为理解这首歌多少理出一些脉络，势必要先摸清其中诸意象、场景的背景及其一般意喻。

比如歌词的第一段有一个场景描述，“他们在售卖关于绞刑的明信片/他们把护照漆成褐色/漂亮的会客室里挤满了水手/马戏团正在城镇中/瞎眼的警监走过来/他们抓住了处于恍惚的他/一只手系着被紧绑的走索人/一只手放进裤子里/而防暴队他们感到焦躁不安/他们需要到某些地方去/就在今晚姑娘和我向外望去/从这条荒凉街区”。这个场景指的其实是1920年发生于美国明尼苏达州的一起著名事件，当时三名在马戏团工作的黑人在毫无事实依据的情况下，被指控强奸一名白人女孩，继而被处以绞刑。同时，这起事件的明信片还被公开发售。在此处，鲍勃·迪伦将这个事件彻底打散，再把碎片重新粘连起来，重整为一个场景、一个截面，并将其与荒凉街区的主题拼合起来，这样一种处理方式，不禁使我联想起胡戈·弗里德里希对现代抒情诗“断片化”这一特征的描述，即“从现实世界中取出碎片，在其自身中多方面地彻底加工碎片，却还注意要让破碎面不会彼此吻合”。而通过这样的处理，会给人带来一种很直观的荒谬感，通过对现实完整性的破坏，这起不平等事件的荒谬性与扭曲感被更为清晰地提取出来，并融合进这首歌的整体情感意境之中。

又比如到下一段，歌词把完全存在于不同世界的灰姑娘和罗密欧放置在同一场景中，并且做出了一系列颠覆。歌词中写道，“辛德瑞拉（灰姑娘）看起来那么随意/她微笑着说，‘大家彼此彼此’/一边把双手插进后袋/像贝蒂·戴维斯的风格/然后罗密欧来了，他悲叹着/‘我相信你属于我’/于是有人说，

‘我的朋友，你来错了地方/你最好离开’/然后唯一剩下的声响/是在救护车开走后/辛德瑞拉打扫的声音/在这荒凉街区”。这段歌词中提到的贝蒂·戴维斯，是一位20世纪三四十年代的美国著名女影星，与常常饰演富有同情心角色的其他女影星不同，她曾经成功地饰演过一些冷漠的反面角色。灰姑娘原本应该是十分柔顺，甚至逆来顺受，一直忍耐着，直到被王子拯救的这样一种女性形象，而鲍勃·迪伦却让她展现出一种像贝蒂·戴维斯所塑造的荧幕形象一样的截然不同的姿态。同时，罗密欧原本是勇敢直率，为争取自由爱情颇具反抗精神的文学形象，身上具有某种理想主义的意味，却被指“来错了地方”，被救护车拉出了荒凉街区。歌词中类似这样的例子还有不少，这里就不一一列举了。对于这一系列形象的颠覆性引用，使人即使对歌词不尽明白，也多少能体会到创作者的颠覆意图，以及歌词所表现出的超现实感。

而在创造了充满颠覆性的超现实之旅后，到最后一段，迪伦又巧妙地把一切拉回现实之中，指出这些都是他在信里写的内容，因为“他们（那些形象）太僵硬了/我需要重新整理他们的面孔/并且给予他们所有人一些另外的名字”，使超现实重新融入现实之中，从现实的间隙里照见某些隐秘之处，同时，也对前面听者所感受到的颠覆感有所确证。

可见，一方面，鲍勃·迪伦在创作这首歌的歌词时，使用了许多与现代派、意象派诗歌相似的创作手法和隐喻方式，同时也与其有着相似的解构精神。另一方面，这首歌与现代派诗歌的不同之处，大概表现在以下几点：一是因为这首歌配有悠扬的音乐，较之现代派诗歌显然更易传播，同时，通过音乐的辅助，歌曲所抒发的情感也更易理解；二是歌曲中所使用的大量意象，多来自通俗文化，或者大众比较熟悉的文学、宗教形象，对听者没有太高的知性要求；三是除了歌曲名外，因为旋律的不断重复，作为歌曲主题的“Desolation Row”也在歌曲中反复出现，使“desolation”这样一个充满情感意味的词语得到反复强调，也降低了听者对歌曲基调的理解难度。或许，能以现代派诗歌的创作手法，将更为通俗的现实材质纳入作品，再加以音乐辅助传播，使作品不失文学性的同时，保有其通俗性，也正是鲍勃·迪伦了不起之所在。同时，这也体现出鲍勃·迪伦的双重反抗性，既有对知性文化的反抗，又有对流于肤浅的通俗文化的反抗，这样一种双重反抗，也使他自觉地同时站立于二者的边缘地带，坚持着自己的独立立场。

唐诗人（批评家、暨南大学中文系博士后）：

细读 *Desolation Row*，这是我一直想做而没做的工作，非常感谢。从余阳的细读里，我们可以看出，迪伦并不是人们以为的那样简单，他不仅仅有“答案在风中飘”的直白干脆，也有“荒芜街区”那样如艾略特诗歌般的晦涩深刻……我觉得这首诗完全可以用来回应那些认为迪伦简单、通俗的声音。余阳这里谈到超现实，迪伦有很多诗歌都有这样的文本特征，有人认为他一些超现实风格作品是嗑药后创作的，但我以为迪伦不需要嗑药也可以胜任超现实风格。迪伦并不是我们想象中的那种不读书、不思考、不探索的歌手，相比我们今天所谓诗坛里非常盛行的不读书的诗人们，迪伦绝对是个博览群书、不断思考、不断探索深刻问题的诗人。

三、异质性与反抗性

曹晓雪（中山大学中文系博士生）：

我前面怀疑鲍勃·迪伦的诗够不够分量获得诺贝尔文学奖，并不是说，我认为他的诗一无是处。其实他的诗的亮点还是很多的，比如，他在诗中对死亡意识的揭露、对荒诞性的展现、对现代人无所适从的思考，无疑是对当代流行音乐思想内蕴的一种扩容，而且，他在作品中所呈现出来的原野气息，也让读者、听众感受到了一种原始生命力的野性和活力。相对于其他的诗人，鲍勃·迪伦在呈现苦难、荒诞的时候，总是能做到适可而止，他在把苦难、荒诞呈现到一定程度的时候，往往会转身立正，对这种苦难、荒诞进行一定程度的消解和娱乐。这样的做法很难说是对还是不对，但这确实是我所理解的鲍勃·迪伦诗的一个很重要的思想特点。

唐诗人（批评家、暨南大学中文系博士后）：

晓雪讲到野性，刚才余阳也谈到“双重反抗”，这是迪伦身上及其诗歌内部的另一种特别重要的品质。迪伦自己的身份，包括人们传说的，往往与边缘群体相关，比如明尼苏达小镇、矿工之子、孤儿、埃及国王的儿子、印第安人、犹太人、吟游诗人等等，这些身份，不管他自己是说着玩的还是真正以它们为精神立场，都表明迪伦具备一种异质性的思维方式，这是他能够保持持久创造力和他的诗歌能长期具备鲜活力的重要缘由。

异质性对于我们今天的诗人而言也极为重要，随着城市化生活的普遍，人们的生活经验变得愈来愈同质，如何在普遍同质的社会背景里持有异质，会是一大挑战，而我相信，有异质性的作品肯定会更受欢迎。跟异质性相关的是反抗性，异质是相对共同性、普遍性而言的，有普遍性才有异质性，而异质性需要争取自己的正当性就需要反抗普遍性的遮蔽，这就出现了反抗性。迪伦的反抗性不仅仅是反战什么的政治意义上的反抗，更是精神上的反抗，对于任何压迫他个性、束缚他自由的，他都可以反抗，包括粉丝群体。他的异质身份很多情况下是他自己设定的边缘身份，后来他完全是一个核心人物了，但它不断地出离，不断地反抗自己的中心化，让自己走出中心的状态，这种状态本身是异质的，也是反抗得来的。我们大家可以在异质性和反抗性问题上再做些思考。

余阳（中山大学中文系博士生）：

比鲍勃·迪伦创作的歌词文学性更高的诗歌作品其实有不少，但这些作品未必像叠加了音乐之后的鲍勃·迪伦的歌词那么独特且富有生命力，而诺贝尔文学奖之所以选择了鲍勃·迪伦，应该也是从文学性与异质性二者兼备的角度做了考量。而如果我们能些微地转换思路，将音乐看成与拉美文化、女性意识相似的一种精神性存在，那么，对于鲍勃·迪伦的获奖，或许也就更能理解了。

李兰（中山大学中文系博士生）：

他的反抗、异质离不开他生活的时代氛围。鲍勃·迪伦自己说："无论我到哪里，我都是一个 60 年代的吟游诗人，一个摇滚民谣的遗迹，一个从逝去的时代过来的词语匠人，一个从无人知晓的地方来的虚构的国家首脑，我处在被文化遗忘的无底深渊中……"从他的这几句话，我读出了这样几个信息，特定的时代（20 世纪 60 年代），身份（摇滚民谣），主要特征（词语、虚构），意义与影响（逝去、无人知晓、遗忘、无底深渊）。我还读出一种特殊的文化气息，一种油然而生的虚无与逃遁之感，嗅到了一种燃自内心的向现实、现世说"不"的反抗的力量，也就不自觉地想到了美国文学史上有名的"垮掉的一代"。以鲍勃·迪伦 20 世纪 60 年代创作的成名曲或者经典曲目 *Blowing in the World* 和 *Like a Rolling Stone* 为例，这两首分别创作于 1962 年和 1965 年。从歌词的内容上看，设问句、反问句、词语的重复等修辞的运用，人称代词的高频率出现，句式简洁、明快，像朋友、熟人之间的对话、倾诉，不仅增加了亲切感，还容易让人产生深入内心、愿意接受的情愫，而且简单容易记忆，也就很容易产生共鸣、回应。这就是对话、交流的成果，朗朗上口，便于流传，这也正是民谣的独特魅力所在。深究这两首歌的创作背景，反战、叛逆、向前、追梦成为它的核心思想，具有强烈的现实意义与前进精神。

鲍勃·迪伦获得诺奖，评委会给他的评语是"在歌曲传统中创造了新的诗歌表达"。鲍勃·迪伦始终称他的歌曲、他的创作只是表达了一种真实，真实的记录，真实的自我。而关于记录真相，我想，文学是一门独特的艺术，歌词是另一种诗歌，我们首先会问，什么是真实，或者什么是真相？鲍勃·迪伦用歌唱这种形式，给我们留下的不仅是他那个年代的精神风向标，更是我们，甚至整个当代文学发展历程值得借鉴与反思的一种文学形式。我们可以借鉴这种艺术表达的经验，借鉴这种直面现实，向内反省自我、叩问灵魂的创作精神。当年的鲍勃·迪伦，对于20世纪80年代中国的年轻一代影响甚大。“垮掉的一代”中，克鲁亚克们最终从东方文化诸如禅宗佛教中汲取养分，逐渐走向一种崇尚返璞归真的状态，而他们对于中国的影响及中国青年人学到的更多是一种反抗的姿态和不顾一切的勇气。翻译、引进，最后我们诗歌界的所谓后朦胧诗时期，小说的先锋形式等文学启蒙与影响，对当下，除了一种“诗史”创作的文学功能说，更多的是一种多元化的话语表达。不仅仅是关注身体这种形而下的自我表达，更多的是一种向内的力量，一种尊重灵魂的创作。在当前这个浮躁的环境下，一种具有普世价值的创作，关注的人类整体的生存状态，关注的是整个社会的精神需求。正像于坚所说：“世界倦了，它只是要生活，要爱……于是，鲍勃·迪伦来了……世界醒了。”

崔迪（中山大学中文系博士生）：

讨论反抗，我也想就细读 *My Back Pages* 来谈。这首歌可看作是迪伦的一次转折。这首歌最早收录于迪伦 1964 年发行的专辑 *Another Side of Bob Dylan*（《鲍勃·迪伦的另一面》），在 1962 年的 Bob Dylan（《鲍勃·迪伦》）、1963 年的 *The Freewheelin' Bob Dylan*（《自由自在的鲍勃·迪伦》）和 1964 年的 *The Times They Are a-Changin'* 之后，迪伦呈现了另一个自我，或者说还原了真正的自我。*My Back Pages* 的译名有许多，《昨日书》《我最后想说的话》《我的封底新闻》等等，基本都有告别昨日、总结昨日的意涵在里面。那时迪伦 24 岁，处于时代的风口浪尖，全民期待着他新的抗议专辑，但他选择了遵从自己的内心。正如他在录音棚对制作人威尔逊和记者亨托夫所说的：“现在人人都在抗议，人人都在告诉别人谁对谁错。我已经不想这么干了。我不会再为别人写歌了，不会再去当什么‘时代代言人了’。”当迪伦清醒地意识到自我与大众、自我与时代、自我与自由的关系后，他重新做出了选择，在 *My Back Pages* 里他告别了过去。

这首歌共六个小节，每一节以“Ah, but I was so much older then / I'm younger than that now”作结。迪伦将昨日描述成苍老，而如今风华正茂，在经历了《世事变迁》的黑白篇章后，迪伦松了一口气，重新获得源泉。“Crimson flames tied through my ears / Rolling high and mighty traps / Pounced with fire on flaming roads / using ideas as my maps”面对喧哗的时代，艰难的现实，诗人以信念反抗。“Half-wracked prejudice leaped forth ‘rip down all hate,’ I screamed / lies that life is black and white / Spoke from my skull. I dreamed / Romantic facts of musketeers / Foundationed deep, somehow”，诗人回顾过去，重新审视曾经声嘶力竭的呼吼，发现其中充满了盲视与偏见。世界混沌而复杂，二元截然对立，善恶分明的认识最终滑向虚无。清醒过后，他接着说：“‘We'll meet on edges soon,’ said I/Proud 'neath heated brow,”从行走的极端回到原点，诗人重新寻找到身处的位置——边缘。边缘见证了诗人的孤独性与异质性，对战争、政治的反抗，希望自由的呼喊，使诗人被大众纳入“自由斗士”等庸常符码中，举动、言辞都受牵连，追寻自由却被自由所缚，诗人的精神负重飞行。他重新做出选择，摆脱外界的形塑，卸下符号的包袱，使肉身与精神变得轻盈。离开中心，重返边缘，诗人得以再次思考。“Girls′ faces formed the forward path / From phony jealousy to memorizing politics of ancient history / Flung down by corpse evangelists / Unthought of, though, somehow”，铺满少女脸庞的行路，带来恐惧感，他人的纯洁与信任承载布道者前行，而最终的结局却指向死灭。先贤遗骸遍野，诗人怀疑所做的一切是否真能引领自己与他人找寻到自由。“A self-ordained professor′s tongue / Too serious to fool / Spouted out that liberty / Is just equality in school/ ‘Equality,’ I spoke the word / As if a wedding vow”。接着，诗人开始自嘲，为了回应大众的期待，呼喊时代的语词。诗人失去本身的步调，开始自我分离。不加思考的言说与呼号，没有了力量与重量，终会流于感官上的麻醉，并不能深抵心灵、改变现实。“I′m a soldier′s stance, I aimed my hand / At the mongrel dogs who teach / Fearing not that I′d become my enemy / In the instant that I preach / My pathway led by confusion boats / Mutiny from stern to bow”。厌恶感涌上心头，诗人决意反叛自我与过去决裂，“从船尾到船头”异常彻底。“Yes, my guard stood hard when abstract threats / Too noble to neglect / Deceived me into thinking / I had something to protect / Good and bad, I define these terms / Quite clear, no doubt, somehow”。最后一节，诗人豁然开朗。他意识到一直以来对抗的，不过是“假想的威胁”，而自己实际身处无物之阵，四面皆是虚空。外界给予道德感，让他浸泡于虚无的荣耀中，失去理解力后，所有的复杂之物皆变作了简单。过去的自己苍老无比，而今重获新生。

考虑音乐的层面，会发现，这首歌相较于迪伦以往游吟诗般的慢节奏叙述来说，显得更为激越。这种激越不是激情洋溢的嘶吼，而是有所悟的喜悦。在轻快的曲调中，迪伦自嘲的口吻、审慎的情绪皆有留存。迪伦的摇滚更像是智者的摇滚，他传递出的是有思想的声音。这不由让笔者思考摇滚的反叛性。诚然摇滚需要反叛，但任何的反叛都需要有力量与重量，需要一个反叛的对象，进一步说，真正的摇滚需要戳到时代的痛处，而不仅是无关痛痒的无病呻吟。而如何找到这份痛处，需要理性与思考，需要一个摇滚歌手抛去外在的冗杂，去思索个体与集体、个体与社会、个体与自然……从而找寻到最有力的武器。反叛性建立在理性思考的基础之上，这也是为什么迪伦受到世人的关注，而最终被载入史册的原因。但他不止于此，作为一个思考着的摇滚音乐家，他时刻反思，找寻着自我与大众、与中心文化最合适的距离。于是他选择回到边缘——这或许是解读他最好的词语，不管是灵魂还是肉身，他渴望独立与清醒。迪伦不断地反叛精英化的主流文化，又抗拒被消费时代的庸俗潮流淹没，更重要的是他不断地在反叛自己，提醒自己只有回到“边缘”，才能获得思考的可能，有自由的时机，这种“边缘”化的生命诗学或许正是他的异质性所在。

唐诗人（批评家、暨南大学中文系博士后）：

My Back Pages 这首歌是经典，备受传唱，里面那句“过去我曾苍老无比，如今我却风华正茂”，真是鼓舞人心，给人希望。好，现在，反抗性、异质性也有了文本细读来支撑，这真是难得，让我们这个讨论更具意义，非常感谢崔迪。

蔡其新（90后青年诗人）：

我认为，迪伦作品的异质也可以看成两方面的异质，是诗歌界的异质，也是音乐界的异质，走在诗歌与音乐之间的那个边界点上，为此对音乐、对诗歌领域都有贡献。迪伦处于诗与歌两者之间的游离状态，并且是极度复杂多变的状态，很难界定诗与歌两者的界限，我们听到的是他迅速而灵动的音乐，他的歌曲几乎都是节奏非常快速，歌词庞杂的。他几乎不会受到任何理论的规训，他本身也反对外界给他的标签，所以他能够回归更为自然的诗歌本质，因为我理解的诗歌本质上是自然的。他同时对诗歌写作的语言形式进行了开拓，他一路在去除历史的遮蔽，反对解读的可能性，这也是他的作品难以进行解构、阐释的重要原因，有时我甚至认为解读他的东西，没有太大意义，因为，翻译很困难，翻译也将迪伦作品中一些重要的东西过滤掉了，翻译过来后它可能变成了一个不完整的文本。他抵抗平庸的路径可以分为：对传统诗歌意象进行拆散、重组、突破、跳跃甚至颠覆，他的异质性就是他自身的辨识度，他要建立的东西是无比特殊的、无人能够模仿的，所以，他必须去反对普遍性的事物、主流文化，他同时大胆地对照着社会事件进行创作，巧妙地进行社会批评，他在摇滚上50年的辉煌也是美国50年社会历史变迁的重要见证。迪伦的东西已经不是一种消遣和消费意义上的诗歌或音乐，他超越了这些世俗价值，去追求个体的自由，去找寻他所需的终极价值。我所疑惑的是，如何界定摇滚和民谣两者，今晚的讨论我们似乎没有理清这两个特别重要的概念，我希望能够得到回应。另外，迪伦的“摇滚”不是纯粹的东西，其实掺杂了像英格兰、爱尔兰、苏格兰这些民谣的因素在里面，我们在谈论的时候，不可以忽视这些。我只是简单谈一谈我对于迪伦诗歌作品的直观感受，有很多诗歌文本我没有看过。

唐诗人（批评家、暨南大学中文系博士后）：

其新谈到民谣与摇滚的概念区别，这在音乐界应该不是问题，对于我们而言可以成为问题，我本人并没有特意去关注过，但我觉得这主要还是乐器组合的差异问题。很明显，传统的民谣不会有现代打击乐，不会有贝斯什么的，多的是口琴、吉他，甚至吉他也得是木吉他，不能插电。但摇滚是现代流行乐的一种，它需要打击乐的配合，听起来会躁动很多。这是我的印象理解，我不知道准不准确，大家后面可去翻看专业书了解。迪伦当年由民谣跨入摇滚，也是遭到了很多粉丝的咒骂的。但是，我们今天再来看迪伦的这些自觉的转向，其实会很敬佩他。他能够自觉突破自己的风格，对自己那么多的粉丝，他从不买账，他只是按着自己的内心需要去做，他甚至说过：“一切流行的我都喜欢。”不管这话是真是假，起码说明他不会一味拒绝流行的、通俗的东西，而是愿意放下身份跟着真正的内心自由精神去寻找新的艺术养分。这一点，我觉得是我们今天的艺术家们，包括作家们，最需要学习的地方。今天的艺术家，有了一大批粉丝之后，往往就停留于养粉，为了保住利益，不敢得罪粉丝，在粉丝群中失去了真正的自我，失去了艺术的本真性的东西，这种艺术家最后终究要被粉丝抛弃的。作家方面，一种风格吃香之后，他们往往就用这种风格来赢取关注，而不敢挑战这些风格，也就导致我们今天很难找到真正的先锋文学，而即使有，也只是有限度的变化，这变化也都是被资本控制着的变化。反抗性成了资本内部的反抗性，也就是虚伪的反抗了。所以法国哲学家巴迪欧会说，当前艺术最要紧的是如何避免进入形式主义的浪漫主义，就是不要光追求文体革新。这里面涉及一个语境，也就是我们现在再用现代性意义上的反抗去革新的话，往往适得其反，迎合了这个时代的资本需要，反抗本身成了资本内部的东西。这种情况下，现在的鲍勃·迪伦也不可能拒绝诺奖，也不会再创作新的东西，他只是用他的声音来唱旧的，比如最新的专辑全是翻唱。鲍勃·迪伦一生的反抗，本质上还是现代性意义上的反抗，但他的反抗力量是源自内心不能受束缚、压抑的自由渴望，更是本于自己的内在的真实感受，这是很现代的也是很传统的感受。所以，我们谈反抗的时候，也需要注意反抗的语境，并不是所有的反抗行为都意味着真诚的反抗精神。

好，时间也差不多了。我们今天探讨得很深入，我很多观念也在讨论中得到新的开掘，这完全是我没预料到的。我开始时还很担心会流于印象，没想到大家都有备而来，对于文本分析以及相关的宏观问题的见解，也都能够超越微信网络上的各种只言片语，不是人云亦云，这种认真精神非常好，需要保持。谢谢大家！

文学批评的哲学向度

——李德南《“我”与“世界”的现象学》讨论

▌唐诗人（批评家、暨南大学中文系博士后，本期主持）：

这期探讨一部文学批评专著，李德南的《“我”与“世界”的现象学》。我给这次读书会拟了一个主题“文学批评的深度与宽度”。之所以提出这个主题，也缘于我个人对当前文学批评的一个判断，即今天的文学批评，流行着太多看起来正确无比，但实际上等于什么也没说的评论写作。不追求洞见，只求速度和正确，那种观念平庸、思维老化的文学评论，即便好看好玩，无法挖掘出文学作品更多深层次的内涵，无能于拓宽文学作品的意义空间，多一篇少一篇又有何妨？由此，今天研讨李德南这部极具深度的文学批评著作，本身就是在倡导一种有深度的批评写作。

这本书是李德南的博士论文，他答辩的那年我就曾拜读过，知道这本书有很多值得挖掘的东西。史铁生的文学作品本身就是很有理解难度的，而现象学这门学问更是特别高深，理解胡塞尔、舍勒是很有挑战的。但是，李德南的论述却非常清晰。

如果在我们熟悉现象学相关概念和史铁生作品的基础之上，来理解这部批评专著，会感觉到李德南的表述其实特别流畅，问题感明确，观点尤其明朗，是一部值得我们仔细琢磨的理论批评专著。

李德南的《“我”与“世界”的现象学》，用了现象学的方法来理解、阐释史铁生，或者说将史铁生的写作理解为“现象学”写作，认为史铁生的文学和哲学，是一种关于“我”与“世界”的“现象学”。我的理解是，史铁生的写作是在用文学的方式从事着现象学研究，对“我”（对我们自身）和对“世界”展开本质性的追问。现象学思维认为我们要“回到事物本身”。胡塞尔意义上的事物本身是意识，海德格尔意义上的事物本身是存在，那么史铁生要回到的事情本身是什么？他的写作就是在寻找根源的“自我”“世界”，他对自我和对生活世界的观察和书写，是为了努力深入“我”的本质存在问题，以及探查根本意义上的“世界面目”，或者说“存在”的面目。

我就做这个简单的开头，先请谢老师来谈谈这本书和这个话题。

谢有顺（中山大学中文系教授、博导）：

今天讨论李德南这部《“我”与“世界”的现象学》，这主题拟得好：文学批评的深度与宽度。确实，要有意识地去追求一种有深度的批评、有思想的学术。文学这门学问，和别的学问不太一样，它是关于人、关于人和世界的关系、关于人在世界上如何存在，以及如何才能存在得有意义、有价值的学问。它是关于生命的思考。如果文学批评、文学研究没有思想追求，是很难与好作家实现有效对话的。

关于史铁生的研究论著、文章，已经不少，但李德南这本书在探讨史铁生生命哲学方面，是最为深入透彻的，这和李德南掌握了现象学、存在主义这些思想武器有很大的关系。

谈史铁生的生命哲学，需要认知到他身上最重要的一点，就是苦难遭遇并没有让他变得阴郁、迷恋于诉苦，他一直特别明亮，作品能给人一种平静的、带着希望的阅读感受。这是很难得的。很多时候，苦难会压垮一个人，会让人变得阴郁、阴暗，而能够从苦难中沉淀出明亮的思想，没有对生命的深刻觉悟，是不太可能的。

这种领悟多数时候并不能借由个体力量来完成，它需要一个更大的思想观照。这就谈到了史铁生的精神信仰，不一定是真的宗教信仰，但至少是宗教性体验。没有宗教性体验，完全通过一个残缺个体的力量，是无法完成这种思想升华的。史铁生借助类似“昼信基督夜信佛”这种宗教性资源，让自己的精神追问获得了比较圆满的解答。一种近乎相信的确信，让他能够平静地对待人世的残缺、苦难。这一精神层面的独特性，成为史铁生身上醒目的标记，也成了李德南这部著作里展开论述的基础性元素。

从生命哲学这样的角度进入，可以把握史铁生极为内在而重要的写作品质。做作家研究的人，应该有一种本领，学会单刀直入，找到这个作家最核心、最重要的特点。有些人在研究作家作品的时候，总是言不及义，说了很多，却不能进入核心。其实，大多数作家，不管体量再庞大，写作史再长，还是有一个核心主题的。李德南这部著作，抓住了史铁生作品中核心的精神主题。

中国当代并不缺有思想的作家，至少试图在作品中表现思想性的作家很多。但能不能在写作上完成这种思考，则是另外一回事。为什么很多作家的创作谈，总感觉比他们的作品要好？可见作家们能想到很多问题，但无法完成它，无法在作品中对一些问题展开有力的叙述。并不是一个作家平时思考得很深，或者说他的作品和创作谈里提出了某些很重要的精神问题，这个作家就重要，关键要看他的艺术完成度怎么样。很多作家，看起来是在思考大的话题，但是转换得很生硬，很概念化。

史铁生在这点上做得比较好，其艺术完成的饱满度，比很多作家好。他有纯叙事性的作品，也有纯感受性、思索性的作品。《病隙碎笔》这样的作品，是直接讲述个人的思索所得；《务虚笔记》一类作品，是通过塑造文学形象的方式来完成思考——完成得如何是一回事，至少史铁生有这样一种努力。这个话题在德南的书里面没有涉及，以后可以作为他研究上的延伸性话题。有了以上这些，就不会让人觉得作者是在用史铁生的作品做其思想言说的材料，而是确实觉得史铁生的这些思想、体验、写作是一个人面对世界的独特方式，值得深入研究。《“我”与“世界”的现象学》这本书的出版，为文学批评如何借鉴思想资源、如何与一个作家进行深层对话，做了一个很好的示范，是近年不可多得的真正可称为作家论的好书。

巫宏振（青年作家）：

从现象学、存在主义的角度来解释史铁生的作品，的确是个较为独特的方式，这也源于史铁生的经验与众多作家的经验不同。一个后天残疾的人会比一个先天残疾的人承受的压力更大，正因如此，史铁生的写作会带着浓厚的哲学思考，试图通过哲学来追问生命的终极意义。李德南在这本著作里面就准确地抓住了史铁生最深层的根茎，探究了最深处的生命苦难，将史铁生原本生活的割裂世界又重构。与其说是重构，不如说是复活，是本书作者李德南把一个“复活”的史铁生带进我们的视野中的。

史铁生残疾之后，身体成了他最重要的记忆储存器，因为他的创作源头是身体的残疾，也正是这种不可逆转的伤残导致了他的现实世界发生了巨变。也许有的批评家在研究史铁生的时候会不自觉地放大他的苦难，甚至陷入其中，不能全面地观照他的研究对象，往往因此而片面地阐释，不够精准地还原。从李德南这本书的结构框架来看，他的研究是基于史铁生的作品以及生活，既重研究又重材料，没有掺杂多少个人情感，而是站在一个真正的研究者角度来审视一个对象。这是难能可贵的，也是必须如此的，而李德南的确做到了。

▍高旭（中山大学中文系博士生）：

与巫宏振对李德南“没有掺杂个人情感”的印象有一点点出入，我认为在李德南这本书里，我们看到的不仅是作家史铁生的写作追求，也处处透着作者的个人生命关怀，并不全是板起面孔冷冰冰的理论。如第三章的第一节里讨论到史铁生著名的文章《我与地坛》，作者引用海德格尔的“澄明之境”来表述史铁生在《我与地坛》里的这种脱离非本真，走向自在敞开的状态。李德南并未纠缠于复杂的理论辨析，而是从史铁生的个体经验出发，观察到了诗性想象对于进入“澄明之境”的重要作用。在阅读中，我们时常能感觉到论者与史铁生之间在进行着有关存在的对话与交流。这种将学术与人生相结合的研究，不再是冰冷的概念传达，而带着研究者的温度。“回到事物本身”不仅是回到史铁生研究的本身，也是回到学术研究本身，将个人思考与作家作品联系起来，在论述中注入个体关怀。这是除却现象学研究之外，《“我”与“世界”的现象学》带给研究者的思考。

洪艳（中山大学访问学者）：

我也同样从李德南的身上，看到了作为热爱哲学与文学的学人的一颗虔心。他不仅把形而上的哲学投射到灵性的文学上，还将逻辑性与学理性整合统一到文学批评中，我以为他是把《“我”与“世界”的现象学》做了“生命的学问”的尝试。他决然不是那种表层次的阅读体验或者批评，而是在做一种深刻的内在逻辑的挖掘和批判：从哲学理论的表象，深入到文学文本内部进行的独到思考与论述。以哲学做底，以文本为象，以阅读情感为意，以此法做批评是难的。李德南以他的勤勉和灵性，把这种难做成了他所崇尚的学问之道。

发现或者发掘一位作家身上的某种特质必然需要批评者的灵性和睿智，才可洞见作家的内在气质和他所坚守的信念。因而，我们会在李德南的文字中，看到史铁生的生命世界里对于存在的思考。李德南以《原罪》为例证，说明史铁生的宗教情结并通过文本细读使此观点极富说服力和呈现感。主角十叔喜欢将房间挂满镜子，借镜像想象着世界的过去与未来，虚构出他口中各种各样的世界进而形成了故事和属于自己的人生思考，并以此来获得存在感。李德南还对《第一人称》《别人》等等作品采用了这样的分析方法，与史铁生的文字达成思想上的共振。读罢此章节，我不禁想起史铁生在《命若琴弦》中的感喟："其实人人都是根据自己的所知猜测着无穷的未知，以自己的感情勾画出世界。每个人的世界就都有所不同。"是的，所有的此在都依靠着无数探究不清的彼在和他者来印证与说明。正如李德南所熟谙的现象学的纯粹性和彻底性一般，他把史铁生作品所反映出来的体验性、文化性、历史性、语言性与现象学进行互补对生，层层勾连，使得我们对史铁生作品生成的哲学性有了更深的思考。

管季（中山大学中文系博士生）：

这本书确实激起了我对于存在主义的某种思考，我认为一个人一旦成为存在主义者，他就不可能再接受那些虚假的、宏大的抽象概念了。书中讲到史铁生笔下的叛徒时，引用了张清华的一段话，大意是说那些宏大的历史概念，包括人民这类概念，只是虚假的、没有所指的。看到这里我豁然开朗，因为那几天我正好在思考人到底是什么的问题。那几天我看了很多新闻，其中有一则说今天的非洲，很多人被绑架当成奴隶贩卖，甚至被杀害；还有一则新闻是说日本人当年对于中国人的酷刑；另外，也包括前不久的有色事件。这些事件让我感慨：迄今为止，我们社会上一切试图让人类变得更好的举措，最后让人变好了吗？也许经济上变好了、社会制度上变好了，但是人的本性并没有改变；当我们在思考什么是正义、真理、荣誉或自由的时候，总有一些人正在剥夺其他人的生命。

这也许就是所谓现象学：当人处在具体的、随机的、复杂的境遇之时，那些宏大的概念基本都是无效的，剩下的只有个体的选择。正如存在主义一直强调的那样：没有道不道德，只有选不选择。按照这个逻辑，我们不但理解了史铁生笔下的叛徒，也理解了世间一切的恶。当然，理解并不代表认同，但却代表某种接受，我们只能接受所有理念的崩塌、信仰的毁灭、道德的无能和批评的徒劳。因此，这本书给我带来了某种悲怆的共鸣，暂且不论它在学术层面有何特别的价值，至少，它关注的东西本身，能够带给人深入的思考。它不但触及了人的本质，也触及了我的内心，我觉得作为一位评论者，能够引起读者的思考和共鸣，就是一种最大的成功。

彭贵昌（广州大学人文学院讲师）：

我一直觉得我们对很多作家，特别是对一些我们很早就接触到的作家，有一种固定化的认识。《我与地坛》和《秋天的怀念》几乎成了我们对史铁生最早的认识。这两篇作品写得非常美，同时也因为写到史铁生自己的独特遭遇而十分感人，作品表现出的对命运的不屈服和对母亲那种又爱又愧的感情非常震撼人心，但是这两篇作品并不一定就能代表或者说概括史铁生的写作。就像我们经常说余光中是“乡愁诗人”，这其实大大遮蔽了他现代诗的成就。《“我”与“世界”的现象学》就是一本很好地破解我们对史铁生标签化认识的作品。

史铁生被文学界关注绝不单纯在于他的个人遭遇，而在于他确实是一个非常卓越的作家，在于他对自我、人生、命运以及这些元素的相互关系的深入思辨。比如《我的丁一之旅》《病隙碎笔》等作品中，史铁生完全沉浸在“我”的世界里，探索人与世界的复杂关系，这种探索，就是哲学层面的。他要谈个人、世界，要谈宗教、信仰，他的某些作品甚至佶屈聱牙，这样的距离感不在于史铁生作品不够杰出，恰恰是在于他在作品中所探索的东西太过于深奥和具有思辨性质。

《“我”与“世界”的现象学》研究史铁生的生命哲学，它是作品分析，也像是文艺理论的论文，既有文本分析的细致，又有理论的高屋建瓴。我觉得这本书非常精彩的地方，在于它始终是从文本中阐发、解释作者的哲学观点，同时又把哲学观点对文学创作的影响指出来，形成一个闭合的环形，使得整个论述非常坚实、逻辑结构非常严密，也更加突显史铁生的创作与现象学之间的密不可分。史铁生的创作是非常“内省式”的，跟这个时代的关系相对要远一些，写作上他追求哲学跟文学的融通，这个研究著作同样也是这种范式，它以文本为中心，体现了作者对史铁生作品整体把握的独到，试图在评论中打通文学与哲学的界限，这也是一种跨界的尝试。

唐诗人（批评家、暨南大学中文系博士后）：

贵昌说到系统性，的确如此。这部专著，从探索史铁生思想架构的形成，到分析阐述史铁生笔下的个体现象学、世界现象学、宗教现象学，然后总结提炼出史铁生的写作现象学，继而对史铁生的生命哲学进行一个全面深入的概括。这是一种特别体系化的论述方式，在理论和文本的相互整合阐释下，建构起了一套非常完整的理论话语。

张巧（广东外语外贸大学博士后）：

在批评与创作的互动上，包括文学与哲学的互动上，我有一个较为技术性的问题：如何才是现象学地做文学批评呢？实质上，杜夫海纳的《审美经验现象学》早已为我们指点迷津。现象学地做文学批评，就是要将审美经验呈现眼前，它必当去呈现史铁生本身独特的文学经验。换句话说，批评本身首先不是要极简地复制出史铁生所写，而是去揭示史铁生如何写。其重点不是说了什么，而是如何去说。与其说批评是要去复制出史铁生所表达的思想内容，不如说我们要揭示的是他如何以他的文学特质去呈现其生命表征。因此，与其从史铁生的生命历程来解释其文本特征，在其生活遭遇和文本之间嫁接起因果关联，不如从其更为特异性的文本入手，反过来呈现其生命。因此，一个现象式批评的建议应当是从文本流淌并漫溢至世界之中，使得世界呈现为文学的世界；而不是以现实世界凌驾于文本之上，将文本的体验阉割为世界的镜子或者作者意图的摹本。在这部批评中，使用的是作家论的一般进入方式，作者在进行作家阐释时使用了许多外部生平材料。这种阐发固然不错，但这也可能会错失在文学经验的隐微之处显现的作家的多重面相。关于这个意见，普鲁斯特的《驳圣伯夫》可做一观。批评家在阐释作家时，与其借力于生平传记来言说，不如从其作品入手。因为只有在作品中，作家的非意愿记忆才能得以更丰富地呈现。

洪艳（中山大学访问学者）：

我倒是认为他把哲学与作品结合得很好。在这本书中，李德南把现象学的发展脉络，包括现象学与作家日常经验之间的差异做了梳理，将现象学视野中关于人存在的时间性与空间性作为一种内在意义构成方式和过程来考察史铁生及其文本。同时，他把史铁生的生平记事，以及创作历程做了飞掠式的记述，跳脱了一般学者对于作家研究的表面性与虚浮性。如果用寻找阅读线索法去理析李德南的这本书，那一定是以现象学框架与史铁生创作思想两大主脉络牵连的多重线索并在的整体性。

李德南所关注的作家及文本也是极为丰富的。从2007年读到他的关于倪志娟《水上书》的书评始，他借博尔赫斯、昆德拉、加缪的哲学视野比对倪志娟文本的阅读体验，我直觉他是位善于做交叉比对的评论家，对其后续关注更是印证了这种感觉。他从诗歌、散文、小说等各种文体关注作家的创作特色及其时代，也从代际视角考量80后文学的现代性、局限性，甚至窥探出一种世界格局，再到《“我”与“世界”的现象学》对史铁生的整体性观照。因而，无论就该书的理论广度也好，批评视野也罢，都可谓是充满了无限度延伸的一种专业的批评论著。

张巧（广东外语外贸大学博士后）：

我所困惑的是“‘我’与‘世界’”这个并列短语的表述显示出的主－客二分结构，它本身是反现象学的，又何来“‘我’与‘世界’的‘现象学’”一说呢？在我的阅读中，无论是在作者的阐释中，还是在作者所使用的史铁生的文本中，更多地凸显主体“我”的声音，却很少阐发“我”如何被抛和浸没于世界之中。因此，这更印证了史铁生的作品尤为适合生存论阐释，但也因此反而远于现象学。这倒不是说生存论就不是现象学的，而是说，至少作为我们拿来使用的生存论的学说并非是现象学的。或者如果它是，也是需要我们做进一步阐明的。

唐诗人（批评家、暨南大学中文系博士后）：

张巧提出的的问题挺有意思，我读这部著作时也曾有类似的疑惑。我们一般理解的现象学方法，“回到事物本身”，这是要对那种有遮蔽的经验写作，或者是通常意义上的生活经验、历史经验书写，利用现象学的方法去除各种经验性的遮蔽，然后抵达“真实”。那么，史铁生这种有意识的现象学写作，如果他的写作本身就是现象学了，他的文学本身就是对存在的揭示了，那么，他去除了什么样的日常经验，而回到了一个怎样的存在性意义上的“我”？这个问题有意思的是，史铁生用文学来做现象学还原，但是文学本身却是需要解读的。尤其是小说，作为虚构的艺术，它需要解读，它本身并非还原后的“事物本身”状态，它依然需要阐释者的还原。所以他的写作，是否真正意味着最本质的真实存在？与其他作家的小说表达真实存在及其表达方式又有怎样的区别？李德南的著作其实也是对这些问题的论述，可能就是没特意指出这个问题而已，因为一旦提出这个问题，立论基础就改变了，就会变成质疑论，即质疑史铁生这种现象学文学创作并不是现象学还原，可能只是用另一种经验、话语在遮蔽着最深层次的“事物本身”。无疑，这是另外一个话题了。

郑焕钊（批评家、暨南大学文学院副教授）：

长期以来，中国作家的世界性问题为民族性批评范式所压抑。探求中国作家与西方作家之异质性，以西方的“他者”眼光来寻找中国文学的独特特征，将中国文学的精神作为弥补或者纠正西方文学精神的良方，实际上仍然是人类学式的思维范式，在普遍性与特殊性的关系中，将中国置于特殊性的位置，而缺乏从面对共同的世界性的、共同的人类的处境的角度看待中国作家的贡献。“世界的”与“民族的”的关系，从根本上仍然是将民族置于“他者性”的位置。

从这一角度上，我们可以看到，李德南从现象学的角度，将史铁生的写作与胡塞尔、海德格尔等人的西方哲学思想进行了互阐和对话，从而凸显了中国作家在人类共同思想上的贡献，凸显了其世界性价值。这是一种非常有效的阐释方式，他将史铁生并置于世界性的现象学和存在主义的背景上，看到了史铁生与胡塞尔、海德格尔等人的西方哲学思想的共同的问题意识和入思路径的相似性，从而为中国作家的精神世界的复杂性、现代性和人类性打开了阐释的空间，与此同时，在对史铁生生命哲学及其精神意识的阐释中，又凸显了中国思想的问题语境，这就是 20 世纪 80 年代史铁生如何突破总体性的文学话语建构个体性话语的尝试，揭示了中国的文学现象学发生的原初语境和历史契机。在此意义上，现象学就不只是西方世界的问题，而是中国本土的总体性反抗的一个部分，彰显了不同于西方哲学的文学个体性话语的学科差异。

为此，李德南不仅将现象学视为一种方法，还从写作、存在和诗学等层面，系统地论述了现象学与史铁生生命哲学的多维度关联，使这种世界性的哲学话语与文学性的生命体验方式进行了深度的关联。

然而不足之处也是明显的，即在整体性，这是一本关于文学的思想的现象学研究，在打通胡塞尔、海德格尔与史铁生的思想阐释的空间的同时，作为文学性的现象学仍然不够充分。

▍陈崇正（青年作家）：

最初认识李德南时，他也写小说，算是同道，但慢慢地他就进了批评家的队伍里，成为80后批评家中的佼佼者。所以从来只有他批评我的份，没有我批评他的份。今天居然要来评论他的新书《“我”与“世界”的现象学》，这有点像一个厨师居然被要求来点评一个美食家的厨艺，我们显然会忘记评论其实也是创作文体的一种，评论从来不是高于创作，而是和创作站在一起，成为创作的同谋，与作家一起成长。在李德南的新书《“我”与“世界”的现象学》中，我看到他很好地将自己的哲学素养与史铁生这样一位已然经典化的作家融在一起，用一个全新的角度让我们去重新阅读史铁生。李德南在这本书中通过哲学之镜，让我们一次次回到史铁生身处的绝境，一次次逼问存在及其背后的虚无。从书中精细的素材可见匠心，让我不禁回想起第一次到北京地坛追寻史铁生当初心境的情景，我想，每一个热爱史铁生作品的人，都不应该错过这本书。

▍申霞艳（评论家、广东外语外贸大学教授）：

我是第一次参加一个博士论文的读书会。可见时代已经越来越进步了，我们可以坐在一起探讨一部博士论文。当时博士答辩的时候，好像有人说德南不够爱史铁生。如果我来写的话，可能会更直白，而德南更多将这种感情隐藏在论述中了。

德南的批评非常有特点，对于不同的批评对象，他会有不同的批评思路，这是很重要的一点。当代除了史铁生之外，可能没有第二个作家适合这样一种哲学化的解读。史铁生的写作故事性并不强，的确需要一些有思想深度的评论家去进入。

同时，能够把自己对这个作家的热情清晰地表达出来，这也是非常重要的。史铁生是中国当代非常重要的作家，随着研究的展开，史铁生的重要性也会越来越彰显出来。德南的研究肯定会对这个彰显的过程起到很大作用。他一方面用自己的观念推进了对于史铁生的研究，另一方面也会激起更多的史铁生研究。所以我觉得德南的研究是非常难得的。

李德南（批评家、文学博士、广州文学艺术创作研究院专业作家）：

在这里我首先要表达我的感谢。我记得最早是在 10 月份的时候，诗人和我联系，说想组织读书会的成员一起谈谈《“我”与“世界”的现象学》这本书，我原本以为只是读书会成员内部的、很小范围的讨论，心里并无太多的负担，不想最后会惊动这么多的师友。临近年底，大家都非常忙，今天能抽空过来，非常不容易。比如谢有顺教授，今天在珠海参加了三场会议，然后赶过来。还有申霞艳教授、我的好朋友陈崇正等等，都是想了很多办法协调时间，才得以来参加活动。我为此感到惶恐，也很感动。谢谢大家！

我经常会觉得，一本书写完之后，书中的词语和观念，就处在静止状态。但读者的阅读和阐释，会重新激活它们，赋予它们以活力。刚才大家从不同的角度、方法来对《“我”与

“世界”的现象学》进行解读，不单激活了书中的词语和观念，也激发了我，给了我很多有益的启发。这让我想起陀思妥耶夫斯基的话，他说，“我不能成为没有别人的自我。我应在他人身上找到自我，在我身上发现别人”。针对共同问题而展开的对话和批评，的确是一种很好的自我认知的方式，也是丰富自我的方式。这是一种思想层面的馈赠。再次感谢大家！

互文批评的精神谱系

——陈培浩《互文与魔镜》讨论

唐诗人（批评家、暨南大学博士后，本期主持）：

欢迎大家来到见言读书会，我们这期讨论陈培浩的评论集《互文与魔镜》。培浩是我们的好兄弟，但我平时一直称他为教授或老师，这不是客气，而是确实从他的文章中学到很多东西。我很喜欢他的评论，这不是违心的说法，而是真的阅读感受。培浩老师的评论文章，看了是要令人羡慕甚至嫉妒的。他掌握的知识特别广，有大视野，但他在文章中又不会故意摆弄知识，不会有掉书袋的毛病，而是洋洋洒洒地写下来，有论证有观点，逻辑、脉络很清晰，而这都是我理想的评论文章写作状态。所以，当培浩把这个新书信息告诉我时，我就提议让大家讨论一下，一个是找机会认真学习一下培浩教授的文章，另一个也是更全面地了解和理解一下我们身边的朋友。

就培浩老师的评论文章而言，这本评论集所收录的文章，我看到了一个我最欣赏的评论写作品质：有问题感的评论，以及把知识谱系转化为精神谱系。就是说，培浩在评论电影或者文学文本的时候，找到的是“问题”，这问题是说超越文本本身的一个更大的文学史或文学理论的问题，或者现实生活层面的精神问题，有对于这些大问题的观照，他对文学和电影作品的思考，就不再停留于文本内部，而是将文本与更大的或时代性的或自我精神性的问题进行了关联。在这里，文本细读和精神思想的判断和论证，结合得非常好。而知识谱系转换为精神谱系，也是这个意思，他征用的知识，不是为知识而知识，而是把知识与时代、与精神问题关联起来，知识就显得有生命力，是活泼的，而不是纯粹的与我们无关的作为概念或理论知识的知识。上升到精神谱系考察的文学评论写作，同时也证明了这种评论的专业性，但又没有丧失文学批评本身需要的精神判断和情感感受意义上的内容。

我就说这么多，接下来请艾云老师谈谈，然后剩下几位再自由说吧。艾云老师是我们广东最为重要的散文家，培浩这个集子里也收录了他关于艾云老师作品的评论。我想听听作家的意见。

艾云（散文家）：

很高兴能参加这个年轻人的读书会。对于培浩，我跟培浩相识也有好几年了。我们作协当年评奖，给了他一个青年理论评论奖。也是很早的了，2010 年的，非常年轻的获奖作者。当时看他的文章，我就感到非常惊讶。记得当时他写的是一个关于底层叙事的问题。在一片喧嚣的对底层叙事道德性进行颂扬的背景下，他提出了一些非常重要的批评性思路。陈培浩透过一些非常喧闹的声音，提出一些理智的声音。当时看到培浩的作品，心头一喜，有一种后生可畏的感觉。

培浩后来还写了关于我的评论文章，当时看到也是一种吃惊。我们属于老一辈的作家，属于1977年那届的，经历了一些起起落落。培浩能够理解我们那一代人，从政治狂迷，到语言狂迷。20世纪80年代那个时候，还是意识形态的问题。从政治到语言，我个人能写点东西，正是因为从这种狂迷中出离了，我来到南方，出离了这种狂迷，从而能看清一些东西。我看培浩的评论，感觉到，他能够体察、理解到与他不同代际、不同经历的人的心路历程。从他的评论看到，思想这个东西，真的是不分年龄、国界的，在人与人之间是可以互通的。

我是一个不太讨巧的写作者，我要找一些东西附着，我要找一些他者的或者说比我更伟大的人物来附着我的想法，说一些我想说的话。精神生活在这个时代，非常细弱，但不会绝断。像康德说的，悲惨的是，这一代人刚刚思考到头了，老之将至，而下一代又要重新开始。但是不管怎样，它都是不绝如缕的。我有时候常常想着，所有的热闹也不属于你。写作的人不要去想这些热闹，要完成的是对自己生命问题的追问。

拿到培浩这本书后，我又看了一些。确实，像唐诗人前面说的，培浩的互文不是一种知识谱系，更是带有生命感知的。他的语言不是那种现成的、科班式的学院训练出来的，他的语言是经过了自己内心的感受由衷表达出来的。写评论是一个很考验人的事情，你要看很多东西，同时要概括，要抽象。看了这些文字之后，我心里有一个直觉，这个孩子把自己逼到这样一条路上，是需要一种死而不悔的精神的。这点上，我真的很佩服这些80后、90后。因为我们可能都会觉得自己有些迟暮了，怎么愉悦怎么来了。我觉得你们还是特别好样的。写评论，你想要透过现象看本质，这个本质真不好抓。

中国作家有很多伪叙事，那些叙事是没有说的必要的。小说之前是不登大雅之堂的，后来把生活中的一团乱泥写出来，其实那个东西是不值得叙述的。小说真正是要干什么的？我一直在问这个问题。写东西是不是要有点意思。在这点上，培浩对这些小说、电影的评论，都是很有挑战性的，同时他也回答得挺好。

一个人没经历过什么，他如何去把自己变得丰富？这是我心中一个谜团。我也不知道该怎么去解答。有的是靠知识，有的是靠感受力，怎么能读得那么好？得有多丰富，才能把书里的东西读出来？评论怎么能够腾出那么多的词？这也是我一直在思考的问题。我就讲这么多吧。

唐诗人（批评家、暨南大学中文系博士后）：

谢谢艾云老师。艾云老师谈到的审美感受力，这一能力对于一个批评家而言可谓是致命的问题，没有审美感受力，就无法判断一个作品的水平层次，没有审美感受力，更无法领悟到艺术作品的真谛。所以，艾云老师作为培浩的评论对象，她说培浩的审美判断力非常好，我觉得这是个很好的确证。

郑焕钊（批评家、暨南大学文学院副教授）：

在读培浩《互文与魔镜》的过程中，我有一种很强烈的阅读印象，即它鲜明地显示了中国当代文学批评语境的历史印记：首先，整体的文学审美兴趣和评价的价值尺度偏向于 20 世纪 90 年代以来中国的现代主义资源。其中用以讨论的现代主义作家作品，勾连起我对吴晓东的《从卡夫卡到昆德拉》的阅读记忆，可以说，培浩的精神资源是处于20世纪90年代以来国外对于国外现代主义文学的阅读的精神谱系之中的。这也就使得批评的价值取向和精神选择上，更偏向于现代主义的精英立场。其次，批评介入与中国当代文学批评的议题脉络互为语境。从昆德拉所带来的现代主义是否终结的问题的讨论，到读懂中国灵魂、中国故事和中国价值等，整体上是处于当代中国文学批评框架之下的，显示出培浩对当代批评议题的自觉与参与，而其相关批评文章也就呈现出一种对批评语境的个体性介入及其思考的方式。再次，批评的实践呈现出一种受到其他批评家影响的印记，如“想象中国的方式”等，就具有很明显的王德威印记，从这一意义上，这部批评集展现了个人化的批评探索历程。

这本书的批评方法叫作互文性。互文性在这本书当中是作为一个对文本的独特发现的方法而存在的。而当我们谈论互文性的时候，它的基础或者前提应该就是文本性，即以文本为中心的讨论。《互文与魔镜》因而显出几个特点：第一，以扎实的文本解读为基础而展开的批评。不像我经常指出的一种批评——环形批评——对象/文本空缺，而总是在它的外围讨论，培浩的文学批评，总是从一个文本过渡到另一个文本，或者在一个文本中镶嵌另一个文本，所有的解读、评价以及与时代、社会和文化的连接，都在文本中发生。而在谈论文本的过程中，也甚少去援引各种外部的理论，而是将个人的理解和理论洞见，转化为对于文本中的故事和人物的重述，这就使得培浩的批评文本非常具有可读性，娓娓道来，引人入胜。第二，将批评文本置于古今中外更为宏阔的文学体系和文化坐标中来进行相互参照、比对式阅读，从中提炼和思考一个特定的文学主题和思想命题。这也使得它的整个批评显示出一种世界性的视野。这种互文性，既展现在文学与影视之间，比如张爱玲《色戒》与李安的电影之间，也体现在中西不同的影像、戏剧与文学之间，甚至诗歌与批评文本之间的相互映照。第三，由于它本身的理论资源和文本资源更多来自现代主义，所以其批评的现代性的视野体现为对现代个体的精神处境的观照。这就使得其在具体批评实践中，对文本中人物所表征的心灵和精神困境具有更为明显的关切。

但从互文性作为文学批评的方法来说，我们可以看到，在西方文学批评的理论脉络当中，它是从新批评开始就作为一种重要的方法。燕卜逊在进行语义分析的时候，就曾提到语境的含义，认为语境不仅仅指文学中某个词所处的文本语境，而且，由于语义本身就生长于词衍变的文化语境之中，因而一个词的意义将串起整个文明史。从今天的理解角度，这就是一种重要的、典型的互文性思维。透过不同文本之间的文本间性来讨论互文性的内涵，离不开结构主义的文本观，它们强调在不同文本之间去探寻共同存在的某个原型，由此而产生了列维－斯特劳斯、罗兰·巴特、托多罗夫等结构主义批评家。但我们可以看到它本身也有一些弊端，比如对于文本批评当中的细节和文本个性、差异性的忽略等。真正将互文性作为一个核心的方法介入批评的是朱丽娅·克里斯蒂娃，其既继承了结构主义的优点，又吸取了解构主义和后现代主义的某些特征，诚如克里斯蒂娃所言："任何作品的本文都像许多行文的镶嵌品那样构成的，任何本文都是其他本文的吸收和转化。”因而，这里的互文性已经将不同文本的交织以及对于单一文本的解构作为其着眼点。另外一种跟互文性有关的思维可能是来自于西方马克思主义。比如受到精神分析学和结构主义影响的马克思主义者阿尔都赛，他提出了一种“症候式批评”，在文本当中去探寻文本没有说出的部分，尤其是探寻没有被说出部分的这样一种社会和文化机制的时候。

这几种与互文性批评有关的思维中，我们可以看到，它虽然既有文本的纵向关系，也有横向关系，但从总体上而言，仍然是在文本内部对文本之间的关系进行比较和研究，因而存在着一个更关键性的问题，即容易非历史化和非语境化。在“序言”中，培浩虽然强调了他的批评方法与跟这种结构主义或后结构主义的互文性不同，而是借诸多文本的联结点去介入对于当代文学与文化问题的思考，但由于互文性建基于文本之间的关联所可能带来的非历史化和非语境化的倾向，仍然是培浩的批评实践中所无法避免的问题：其一非历史化。比如第一篇，由于以从奥德赛到尤利西斯的现代精神的流变作为贯穿的母题，为了契合精神不断的堕落或者走向虚无这样的一个现代旅程的精神模式，在选择公路电影的时候，对好莱坞的公路电影的选择，主要是 19 世纪六七十年代以《末路狂花》等为代表的现代主义公路片，而作为对比，中国的文本是《人在囧途》《泰囧》《心花怒放》等。然而，用以对比的这些中国电影，比如《泰囧》恰恰是好莱坞公路电影的当下形态。这样截然进行文化症候的对比，实际上就忽略了好莱坞公路电影自身的转型，与忽视了《人在囧途》《泰囧》等文本是对好莱坞公路电影

《阳光小少女》《杯酒人生》的类型模式进行搬运参照的事实。在这里就发生了非历史化的问题。其二非语境化。前面我们就谈到，培浩在电影的批评中存在着对当代流行文本的一种非同情式理解，这实际上也存在着非语境化的问题。中国新时期以来的流行大众文化，虽然是作为一种市场化、工业化的文化产品产生，但在具体的文化语境中，它的意义和价值却不可单一理解。比如邓丽君的歌曲，在20世纪80年代“清除精神污染”的过程中，它是被视为资本主义的靡靡之音而被批判的。但在当时大陆的青年之中，邓丽君的这种歌曲是作为感性启蒙而发挥作用的。同样，究竟《人在囧途》《泰囧》《后会有期》等类型文化及其精神结构与当代中国的精神结构之间的关系，似乎完全以现代主义的价值来否定，也并不妥当，仍需要更深入地讨论和分析。

王威廉（青年作家）：

陈培浩是我敬重的青年批评家，他近期的批评文章让我眼前一亮，无疑呼应着一种大的人文整体观，尤其是他近期出版的批评文集《互文与魔镜》显示了他宽阔的文化视野和精微的批评技艺。可以看到，他已经获得了一种自觉的批评意识，这是特别难能可贵的。现在许多的文学批评是僵硬的，几乎成了一种职业化的话语惯性生产，对作品没有恰切的审美判断，不仅与作家的艺术世界脱节，也和社会的实用性知识脱节，沦为无效的知识泡沫。有自觉的批评意识，便是能统摄作者、世界、文本这三者，形成对时代的整体性阐述。

从《互文与魔镜》中，可以看到陈培浩是有话要说的，具备一种对世界发言的激情与能力。不妨来看看书的体例，它分了三部分，第一部分“影与文”是专门写影视文化的，第二部分“思与文”是写文学思想的，第三部分“人与文”才是作家作品的个案研究。这个结构肯定有他的用意。为什么会把影视作品的批评放在第一部分，我认为他是在回应当下的批评焦虑。我们这个时代，文学批评跟文学创作一样处在一个边缘化的位置上，但是批评的自主意识又让他必须要对整体性的社会文化现象发言。影视作品作为这个时代具有广泛影响的一种艺术形式，在大众的层面上其实部分取代了文学的娱乐与叙事功能，因此，对影视文化的阐述与批评，既是他对时代的集中回应，也是他对批评家身份的一次确立。

以第一篇文章《奥德修斯变形记：“旅行”影像的文化症候》为例，就饱含着这样的雄心和胃口，他针对国内近年流行的和“旅行”相关的电影，集中批评了《落叶归根》《人在囧途》《人再囧途之泰囧》《心花怒放》《后会无期》《李米的猜想》《三峡好人》《天注定》等八部电影，指出这些故事在讲述现实时要么堆砌苦难，毫无抵抗地呈现破碎，要么说走就走，轻巧荒谬地抵达了疗愈。但它们一样缺乏精神主体的反思力量，没能建构起当代中国人生存的伦理向度。精妙的电影文本分析是做出这样结论的可靠论证。而“奥德修斯”这个荷马史诗中的经典形象则意味深长，他的流浪与还乡已经成了文学的母题。那些变形而失落掉的东西究竟是什么？如果说乔伊斯的小说《尤利西斯》书写了那个古典的英雄形象破碎成了平庸的“布鲁姆”，是对现代社会的讽喻，那么中国的这些旅行电影则完全脱离了经典的视野，用生硬的故事拼凑视觉的奇观与幻觉，丧失了对现实的辨识与反思。

这个结论自然是刺目的。可当这些电影文本首次出现在公众面前时，我们就着爆米花匆匆忙忙看完，很难对单个文本产生深度的理解，也许还会被声色光影代入而感到快乐。而读到培浩的文章，他将这些电影以“奥德修斯”的形象为历史视野、以“旅行”为叙事学类型并置在一起论述，我们一下子感受到了文本背后更广大的文化结构，对作品的创新与局限性也看得更加清楚。文学的局限性让我们也看见了现实的局限性，只有看到了局限性的具体形态，才能越过那些构成局限的障碍。

读完全书，我发现这不是培浩一次突发奇想的灵感闪现，而是构成他的批评方法论。“互文性”作为书名的第一个关键词，在他的批评实践之下，溢出了这个概念的内涵。他说：“我所理解的互文性已经不完全是克里斯蒂娃意义上的互文性，我以为互文性就是一个文本唤醒另一个文本，而文学批评就是以各种各样的方式找到文本的连接点。”他的这个说法显然是将文本放置在了一个更为广阔的文化空间里来观照，甚至潜台词里不乏指涉了一个超级文本。那就是人类文化的整体结构。何为文本之间的唤醒？那便是一种意义的旅行，每个文本都在生成意义，也在照亮另外的文本所生成的意义，但如果文本不能在一个大的文化结构中得到呼应，这样意义便是燃料稀薄的火焰，会很快熄灭。因而，批评在我看来不啻是以这种方式在进行判断和遴选。没有对意义生成和流动的辨析，没有对文本之间连接处的敏锐，批评是无法获得深度的。能够让批评成为不同文本之间游弋的技艺，才称得上是批评的艺术。无数散落在文化空间中的文本被思想的洞见连接在一起，生成了新的意义。因此，我说他有宽阔的文化视野，不仅仅是说他涉及的文化信息量比较庞杂，而是说他在发现文本的关联性方面展现出了精神性的宽阔。他以文本的连接性，努力创造出一种人文整体性。有了人文的整体性，有了这样一个坚固的基石，我们对他的辨析与阐述才能有一种出自心灵的信任。

当他的目光从影视回到文学，立刻便聚焦于当下那些核心问题之中。现代主义在今天是否终结了？城市文学需要什么样的精神想象力？中国故事如何可能，以及其中的意义焦虑如何生成与化解？乃至女性主义写作在大众阅读中的错位，那些女性欲望对于女性主体的确立却在大众层面迎合了某种男权心态的窥淫癖，这是怎样的一种悖论？

在这种思考之下，他看待作家作品便具备了富有弹性的精神磁场。他深知在人文领域没有先验的真理，一切意义都在话语的互动中生成。因而他有一个特别珍贵的品质，就是真诚的对话性。他阅读同时代人的作品，是为了与不同主体进行更深刻的话语碰撞，因而他践行了一种“身边的文学批评”。身边的文学批评在这个时代变得越来越重要，因为网络主导的文化灌注的同质性经验，正在遮蔽鲜活的生命本身。我觉得我们今天的批评应该是回到孟子所说的“知人论世”的层面，不但要知其文，还要知其人。要辨析出作品背后那个“精神的人”的形象。这应该是批评精神的应有之义。他和身边的写作者共享这相似的语境，他可以准确地捕捉到这些文本的痛感所在，并且他在文本中也回应了这种痛感，有了对痛感的痛感，这才是理解之同情。

他写到格非的《望春风》如何面对乡土社会消逝后的乡

愁，写到杨克诗中的民间性与人民性如何建构着诗歌的文本，写到艾云的散文如何以女性的幽微理解历史上的丰富心灵。这些文章都给我许多启发。他也写了关于我作品的评论，将我放置在一个荒诞书写的历史脉络上去打量，并提出我的小说中总是有一种思想的装置。我自己此前并没有想到过这些，但他的文章让我对自己的写作有了正与反两方面的思考。思想装置对于小说是否必要？思想装置如何与小说艺术兼容？思想装置来自于传统的寓言还是现代主义的隐喻？

批评能够产生对话性，才是有效的批评，而不是沉闷的独白或聒噪的吵架。文本之间的连接性反映的不仅仅是历史的线性关系，而是批评主体的一种洞见，因而必能超越文学史的知识框架。那么，批评家才能在根本的精神意义上对写作者构成支持和搀扶。这也就是我们经常说的，作家跟批评家的共同成长。

如果我们以一种新的方式来思索批评的意义——不仅将批评视为对文学文本的一种审美性阐述，而是将之当作一种更自由、更洒脱地借助于多种学科知识对于时代进行思考的方法，那么这样的批评精神对于所有的艺术创作来说，都是十分必要的。读培浩的《互文与魔镜》，我有些武断地想，这种批评精神应该成为每一个人的基本修养，而不仅仅是一个作家的基本修养。换句话说，在这个时代写作，想要成为一个作家，在起源之处便必须要具备一种尖锐犀利的批评精神。否则，便会陷入无效的写作。在可以预见的未来，信息只会以几何级数来泛滥和喧嚣，作为个体的人，乃至文化的人，都将持续变得无力和虚弱；尤其是随着人工智能的出现，人类难以全面分析的庞大数据，机器却可以轻轻松松地进行分析，得出各种各样的结论，这是特别吓人的，是对传统的人类能力的碾压。正因为如此，我们生而为人，更是要保持住洞见的能力。没有洞见，便无法洞穿这个时代的泡沫，更无法识破各种机器、机构及其话语背后的秘密。人的危机莫过于此。批评的精神是对主体的一种唤醒与确立。培浩对此也有清晰的认识，还是在那篇表达自己批评观的文章中，他说："有力的批评必有所依靠，必有精神根据地，它在坐标过分清晰处说出困惑，透视稳定机制的内在纠葛，析出简单底下的复杂性，在现成答案面前说出困惑，向时代发出文学的天问；可是，文学批评也要在虚无的时代迷雾中充任指南针，为四处弥散又无路可走的人们提供一种可能性。所以，它在凝固处敲开缝隙，它在分裂处提供凝聚。是的，我说的是一种理想的批评。一种值得去投身的事业，批评主体在此种批评实践中也获得了自身的精神确认。"我感慨于他所说的，在无路可走的时候，批评可以为人们提供一种可能性，这就是一种大批评观了，乃至于和文学本身是一体的。文学就是一种以虚构的途径在呈现着可能性。是的，一种远离了文学的"文学批评"又是一种什么样的存在呢？

批评的精神让人去辨析，去洞察，去创造，我们每个人必须具备这样的品质，才能保证我们依然作为有价值、有尊严的生命生存在这个世界上，而不是被机器所吞噬。我期待着这样一种源自漫长人文传统而建构起来的"人的形象"能够在未来更恢宏的尺度上照耀出更绚烂的光芒，激发起更睿智的力量。

▍李德南（批评家、文学博士、广州文学艺术创作研究院专业作家）：

读《互文与魔镜》，可以发现陈培浩具有开阔的理论视野和敏锐的方法论意识，行文滔滔，富有文采。其批评和写作的热情，也随处可见。以互文性作为方法论基础，陈培浩在书中针对电影、小说、诗歌等领域的很多重要问题进行了有个人见地的观照和阐释。《荒诞话语的当代传承》《作为方法和价值的中国》等文章，对黄金明、王威廉、陈崇正和马拉等作家的共性进行了概括，也显示了一种以批评的方式介入现实，力求在文学文本和社会现实之间形成有效互动的努力。针对诸多的文学现象和文化现象，陈培浩则试图形成个人化的阐释与命名方式。比如在《文学、城市和精神想象力》中，他着重讨论了文学创作和想象力的问题，并将文学领域的想象力分为词语想象力、情节想象力、形式想象力、历史想象力等类型。又比如在《“新城市文学”的想象和实践》中，他认为存在四种典型的城市书写类型：取形式城市书写、立心式城市书写、批判性城市书写和象征式城市书写，认为它们既是城市文学的重要写作传统，又是新城市写作必须予以区分的写作谱系。这种命名和看法，对分析相关问题有其价值和意义。不知道是否是受文章的篇幅所限，有的概念并没有得到很清晰的界定，相关的论述也还是点到即止式的。陈培浩可以考虑继续写相关的文章进行探讨，对这个话题予以深化。尤其是城市文学研究，这些年虽然都有所推进，但仍是一个有待深入的领域。不管是具体的作家作品研究，还是具有理论高度的文论，都值得期待。

“诗教”传统与文学启蒙

——郑焕钊《“诗教”传统的历史中介》讨论

唐诗人（批评家、暨南大学中文系博士后，本期主持）

大家下午好，欢迎来参与本期讨论会。这是2018年最后一期，今天探讨的文本是我们郑焕钊老师的《“诗教”传统的历史中介》（全名《“诗教”传统的历史中介——梁启超与中国现代文学启蒙话语的发生》）。这部专著是2017年出版的，一开始我就想约大家来讨论，但我一直将它推迟到现在，因为这本书所探讨的问题，比较契合即将来临的2019年必然会出现的文化热点。2019年注定会是文化界的一个重要年份。一百年前的1919年，有五四运动这样的历史事件，七十年前的1949年，是中华人民共和国成立之年。2019年要回顾和纪念的，可以说是过去一个世纪里最重要的事件和问题。五四运动是我们历史上最耀眼的一次民主革命运动，它通过社会运动的方式，宣扬民主、科学思想，得到了社会各界的响应，可以说对现代中国的社会进步和思想变革起到了极大的推动作用。

五四运动后来被称为中国的第一次启蒙运动，我们也都习惯性地把这个启蒙跟欧洲的启蒙运动对照，甚至对等。但是，这启蒙是不是欧洲文化思想意义上的启蒙？这个问题，可能不是专业研究者就不会去思考。焕钊这部梁启超研究著作，就很清晰地回答了这一问题，让我们看到启蒙所包含的复杂性。起码，“启蒙”这个概念本身就有着中西方传统的内涵差异。西方启蒙重视的自我反思性，与中国传统启蒙概念的教化内涵，在中国近现代的思想家、文学家身上得到综合。于是，我们今天纪念五四运动，理解中国近现代以来的启蒙话语，可以从历史开端处的启蒙内涵出发，检视我们经常使用的启蒙话语到底有多少西方性及多少中国传统成分，同时也反思我们所谓第三次启蒙，在何种意义上方有可能。

当然，我们在座的，多是作家、诗人、评论家，不是专业的近代文学研究者，更不是梁启超研究专家，所以讨论郑老师这部著作，不一定要像很多学术研讨会或者新书发布会那样，去辨析著作中的观点，或者停留于著作中的观点评价，我们更想要的是，通过郑老师这个文本，引申开来，接着他的观点，去思考一些我们自己关心的问题。我这个开头也是表达我最关心的、最想要跟大家一起探讨的问题，大家也可以挖掘、延伸出另外的问题来探讨。我先说这些，接下来首先请郑老师跟我们简单分享一下这本书的情况。

郑焕钊（评论家、暨南大学文学院副教授）：

这个书从 2012 年博士毕业之后就没太大的改动。当时选择这个题目，涉及启蒙这个话题对整个 20 世纪中国的思想、文学和文化的影响的重要性。在 20 世纪围绕启蒙的问题的讨论中，很多人一厢情愿地认为它受西方的影响很深，但如果立足于真实的历史和思想状况，关于启蒙的思想资源问题，西方的影响的程度、晚清和五四以来受传统文化思想的影响状况等，直到今天仍值得我们去探讨。因此，我试图以此为切口，去探寻启蒙在20世纪的文学文化论题中的传统的思想的影响及其传播。我的研究想要去理清一个事实，而非简单作判断。在这本书中，我认为20世纪中国的文学思想保留着“诗教”传统的浓重印记，它在推动中国优秀传统文化的传承的同时，也带来了一些问题，比如“宗经”式思维长期影响着我们对西方理论的接受，不是批判性的，而是含有一种宣传的姿态。

20世纪中国文学启蒙话语本身，从本质上是在民族存亡危机之中，有识的知识分子对大众所进行的新思想新观念的说教、传播和启蒙。因而其关键问题有两个：其一是知识分子以何种方式更好地启蒙大众的问题，这就突出了启蒙的媒介性，即通俗的语言、大众的文体和民间的形式等；其二是知识分子为了能够启蒙大众，提升自我。这显示了中国现代启蒙的现实迫切性，但也带来功利性的后果，这也导致西方启蒙论题中，围绕着主体性自我反思的问题在我们的现代启蒙中没有获得很好的检讨和解决，这是当下中国理论和思想中存在的很多问题的根源。

20世纪中国的思想启蒙发生了两次，一次是五四新文化运动，一次是20世纪80年代伴随着解放思想所带来的新启蒙。当下有学者认为我们在今天需要进行第三次启蒙。如果这种启蒙要进展顺利的话，我觉得，重新回过头去梳理20世纪中国现代思想文化启蒙究竟是怎么走的，其获得的经验、内在存在的问题和误区，可能是我们今天面对所谓的第三次启蒙，或者是反思20世纪中国思想、文化和文学需要特别去注意的一个问题。

李石（暨南大学文学院博士生）：

焕钊老师既是我的老师，也是我的同门师兄，这几年的求学过程中，与他一起工作交流令我学习到非常多。我也很高兴他邀请我参加这次研讨活动，对我来说，阅读他的博士论文的过程，既是一次学习的过程，也是我试图摆脱学习者的心态与他的文字进行对话的过程。回到这本书，像诗人兄所说的，今天的讨论可以不局限在著作而谈著作，而应由此出发，敞开对20世纪以来关于启蒙话题的讨论。这点我是同意的，在座的各位老师也从不同的角度对相关问题做出了很有意思的回应。但是，我还是希望回到郑老师这本以博士论文为基础而出版的著作本身来讨论，来补充一些必要的信息。

首先是这本著作的学术脉络和背景，它与20世纪90年代以来文艺学界的中国古代文论现代转换、文化诗学等学术热点有一种呼应关系。当然，单从书名看不到这一点，但是论著对梁启超的个案研究，通过扎实的文献资料的挖掘和分析，揭示出，梁启超的文学思想既是中国古典“诗教”传统现代转换的中介，同时，这种现代性转化又是对西方启蒙传统的一种误读，从而呈现出古代文论现代转化这一宏大理论命题（同时也是历史进程）背后的复杂面向。这是这本著作的基本学术背景，他对梁启超文学思想的考察及其对启蒙问题的思考，是立足于文艺学学科中国古代文论现代转换的问题视域来展开的。

其次，这本著作确实对前人引述比较多，这个跟著作的发生学方法有关。比如著作强调，“发生学研究观念的发生，强调知识结构的生成过程，其从一个阶段到另一个阶段的过渡，并不以事件和时间进行实证，而以观念进行推理，从而解决起源研究将起源绝对化和无法解决知识结构生成机制的问题”。因此，这本专著也就更多以发生学的方法，注重梁启超文学启蒙思想的生成以及不同学者围绕梁启超启蒙话语产生的争论，通过挖掘相关文献材料，回到历史现场和历史语境，从逻辑层面对梁启超启蒙话语的生发过程进行揭示。当然，这种注重阐释思想、话语、逻辑生发过程的研究方法，缺点也是明显的，比如著作对梁启超的报章文体的论述比较多，但是从社会学的、实证的层面揭示那个时代的媒介状况、媒介生态存在不足。从过去学术界关于20世纪中国文学的报章研究中，我还想到，这本书对梁启超的报章文体的论述和研究思路，同样受到这方面影响。

我想说的是，20世纪八九十年代以来，国内学界对晚清至五四时期的报章、杂志、社团等相关文献史料的挖掘、考证、梳理等的“学术热”，确实既有对那个时代的精英知识分子传统的精神回望和守护，也隐藏着对当时更为复杂的现实社会文化生态和大众媒介的潜意识拒绝和回避。从这个角度，也可以理解郑焕钊老师的学术方向的转变，比如他从对梁启超启蒙思想的研究，转到海外汉学，到现在以一种“学者粉丝”的立场和视野介入网络文艺、文化产业的研究中。如何通过对新兴业态与文化思潮的考察，重新认知和聚焦我们这个时代，重新界定精英与大众的界限，并思考新的媒介状况下的启蒙问题与困境，这里面就包含着某种学术立场和知识策略的突破。

最后回到这本著作，我还想讨论一下中国“诗教”传统和西方启蒙传统的界定。作者认为西方与中国在启蒙上的最大不同就是启蒙的主体性问题，比如中国的“诗教”传统是先觉者启蒙后觉者，而西方则相反，重视个体对理性的自觉运用。但是，这是否存在某种简单化的划分倾向？比如，西方的启蒙传统中，是否不存在先觉者启蒙愚昧者的情况？像苏格拉底在希腊城邦中，将自己视为牛虻，不断向人们提出尖锐的问题来促使他们思考，这是否也是一种先知觉后知？比如中国禅宗美学强调“顿悟”，这是否也是重视个体启悟性？再比如，著作中提到，“古希腊的神话和柏拉图的理性精神正是启蒙精神借以反对宗教权威的精神资源”，这其实也存在着某种简单化的倾向。比如柏拉图的理想国对作为个体感性存在的诗人的驱逐，及其对集体主义的“诗教”思想的阐发，本身就有着浓厚的教化逻辑；其对形而上的理念的论证，以及融入柏拉图主义之后的中世纪神学，某种程度也是18世纪的西方启蒙运动思潮所反思和批判的对象？而且事实上，古希腊神话与柏拉图哲人王精神，在历史上本身是作为一个对立事件而存在，由此而生的诗哲之争，正是西方的逻各斯和秘索斯两个不同思维传统分离的开端，而将之视为西方启蒙主体性的传统，反而忽略了西方文化传统本身在流变中的复杂性。由此反证以梁启超为代表的20世纪中国知识分子对西方启蒙精神的误读，以及启蒙的不彻底性，其论证前提不一定是成立的。

从我的个人理解，我对重启第三次启蒙的态度，某种程度是悲观的。但是，启蒙是不是必然有这么一个过程，一开始总是由某种先觉者启蒙后觉者，后觉者受到启蒙引导之后，最终回到个体启蒙的觉醒上。这里面，既有普遍的现代化教育层面的知识普及，同时，在科层化、体制化、市场化的现代化过程中，启蒙又往往只能作为一种终极理想状态而成为一种个人信仰，甚至往往只是精英层面的启蒙，难以真正抵达大众，难以达到其理想的普及程度。这既是梁启超先生那个时代面临的启蒙困境，或许也是启蒙的现代困境，也是中国和西方普遍面临的问题吧。

唐诗人（批评家、暨南大学中文系博士后）：

李石谈到焕钊这部著作所隐藏的学术背景和文化立场，并由此联系焕钊写完这个著作之后的学术转向，看出它们之间的一致性。这个介绍很重要，对我们在座的、不熟悉文艺学学术界知识状况的作家们而言，补充了一些背景知识。我个人觉得，传统文论现代转换，包括晚清、五四研究热，这些就构成了郑焕钊这部著作的发生源，这种发生，类似于郑焕钊著作中阐述的发生学一样，不是时间先后关系，而是知识结构上的推进。

另外，李石谈到一点，也是我想讲的，就是焕钊阐述的中西方启蒙的内涵差异，是否存在一个简单化的嫌疑。西方的启蒙是不是可以理解成更注重自我反思？中国的启蒙是否就是完全指向“教化”？或者问一个今天很流行的问题：“‘西方’是什么”这种问题能否成立？“‘中国’是什么”又有多大的可靠性？西方、中国这些大而泛的界定，肯定有不准确性。对于“启蒙”概念，我们需要了解到，西方的启蒙也并非完全的自我启蒙，它内部也有其矛盾性。比如英国、法国完成启蒙的途径就很不同，我们看法国的启蒙就会知道，他们的启蒙首先也是有百科全书派知识人物的思想传播，也具有教导、教化大众的层面。所以当时卢梭的思想会那么矛盾，在《论科学与文艺》里会去攻击启蒙思想。在卢梭的观念里，德性到底是来自启蒙思想家的教导，还是来自人类的自然天性，这是有冲突的。这一矛盾性，可能就跟我们中国传统的启蒙相关了，要知识教化，还是要回归自然？所以，中西方的启蒙，都有它的内涵演变历史，都有其复杂性。但是，我又想，我们也没必要太纠缠这些例外性，否则就没办法去概括和下判断了。考虑很多例外性，可能会很全面，但估计就难以深入某个具体问题。所以，就问题而言，焕钊这里的界定，肯定打开了一扇窗户，指引我们去思考今天这个大众化时代的启蒙问题。

李德南（评论家、文学博士、广州文学艺术创作研究院专业作家）：

我觉得《“诗教”传统的历史中介》是一本很值得关注的学术著作。它所讨论的人物梁启超及其思想是一个学术原点，本身就非常重要。而郑焕钊从发生学的角度切入，讨论梁启超和中国现代文学启蒙话语的关系，是非常有学术洞察力的。通过研究，焕钊认为，中国现代文学的启蒙话语并不完全来自西方的影响，同时也包含着中国文化本身的“诗教”传统的赓续和转化，这一立论也充分注意到了问题本身的复杂性。

《“诗教”传统的历史中介》属于思想史研究的范畴。值得注意的是，最近几年，郑焕钊投入了不少时间和精力，去研究大众文学和大众文化，试图在新的文化语境中进一步去讨论启蒙所遇到的问题、意义和必要性。这两项工作，应该联系起来看。从思想史研究到文化研究，这不只是方法上的多样化，也意味着研究视野的进一步拓宽，由此，他的学术研究也更有纵深感，更有当代性。启蒙作为一种话语方式，当然是非常重要的。更重要的是，启蒙还是人类的主体性得以生成的必经步骤。作为一种思想话语的启蒙可能会过时，但是何谓启蒙、如何实现启蒙，永远都是一个问题。郑焕钊对网络文学、网络文化的研究，对抖音等新的视听文明的关注，也含有如何在当下的语境中实现启蒙这样的问题。

今天我们实际上正在经历着一个文明历程的全球转向，按照尼尔·波兹曼的说法，这是从印刷文明转向视听文明，也是从阐释时代转向娱乐时代。在波兹曼看来，18 和 19 世纪是包括纸质书在内的印刷品盛行的年代，那时候，印刷品几乎是人们生活中唯一的消遣，公众事务也是通过印刷品来组织的。思想的表达、法律的制定、商品的销售、宗教的宣扬、情感的表达等等，都通过印刷品来实现。阅读印刷文字的过程，则能促进理性思维。他曾举例说，18 和 19 世纪的美国公众话语由于深深扎根于铅字，因而是严肃的，其论点和表现形式是理性的，具有意味深长的实质内容。波兹曼把印刷文明占主导的那个时期称之为“阐释年代”，而到了 19 世纪末，随着以电视为元媒介的视听文明的崛起，“娱乐时代”开始出现。公众沉醉于种种娱乐消遣，不再喜欢阅读，也不再像以往那样理性地思考。电视正把已有的文化转换成娱乐业的广阔舞台，公共生活、精神生活也开始变得前所未有的轻浮。不管是政治也好，还是宗教、教育也罢，都成了一种娱乐业。在这样的语境中，文化批评实际上就变得非常重要了。这几年，我个人除了做文学批评，也在做一些溢出文学批评边界的工作，比如用随笔的形式，以电影作为主要的分析对象，来讨论技术和人类生活的问题。焕钊所做的研究，则是我所感兴趣但又没有去深入研究的。所以我也很期待看到焕钊在这方面的更多新的成果。

唐诗人（批评家、暨南大学中文系博士后）：

德南师兄延伸阐述了今天这个网络时代、大众媒介时代状况下，相关的启蒙观念可能会变得过时，但是何为启蒙、如何启蒙这些话题始终可以探讨，这也是我们的立足点。需要启蒙，但是如何启蒙？启蒙的新内涵该是什么？德南师兄提及了焕钊的文化批评，这个时代需要文化批评，仅仅停留于文学作品评论是不行的。文学天然具有公共性、情怀性、理想主义等，所以文学批评如何能够漠视这个时代的文化问题？我个人是觉得，我们做文学批评的时候，一定要有一个文化维度，这个“文化”不是书本上的文化知识，而是现实世界的文化状况。郑焕钊这些年转向网络文艺、大众文艺批评研究，我个人是很羡慕的，这也是我一直都在关注和渴望转向的领域。

张丽凤（广东财经大学讲师）：

在中国20世纪文学中，启蒙是一个绕不开的话题。我的研究方向是中国现当代文学，因此对启蒙这个话题并不陌生，之前也写过两篇与启蒙相关的文章，对启蒙的概念尤其是它的内涵演变关注得较少，更多的时候是按照自己惯常的理解直接运用，没有特别有意识地从中西文学理论的源头上一点一点地剥离出它复杂的内涵。焕钊的这本书让我很震惊，他梳理得非常细致且相当有见地，不仅指出西方启蒙的要义在于理性，同时指出了中国传统启蒙的演变，更梳理了20世纪文学中启蒙的应用。其强烈的理论意识对于我重新认识现当代文学中的启蒙话题有很大的帮助，尤其是对我们反思中国20世纪文学中的启蒙话题提供了理论的参考。他的梳理与剖析，对较为流行的“断裂说”“失语说”等观点可以有特别理性的认知，因为20世纪我们的启蒙一直延续着梁启超先生当年的启蒙逻辑。下面我想从两个方面说一下我自己的想法及疑惑。

我自己一直比较关注启蒙中的对话问题。如我们一直觉得鲁迅是现代文学中的启蒙者，但是他小说中的启蒙者却不能担负起启蒙的责任。不妨举《祝福》和《离婚》两个简单的例子，鲁迅小说中读书人是一个特别重要的形象系列，他小说中的被启蒙者非常尊重读书人，并期望从他们那里得到一些救助，结果却都是令人失望的。比如《祝福》里面，村里人都认为是有鬼的，所以祥林嫂就非常担心自己死后会受到惩罚，她觉得“我”见识多，所以特别向“我”求证世间有没有鬼，显然祥林嫂是期望“我”能给出不同于她周围人的答案，但“我”的回答颇为犹豫，从为她好的角度没有提供异于村里人的知识；《离婚》中的爱姑要离婚了，在前往城里之前她信心满满，一直觉得自己的冤屈在七大人那里可以得到昭雪，“七大人是知书达理，顶明白的”，“不像我们乡下人。我是有冤无处诉；倒正要找七大人讲讲”，七大人没有支持她，连那“刚从北京洋学堂里回来的”尖下巴少爷也没有说出任何异于乡里逻辑的话来，最后要强地准备拼出一条命的爱姑也不得不说出“我本来是专听七大人吩咐”……

被启蒙者在强大的启蒙者话语体系中，没有言说自我的能力，他们被呈现的形象都是极为片面的。如鲁迅小说中的被启蒙者，无论是诉说的痛苦还是个人生存境况，都非常有限。祥林嫂面对失子之痛，只会喃喃地说“我真傻”，而闰土见到多年后的“我”，也只是嗫嚅着喊出“少爷”。可以说，在第一次启蒙的文学中，我们并不能较为全面地了解被启蒙者，而面对要启蒙的现实，启蒙者自己也没有特别坚定有效的启蒙话语对现实发生作用。这一点从焕钊剖解的启蒙话语中似乎能得到答案，就是知识分子笔下的启蒙不过是披了外来启蒙的外衣，内涵依然是中国的传统文化与思维，是自上而下的文化运动。

五四时期的启蒙问题，在 20 世纪 80 年代的第二次启蒙中得到了改变，被启蒙者开始作为完整的个体出现在作家的笔下，最有意识地展现这一点的是王蒙和莫言。王蒙在长篇小说《活动变人形》中表现得非常明显，某种程度上就是对启蒙的诗性反思。据王蒙介绍，其创作灵感来源于日本的一本漫画书，想表达现实没有变化的时候，头脑思想改变只能是一事无成，就像小说中的人物倪吾诚一样。相反，倪吾诚的妻子和小姨子，却以极强的生命力对他形成碾压之势，尤其是在骂架的时候，她们的话语如滔滔江水特别磅礴，似乎是对鲁迅时代被启蒙者木讷、愚昧形象的一个反驳。和王蒙对被启蒙者的发现相似，莫言以“作为老百姓的写作”为追求，写出了乡土的沸腾，最大限度地展现乡土人物的情感思想。而我在莫言的家乡采访时，也在村子里遇见一些人，他们像传统说书人一样，口才极好张口就来，说出来的语言特别丰富。可能正是基于这样的生活经验，莫言有意地述说与五四时期乡土文学的不同，从内容看，莫言的《良药》某种程度上试图与鲁迅先生的《药》形成一个对话。然而，我们发现莫言非常张扬地呈现乡土，但他依然没完成对话，他更多地提供了乡土的图景。所以在他的小说中，有文化在城市中工作的“我”每次回到乡下，无论是简单的日常穿着的审美，还是思想认识都和乡土难以完成对话。如《爆炸》中写道：“我是匆匆赶回来的，穿着都市里通俗的衣裤。面对父亲，这衣裤顿时生辉，显示出高贵和奢侈，它有多余的口袋和纽扣，还有不必要的干净。”在文字中，对乡间的一切可以描述为“金黄的麦穗，平静的劳动，芳香的汗水，鲜花般的女孩，健壮的少妇，树根般的老人……一幅天下升平民乐年丰的优美图画”，但面对现实中的人物，“还原了艰苦宁静的劳动场面，心里还是万分惊愕”。可以说，莫言向我们展示了非常丰富的乡土，但并没有完成乡土对话，他不过是从审美经验上将五四时期对被启蒙者的隔膜向前推了一步，但最终依然是你这样写，我这样说，就像鲁迅的《药》与他的《良药》一样，试图建构对话却无法完成对话。莫言的困惑在其改编的戏剧《我们的荆轲》中得以呈现，当消解了侠义等精神后，他找不到自己的落脚点，最后只能是很迷茫地期待高人的出现。

王蒙和莫言的写作，在审美经验上贡献了被启蒙者的状态，但是却没有像鲁迅那样对自我的这种状态给予适当的反思。因此在启蒙的意义上，也没有完成对话。

一切理论都是为了观照和言说现实，正如我们期望建立起自己的诗学话语一样，从根本上讲就是能对现实有言说的效力。在焕钊的书中，特别看到他有很强烈的现实关注，正如他说的不管讲什么我们关注的依然是中国的问题。平时和焕钊聊天也知道，他之所以关注网络文学、大众文化，就是因为现在的年轻人就是在这样的文化范围中成长起来的，我们要了解他们必须关注这些，显然这都显示了他介入现实、言说现实的抱负。我想焕钊对启蒙话语的梳理，也不仅仅是为了梳理一个批评概念，而是在梳理的过程中发现问题，解决问题。那么问题是我们如果还需要启蒙，又该如何完成“对话”？在当下媒介变化的情况下，人人都有了言说的自由，但是否意味着可以真正地完成自我言说与对话？因为对话不仅要有自我言说，更要有自我反思，有能力意识到“我”与“他人”同时存在。启蒙依然是一个很值得再去考虑的问题。焕钊是文艺学出身，他现在又特别关注网络大众文化，我想他最有发言权，所以想请焕钊讲一讲自己的看法。

郑焕钊（批评家、暨南大学文学院副教授）：

丽凤抓到这个点很好，就是启蒙中的对话性问题。我没有用对话这个词，但实际上，20 世纪中国启蒙的教化就是在至少两个不同的阶层之间进行的，因而知识分子与底层大众的对话是中国现代文学启蒙内蕴的重要问题。20 世纪 30 年代的左翼文学对五四新文学的不满，就是认为五四作家们提倡的白话文仍然是欧化语言，所以他们要用更底层的大众语言来书写。毛泽东在延安文艺座谈会上就提倡以民间的语言和民族的形式来创作。从对话性的角度来看，五四新文学运动确实表现出中国现代文学启蒙的单向性，你刚才提到的鲁迅视野就是对此的反思，因此在小说中，面对祥林嫂的困惑，他同样无法提供答案。此外还有人血馒头的问题等，通过祥林嫂和人血馒头来反思和质疑知识分子的启蒙是否有效的问题，对鲁迅来说，其结果是令人绝望却又想于绝望中萌发希望。

当下我们处于技术媒介时代，我现在也是从社会学、阶层的文化关系的角度去研究媒介形式的变化对于社会整体的文化影响。抖音、快手等社会大众用户生产的内容，即是媒介赋权之下他们拥有了文化表达和参与能力的表现。但在资本、技术和消费主义的勾连日益复杂的情况下，底层能够真正表达自己，还是成为一种消费逻辑下的自我奇观化？诸如时下短视频中传播度较高的乡镇土味文化的内容未必是乡村真正的生活，而是生产者认为这样生产可以引发关注，于是为了迎合别人的猎奇而刻意去表达这样的内容。

所以无论是精英启蒙的单向性，还是底层的文化表达，都存在着对话性的缺失，都是单一维度的，缺乏沟通的。今天我们讨论启蒙问题，也就不仅仅是一个知识上、思想上的问题，还涉及媒介素养的问题，显示了在技术、资本和商业的时代，启蒙问题更加复杂的情形。

唐诗人（批评家、暨南大学中文系博士后）：

张丽凤老师从现当代文学作品来看 20 世纪中国启蒙的两种主体——知识分子与大众、启蒙者与被启蒙者——的对话，他们之间能否实现有效的对话，我想，这是谈论启蒙最为关键的问题。鲁迅身上，可能最为典型地包含了中西方的启蒙精神，一个是他的杂文努力在完成对时代、现实问题的直接敲打，二是他的小说，其情感、思想完成的是反思性启蒙，自我反思、自我质疑，同时也通过传递这种绝望感来完成更深层次的精神启蒙。但显然，对于当时的民众、大众而言，鲁迅的作品是抵达不了的，连他母亲都不读，所以现代文学、现代知识分子的启蒙，更多的还是知识分子自身层面的自我完成，甚至这种知识分子的自我启蒙也被救亡图存这样的历史需求所干扰、击破。李泽厚提出的启蒙和救亡两重奏问题，强调了近现代知识者的启蒙思想，不仅主观层面上指向民族救亡，客观环境上也裹挟着一切思想链接上救亡图存这一现实功用。所以现代知识者的启蒙，顶多就是个人层面的，大众层面所领会的，并非自我反思式的主体性思想觉醒，而是救亡意义上的革命斗争觉醒。所以，20 世纪 80 年代知识分子又想来一次主体性觉醒意义上的启蒙，但很快就陷入了困境。那么，今天这个媒介时代、大众化时代，民众不缺知识的历史背景下，启蒙又从何种意义上来谈论才有可能？我觉得，要真正实现对话，我们需要对这两方面的对话主体都进行重新理解和界定。而郑焕钊说的，技术、媒介素养等问题，我以为是重塑我们身份意识的东西，它们会带来主体性内涵的变化。

彭贵昌（广州大学人文学院讲师）：

我刚好借着丽凤师姐的话题来讲，她刚才说了一种“错位”的对话，我们今天讨论的启蒙，实际上也是知识分子跟他的启蒙对象之间的错位对话。焕钊师兄这本书于我而言最大的收获是对启蒙这个词在本土语境下的重新理解，可以说也是一个发现“错位”对话的过程。我自己上课讲现代文学史的时候，常常说中国现代知识分子借用西方的启蒙思想来对中国的民众进行启蒙，但是看完这本书以后突然发现原来启蒙（enlighten）这个词在中国语境下产生之后非常本土化，跟西方那种强调自发的、个体的、理性的、批判的意义完全不一样，而变成了一种士阶层或者后来的知识分子阶层对大众的引导和教化。

那么启蒙的内涵在中西方就有非常巨大的错位了，这就使我想起李泽厚曾经说过，全面引进和借鉴西方文化，这是五四启蒙“彻底性和全面性”的具体表现。可能很多的学者做思想史、文化史多多少少都抱有这样的思想，但是在临近五四一百周年之际，我们回过头去看的话会发现五四的话语——从西方借鉴的这些词语其实有着非常大的文化语境错位。比如今天我们讨论的启蒙，从西方引入后，从个体性到集体性的理解就很不一样了。我想起宋剑华老师提到，五四时期大家对科学、民主的理解就是在中西方语境下的误读。像“科学”的概念，宋老师做了很详细的考证，说我们如果在文学作品里面来看的话，我们能看到很多作品人物谈自己上大学，特别很多女同学上大学，学“科学”，学一些先进的事物，最后在他们的交流中我们发现他们谈的内容，几乎只是谈拜伦、雪莱，要不就是谈《玩偶之家》娜拉的出走。在这些作品中，五四以来中国人对西方现代人文精神的理解很大程度上来源于西方文学作品中的爱情故事，我们会发现“科学”话语在他们当时的理解中多少是有些异化的。再如民主，援引宋老师的观点，他认为从很多的文学作品，包括鲁迅的《药》、叶紫的《丰收》，还包括其他一些文化类著作对这个词的理解也是有偏差的。西方的民主是一种制度，但是《药》里面夏瑜怎么跟民众说？说“大清的天下是我们大家的”，叶紫的《丰收》里面说“不久的世界一定是我们穷人的”。非常有意思，跟启蒙这个词一样，民主这个词在西方更多是一种个体的，但是到了中国以后同样面对跟启蒙一样的问题——它就变成了知识精英对下层的一种教化，甚至是有点精英为民族共同体代言的意味。我觉得民主这个词的理解跟启蒙一样，是同构的。

另外，我觉得我们对“自由”这个概念的理解也一样。在五四的“自由”里面基本上只是对家庭传统的反叛，一谈自由大家能想到的就是婚姻自由，很少说在社会的其他方面或者政治方面自由。我自己在上现代文学史的时候就发现，我一开始讲现代的时候就跟他们说有科学、民主、女性解放等等，真正讲作品的时候我发现几乎挑不出几篇关于女性解放的作品来给学生们讲。包括像当时倡导女性学习娜拉，然后我们看到，娜拉的出走是走出家庭成为独立的女性，我们现代文学史里面的作家，无论是男作家也好女作家也罢，写女性的出走全部是从父家走向了夫家，从一个男权走到另外一个男权。女性是没有真正得到解放的。现代文学经常倡导女性解放，可是我们看，冰心笔下的女性没解放，萧红笔下的女性更惨。哪怕是追求自由恋爱的新女性，也几乎没有好结局，如凌叔华的《花之寺》里，男女主人公自由恋爱，可是这位新女性结婚了非常无聊，她天天想的还是怎么样在这种男女关系中获得主体性，在追求主体性过程当中，她的主体性又完全消失了。所以我觉得自由恋爱包括婚姻自主等等这些话语也同样有类似于启蒙、民主、科学等话语一样的误读。这些话语本土化之后经过一批知识精英的阐述，已经跟它们本身的意义有所偏离了。

张丽凤（广东财经大学讲师）：

一开始我们的理论非常清楚我们要传达什么，但落到现实中的时候你会发现大部分人还在践行着以前的思维，完全没办法超出那个框架，这特别让人悲哀。

彭贵昌（广州大学人文学院讲师）：

其实女性解放也不需要借助西方话语，女性解放或者自由恋爱难道我们中国没有吗？我们觉得提倡女性解放好像又是从西方“借来”的，但是从《诗经》到《孔雀东南飞》《梁祝》《西厢记》《牡丹亭》等，不都是这样一种题材吗？因此我产生了一些疑惑，在五四快要一百年的时候回过头来看，我们所谓的西方思想，有多少是西方的，还是像焕钊师兄在书里面提到的“新瓶装旧酒”呢？拿启蒙来说，书里特别提到说梁启超不懂任何外语，他完全是中国传统的士阶层，所以他对西方话语的理解多大程度上可以站住脚？当然有一些学者像胡适是受过很好的西方教育的，但我又想起钱钟书《围城》里面的许多隐喻，《围城》里很多人物提到的西方文化就是大大变样的。也像鲁迅的大染缸理论一样，很多东西到了中国多多少少都会变。这可能是一种策略，但也引起我们对西方话语的一个反思。

唐诗人（批评家、暨南大学中文系博士后）：

贵昌从错位来理解，延伸到科学、自由、民主等概念的理解错位，可以说，这些都是西方现代启蒙话语内部的重要内容。这种错位，换另外的说法也叫误读，甚至是创造。贵昌说很多东西可能我们传统里面都有，不需要借力西方话语。这跟前面我们谈启蒙的概念理解是一致的，就是不管是中国，还是西方，都不是一个可以简单概括的机械化的对象。但是，从另一个角度来看，这些外力作用于我们，就是引发内在的变化，我们不能说今天的中国还跟传统的中国一样，这不是睁眼说瞎话吗。西方思想对我们的影响，当然是巨大的，不管是文学思想，还是社会政治制度文化，都在学西方。但中国文化的确博大精深，什么东西拿进来，都能转化成我们自己的。日本人少地小，它转化起来可以很迅速，但对于中国而言，这种转变是缓慢的，甚至最后是吞噬式的反过来把外来的东西改造成另外的样子，像当年的佛教思想。所以，从久远的历史来看，我觉得西方现代文明中的一些东西，也会成为我们文化中的一部分。

高旭（中山大学中文系博士生）：

我对“启蒙”不能说是很了解，只能说接触这个比较早。因为我读硕士的时候我的导师张光芒教授对启蒙有很深刻的研究，董健老师给他起了一个外号叫“张启蒙”，启蒙的英文是enlighten，light刚好是“光芒”“光明”的意思。所以在我开始阅读郑焕钊老师这本书时，首先能够回忆和联想到的是张光芒老师《启蒙论》里面最深刻的那句话：“传统思想的资源是对中国近现代启蒙的启蒙。”在郑老师这本书里，我读到了类似的观点，也就是说，启蒙的思想资源更多地来自于传统而非西方。梁启超的启蒙话语与古典“诗教”传统的关联，在这本书里有非常深刻的解读。在阅读过程中，我个人比较感兴趣的是，梁启超作为一个近代文学的开端者，或者像王德威说的“没有晚清，何来五四?”梁氏的思想资源及文学实践是怎样影响胡适等五四运动中的领导者的？梁启超在其中起到了怎么样的中介作用？这个是我在书里没有看到太多论述的一点，也是比较遗憾的一点。

回到启蒙话语的本土性上，我认为中国的启蒙话语关注点在于启蒙者的精英话语立场，也就是说中国的启蒙最先关注的可能还是功利性和实用性，即“我”作为一个启蒙者是如何对启蒙对象启蒙的。这和西方启蒙话语中关注个人的自我发展与完善是完全不同的。个体通过对本能欲望的发掘与提升，到人的自由意志之塑造，进而实现创造性的自我，这就是《启蒙论》里所说的人性解放“三部曲”。在发现个人的前提下，通过理性达到自我的提升，这是西方启蒙话语的追求，而中国的启蒙话语则先天地带有一丝本土的味道，和古典文人的“诗教”传统有相似之处。

在阅读的过程中，我一直在思考一个问题：反观近代以来的思想启蒙运动，其中的领导者大多是接受了西方教育的洗礼，比如胡适这样的留美博士，他们的理论资源中一定有来自西方文化的东西，但为什么在新文化运动时，选择的还是带有本土色彩的改良之后的启蒙话语？我想这可能与当时那种救亡图存的时代背景有关，尤其到了20世纪30年代之后，面对的是一个内忧外患、战乱频发的大环境，这自然要求知识分子在处理现实问题上是带有功利性的，同时古代文人那种“修身齐家治国平天下”的思想，影响了我们对理论话语的选择。我觉得中国的启蒙，一开始就是由一种外力推动的，而不是自己向内寻求的过程，所以这个启蒙到了1949年就戛然而止了。到了20

世纪 80 年代，所谓的第二次启蒙，我们接受的理论资源如果只是单纯复制五四时期的启蒙因素，而缺少了外部环境的压迫，那么启蒙可能就会难以为继。因此，我们当下，是否还需要启蒙？如若没有了忧患的外部环境的强大推动，启蒙还有生存的土壤吗？西方那种提升自我达到人性的完善的启蒙又是否适合当代呢？还是说在现在需要一种新的本土话语的启蒙？在启蒙已经遭遇边缘化的当代，重提启蒙，的确需要很大的勇气。

唐诗人（批评家、暨南大学中文系博士后）：

高旭提出的这点，可以回应前面贵昌的观点，就是之所以需要借力西方的启蒙话语，其中一个重要的历史现状，就是当时的外患。这种外在压力，一方面促使我们学习西方、重视启蒙，另一方面又迫使当时的启蒙被救亡压倒，最终转变为革命的、权力的反抗式启蒙。那么情况反过来是不是就能成功启蒙？没有外患启蒙就能顺利开展吗？恐怕也没那么简单。20 世纪 80 年代，包括今天，“外患”不再是直接的侵略、压迫，而且在民族情绪高涨的背景下，谈论启蒙这个话题需要勇气，因为一谈论，就会被挂上西方中心主义、崇洋媚外等帽子。所以，我们今天要谈的启蒙，到底该以什么面目和何种内涵方有可能？焕钊著作里其实说得很明白，我们谈的启蒙，很大程度上其实是我们自己的“诗教”传统，若能改变人们对启蒙话语与西方势利的简单化对接想象，领悟到启蒙的真实内涵，可能会有一个好的言说空间。

邱婧（广东技术师范大学教授）：

我发现梁启超对传统小说的批判和对新文学的期待是很有

意思的。在整个文学历史的视野下去看待梁启超，其重要性在于启蒙，“启蒙”这个行为，放在更大的地理版图而言，不分民族、地域，也不分国家，都是十分重要的文化行为。刚才唐诗人提到了那个问题，其实在座的白族诗人冯娜就是我的研究对象，当提到白族当代诗歌时我们会提到她。

而这与本次活动议题的相关性，主要聚焦在书中的第158页到162页，这一节特别有意思，如果大家感兴趣可以翻一下。在梁启超那个时代，实际上他也处于一个很纠结的境地，按照流行的话来说，他应该就是一个典型的文化民族主义的知识分子，至于这个“文化民族主义”如何界定，就比较复杂了。在焕钊的书里，也写到梁启超是自己在“汉族”和“中华民族”这样的概念中选择和思考，并且发现也需要强调“中华民族”这个概念，并且提倡大民族主义，从而将中国凝聚起来，把中华多元一体框架搭建起来。在我看来，梁启超的转变，是由于他着眼了更大局的问题，希望整个中国大地得到这样的启蒙，得到比较好的发展，类似的启蒙现象在很多国家、民族、地区都曾经发生过。

另外一个感受是，梁启超讲文言合一，论俗语写作，这样的提法让我想到了但丁的《论俗语》。在欧洲中世纪的时候掌握文字的人都不是日常平民，文字里写的也不是日常俗语，那么，但丁就提倡比如意大利人就应该用意大利语言写作，其实梁启超的提法也是基于同样的逻辑。

唐诗人（批评家、暨南大学中文系博士后）：

其实，阅读过程中，我总感觉，与其说西方启蒙重个体反思，中国启蒙重教化，不如说西方重个体，中国重集体。当然，中西方都重视这些，只是在不同历史阶段、不同情况下表现得不一样。梁启超很明显是想启蒙、教导民众觉醒，他内心里的民族共同体意识是很强烈的。而且这种心理跟救亡图存的心理是一致的，它们是一体的东西，引导着近现代的知识分子把启蒙精神应用在教化民众、实现民族独立的历史实践上。但是，这些东西在西方的启蒙运动和资产阶级革命历史上，其实也是混杂在一起的，法国、德国这些国家的启蒙运动和民族革命，也是关系密切的。只不过他们的思想启蒙，有着宗教改革这些可以真正深入到民众的途径，先行完成大众启蒙，然后有民族革命。但是，中国不一样，传统中国民众是信皇帝的，皇帝就是信仰，要让他们起来反抗封建皇权，只有继续历史上的农民起义的方式，实现权力替换、民族独立后才有可能谈思想启蒙。但很明显，这与西方的启蒙、革命是悖反的，我们是颠倒过来，先独立再谈启蒙。而独立之后是否能完成启蒙，完成何种意义上的启蒙，这当然取决于新的权威。

邱婧老师刚提到白族诗人冯娜，那就请冯娜接着讲讲吧。

冯娜（青年诗人）：

没有阅读郑焕钊的这本书前，我猜想他的关键词应该是“诗教”和“启蒙”。提到“启蒙”这个词，我想大概要考虑四个方面的问题：第一，我们是在何种情境、哪些条件下谈论启蒙？第二，由谁来启蒙？第三，向谁启蒙？第四，我们如何判断启蒙在其时的必要性和有效性？

当我阅读郑焕钊这本书的时候，很明确作者是将眼光投向

20 世纪的中国，将梁启超作为一个范式和研究对象，“揭示中国现代文学启蒙话语内在的‘教化’逻辑，并确认梁启超文学启蒙话语作为古典‘诗教’传统，走向现代的历史中介的重要意义”。这本专著不仅完成了这样的学术意图，而且非常完整、有效地回答了我前面提到的四个问题。特别在翻阅作者的参考文献时，可以想见郑焕钊做学问的严谨、认真和勤勉。

这本书中郑焕钊也引用了夏晓虹教授《觉世与传世》一书中的内容。我们所说的“启蒙者”，也就是“觉世之人”，一个觉悟者；而“传世”更多地就是“向谁启蒙”，启蒙思想如何流传的问题，事实上这是一个传播的问题。按今天媒介素养的话来说，“启蒙”是一个由“信息高地”向“信息低地”表明立场、宣传思想、教化人心的过程。“觉世者”不仅要在思想上抵达“信息高地”，还需要在传播空间占据“信息高地”，才能向不觉悟的、还处在蒙昧状态的人“启蒙”。从这个意义上，梁启超这样的觉悟者可以说是应运而生。

我平时关注的一些问题在这本书第四章里面讨论得比较多。譬如第 157 页到 162 页关于民族性的问题。由于我自己是一个少数民族的写作者，会有人经常问我一些关于在现代语境中少数民族文化的继承和丧失等问题，这也是我一直关注的问题。那么，在一种文化启蒙中，是否也存在对其他文化的排斥呢？我认为郑焕钊的论述是承认这种情况的。一种民族主体性的建立势必是在不断排斥和压缩其他民族的话语和文化体系中完成的。基于此，我们又该如何界定“启蒙”的话语和内容一定是先进于其他民族的文化呢？在这个问题上，我也想看到郑焕钊进行更加深入的探讨。

在这本书里郑焕钊还谈到了现代性理解的片面化和单一性这个问题。在今天作为一个作家，对这种片面化和单一性应该说体会得很充分。谈论“启蒙”的空间有限，同时，启蒙的方向呈现了较之20世纪更复杂和多元的态势。在今天要做一个启蒙者、觉悟者，首先应该对自身的局限性做出深刻的反思。在信息传播极速扩张的当下，谁能承担起启蒙的责任？“觉世者”这个主体性的确定，已然成为一个关键的问题。

我看到《羊城学术文库·文化传承与创新专题》这套丛书对青年学者研究的课题选择非常有意思。其中有一本是我的同事罗惠敏写的，她研究的是图书馆学相关的问题。这使我想起哈佛大学图书馆有一个学者曾说过这样一句话：图书馆不仅是书籍存放的地方，它实际上承担着人类与自身愚昧搏斗的使命。我想，“与人类自身愚昧搏斗”就是启蒙，像梁启超这样的人，他们所做的努力就是启蒙。图书馆承载着这些人的智慧和觉悟，时至今日，我们站在他们的肩膀上，依旧在与我们人类自身的愚昧、局限搏斗。这种愚昧和局限在不同的历史阶段、不同时期是不一样的，充满了复杂性、交互性和不稳定性。

我作为一个诗人，觉得诗人理应是时代的探针，书写着时代的寓言与预言，应该有一种“觉世”的清醒和领悟。像梁启超这样的人，像在漫漫长夜提灯的人，在他身上我看到诗人的影子。我觉得郑焕钊这本书就是向这样的“提灯人”致敬，向所有时代的启蒙者回望，并用今日之光照亮他们独行的身影。

唐诗人（批评家、暨南大学中文系博士后）：

谢谢冯娜。“与人类自身愚昧搏斗”就是启蒙，图书馆承担着这个责任；诗人是这个时代的探针……冯娜兼顾了图书馆管理员和诗人两重身份，我觉得她的诗肯定带有浓重的启蒙色彩。

其实，在20世纪中国的思想史上，诗人的确站在历史前沿。像白话运动中的黄遵宪、胡适、郭沫若等，都是从诗歌开始，他们的诗歌语言变革，不仅仅是文学文体问题，更是语言思维问题、精神思想问题，还有当代的“朦胧诗”等，都带有思想启蒙性质。而且，今天我们如果还想通过文学来启蒙，可能还是要通过诗歌来打先锋。诗歌因它的体制问题，一般情况下是更容易实现大众传播的，但无论如何，它好像也没办法与电视、电影等新媒介艺术相比了，所以这也给诗歌、诗人提出了新的历史命题——诗歌如何完成新时代的启蒙？崇正也写诗，现在写小说，也请崇正来讲讲。

陈崇正（青年作家）：

之前我对梁启超的了解比较少，读过他最有名的那几篇文章，去过他的故居，除此之外，我更多是从段子里面认识他。一个段子是徐志摩与陆小曼结婚的时候，他在婚礼上做证婚人，对徐志摩破口大骂。刚才贵昌兄说，现代文学里面很多先进观念并无法在作品中找到佐证，我倒觉得一种新的婚恋观在这次破口大骂中已经形成。徐志摩的离婚公告影响还是非常大的，这样一种婚恋观，对那个时代影响蛮大的。比如婚恋观这样的东西，正因为在当时国内的文本中找不到，所以才有必要在西方作品中去寻找。第二个段子关于梁启超在协和医院切错肾，本来左肾有个黑点，却把右边的好肾给切掉。我记得段子中有个细节，说梁启超的家人要闹，被他制止了，梁启超说了一番话，大意是当时很多人对西医有误解，更相信中医，而他一直支持新医学，认为没必要因此坏了新医学的名声。如果这个段子是真的，那么要为梁启超点赞，这样一个广东人，他是站在新的立场上考虑问题的，用他的一颗肾赞助了新医学，也就是站在科学的这一边。所以可以说，作为南方以南出生的人，梁启超的思维是超前的，是向着未来的。

今天我们来谈焕钊的这本书，这本书的书名很长，叫《“诗教”传统的历史中介——梁启超与中国现代文学启蒙话语的发生》。这书我是前两天才拿到的，只读了前面两章，也就是关于“启蒙”这个概念如何厘清的问题。在不同场合，也常常听人谈起文学场的现状，或者说是怪现状，我读着这本书，也有一些胡思乱想。

焕钊在这本书的第一章引用 1901 年《国民报》的一个例子来考察当时的人们对“欧洲启蒙”的理解：“盖以法国为国民之田，以十八世纪诸学士为国民之农夫，以自由平等之说为国民之种子。”如果要做类比的话，一百年前梁启超、鲁迅、胡适这些有识之士确实扮演了农夫的角色，新文化新文明的种子确实也在他们手里，因此，即使写出来是很小众的文章，依然能获得主流社会的关注，从而获得高稿酬，换取很好的社会资源。一百年过去了，事情发生了很多变化，作家或者叫写字的手艺人，作为一种职业已经与从前完全不同，变成这个社会分工里面一个很小很边缘的角色。另外一层转变是文化的土地也不同了。据说民国的文盲率达到百分之九十，也就是说有九成的人需要民国的大师去启蒙，去拯救，去作为笔下人物进行书写，比如鲁迅书写闰土。但是我们现在的情况完全发生了变化，眼下社会中必然也存在闰土、阿Q这些人，冥顽不灵，木讷狭隘。但这些人拥有信息的渠道并不比我们少，他们也并不比我们笨，甚至在应对世界方面还比许多读书人更有方法。所以并不存在知识分子掌握了知识的武器和文明的种子，而其他人都是笨蛋和傻瓜的情况。现在如此平等，平等到打工的甚至都瞧不上知识分子，觉得秀才都是酸的。还有一层，思想的坐标也越来越多元，德先生和赛先生不再是唯一的正途，有时还不如一个段子有吸引力。所以也就不存在一个太阳一个光源照到洞穴里面，让我们来看那个洞穴之中的影子，而是存在十个太阳同时照耀，或者轮番从不同方向不同洞口进行照耀。最后只能变成一个小圈子，变成一种自我启蒙，变成自我解剖和自我主体性的探讨，这样的情况其实蛮危险的。

我也常常琢磨这个问题，我们现在进行的文学生产，其实有点像之前的古诗词创作。有些写古体诗的诗人在很长时间里依然拥有很强的主人翁幻觉，感觉是我占据了主场，这个文学场主要写古体诗，诗歌可以考试，也可以酬唱应和，强大的文学功能让他们觉得诗歌才是文学的正宗。而一百年前新文化运动之后，这部分写古体诗词的人还是有强烈的责任感，觉得自己是在“为往圣继绝学”，十分深沉。其实社会的发展已经让这整个古体诗词系统进入了一种博物馆状态，每一首诗词，就是一个情感的标本，必须在我们突然触及某种情感的时候，心中的这种情感才会被激活，然后突然想到某一句古诗；或者相反，读到某句诗歌，激活了某种沉睡的情感，比如思念故乡，比如怀才不遇。而现实的情况是，五言七言的诗词作为一种文学表达已经没有办法概括这个复杂的时代了，我们今天所焦灼的东西，我们需要处理的人与人的关系，已经远远超越了经典的情愫，变得无比复杂。当然，这不妨碍我们从古典的表述中去寻求情感的呼应（比如我们举办《诗词大会》这样的娱乐节目），尽管我们明白这种文体的局限性已经使其无法与当下复杂的经验匹配了。

我这样说丝毫没有贬低古体诗词创作的意思，而是在让我们看清一种现状。我们依然热爱文学，包括古诗词。但是，我们当下主流的文学形式会不会也将面临同样的情况？若干年后，这样的以文字作为生产工具或生产方式的作品，会不会被定义为跟当下经验脱节的次品货？这是我一直也在想的问题。即使这样的问题显得杞人忧天，很多大师会敲敲桌子说，这是文学的好时代，这么丰富的经验，没有创造出与之匹配的小说简直是你们的罪过！

但对文字产品的焦虑并非完全没有道理。过去的三四十年曾经出现过文学的黄金时代，但如果细细观察，也可以看到文学对影视等下游行业的影响正在日益加深。有叙事功能的文学，好像比作为情感标本的诗词更有优越性，毕竟小说或者叙事散文能够用故事形式来表达这个时代的一些复杂的经验，并且能转化成另外一些产业的原材料，比如影视和游戏，因此它有被产业化的可能性，这也让当下的文学生产看起来还是挺繁荣的。但媒介的变迁带给文学的从业人员巨大的焦虑是新的现实，屏幕驱逐着纸张，从微信到抖音，几乎全民都在参与段子的创作。难道在唐诗宋词元曲明清小说之后，是我们这个时代的段子正在代表这个时代的文体？在纸的全盛时代，鲁迅这些人可以靠版税活得很好；在过去三四十年中，影视成为新的推手，莫言、余华、苏童到严歌苓这些作家所走过的轨迹，也证明影视改编所带来的荧幕形象曾经给他们带来了文学名声的溢出效应。对于另一些作家来说，甚至可以说没有影视就没有他们今天的地位。这样让我们看到，在他们风光的背后，我们所看到的文学的尊严，其实是产业的光芒照耀着他们，是第九个太阳照到他们所产生的投影，原来他们身上的光，不是来自于文字，而是来自于产业的照耀，这其实是一个很大的问题。

而且，那时候的读者是有所等待的，他们期待光芒的照耀。而如今，必须要不断去追问，我们的文学力量来源于何方？

唐诗人（批评家、暨南大学中文系博士后）：

崇正表达了文学的焦虑，其实也是启蒙的焦虑。我们所谓的现代意义上的文学，与传统文学最大的不同，就是现代文学强调个体的反思性和反抗性，它虽然反对功用化的文学效果追求，但隐藏在其中的一个功用，其实就是启蒙，就是激发主体能够完成自我觉醒，不再蒙昧。而且，文学的方式，并不会像通常意义上的理论所要求的那样，直接改变你的既有观念，同时也把一种新的、很可能也教条化的观念“教育”给你。但是文学启蒙，需要的是理想读者，这理想读者在今天可能是普遍欠缺的。所以，追问启蒙的可能性，某种意义上，就是追问现代性意义上的文学的可能性。焕钊这书的书名有个关键词，“诗教”，梁启超的启蒙思想里，带有浓重的传统“诗教”色彩。焕钊也正是从“诗教”这个角度，切入梁启超的思想，以此阐述梁启超启蒙思想的“诗教”本质。这个角度的选择，我觉得比强调“启蒙”的中西方内涵差异更有启发。因为“诗教”其实一直在用，我们的诗学思维当中，依然潜伏着一种“教化”世人的姿态。但我以为，“诗教”虽然是传统中国的思维，但经过现代文学、现代思想的洗礼之后，现代意义上的“诗教”，与强调“经国大业”“可以群”这些传统诗教理念又很不同了，它更接近蔡元培的“美育”，是一种美学修养。“美育”思想后来进入了教育体制，成为一个重要的教育内容。我觉得从“诗教”到“美育”，也说明，西方的现代启蒙思想，经过一个多世纪的作用，对我们的影响还是蛮大的，所以我觉得也不要太悲观。

王威廉（青年作家）：

大家谈得很好，提到两个阶层的对话性问题，也说到中西文明的对话性问题，或者说差异性问题，我就重点说一下它还有一个时间差异的问题。我们知道启蒙运动主要是18世纪在西方展开的，所以它传入中国的时候，实际上已经到了19世纪末期了，有一个很大的时间差距。那么梁启超作为首批有现代意识的或者说有世界意识的知识分子之一，他借用启蒙的观念，实际上是回应中国当时的现代性焦虑。那种现代性的焦虑中实际上面临着一个救亡图存的问题。我们经常说近代中国的启蒙经常被救亡所压倒。在梁启超身上，这一点已经体现得特别明显了。

我们知道启蒙是一个特别缓慢的历史进程，西方经历了几百年的时间，才用启蒙的思想观念建构了一整套的社会文化机制。而中国借用启蒙的思想资源，是想快速来达到一个富国强兵的目的。梁启超经常说到“新民”，就是他和康有为主导的百日维新失败了，这场政治上的失败被归结为民众素质的问题。所以，梁启超提到了“精神维新”这个说法，这无疑是把康有为的观念往前推，当然，也是接续到了中国现代转型的命脉。

我想我们应该把启蒙分成两个层面来看。首先，肯定它是有政治层面的意义。启蒙运动在西方发起的时候，其反对的就是宗教政治，中世纪天主教对于人们生活各方面的压制，那么，启蒙首先要面对的就是人类在社会公共层面上，如何更理性地来处理事务的问题。福柯在《何为启蒙》这篇文章里面分析得特别清楚，启蒙有一个人类公共性的层面，还有一个人类个体化或者说日常生活化的层面。

在大多数语境下，启蒙更多地关涉公共层面上公共理性精神的建构。那么这就不仅仅是一种个体理性的思维方式，而是一整套的历史社会文化到政治的机制建构。这种机制的建构，我觉得从欧洲的18世纪的这些思想家打下坚实基础之后，到20世纪末，实际上西方已经足够完善了，这也是西方之所以在今天产生后现代危机的原因所在。狭义的启蒙运动实际上已经完成了，思想化成了各项具体的制度，以至于人类在这种制度的保护下已经忘记了制度背后的思想。

启蒙的第二个层面，就是个体意义上的启蒙，实际上它是一直没有完成的。作为个体的人类，当然需要一种理性的精神去思考自己，去在更高的层面观照自己。就西方来说，它有一个神学的传统，那么他们在神的位格上可以对人本身的局限性看得更加清楚，而我们则相对没那么容易。我们对于人本身总是持有一种平视的态度。

具体到梁启超意义上的启蒙，很显然他将启蒙几乎跟政治画了一个等号。他专门有篇文章，就是《谈小说和群治之关系》。他认为小说其实是为了建构一个民族国家的想象共同体，以一种精神认同、政治认同的方式。后来白话文小说兴起之后，更受欢迎的还是张恨水为代表的鸳鸯蝴蝶派小说，这是让他特别失望和痛恨的事情。他亲自操刀写了一个长篇小说《新中国未来记》，但是没能写完，因为他很显然不具备一个小说家的思维方式。他的思维方式是政论式的，有一种特别急切地想达到目的的政治家思维。他写小说，就想急切地改变人们的思想观念，所以说他是把小说当成是一种政治的工具。这种方式在小说写作中当然是会遇到失败的。

小说实际上也是启蒙运动的艺术产儿，甚至说，小说可能是启蒙运动迄今为止最重要的一种艺术形式。因为其他的艺术形式，很快就完成了现代性的建构或者形式，但是小说尤其是现代小说，它一直有一种自我质疑的精神在里面。这点在鲁迅身上是极为鲜明的。即使到今天，真正的文学作品依然有着这种自我反思、自我怀疑的精神。在小说中，经常让思想的预设走向它的对立面，这大大拓宽了启蒙精神的复杂性。它让启蒙不仅仅是一种自上而下的教化，或者是一种自下而上的反抗，它具备了极大的丰富性，因而实际上就建构了一种复杂的人的主体性。

启蒙的领地在不断缩减，所谓的“纯文学”几乎变成了启蒙的最后领地。如果以梁启超的文学观念看今天，反而是实现了他的想法。梁启超持有一种进化论的观点，觉得中国的现代文学是要进化的，俗文学会取代雅文学。这在当年的确是美好的愿景，因为识字的人不多，他希望更多的人都能来阅读，接受教化。但如今，网络小说的繁荣是符合这样的判断，只是这恰恰是我们无法完全认同的。如果我们彻底置身在这种喧嚣的语言里面，很显然个体的主体性会面临溃散的境地。这显然走向了启蒙的反面。

启蒙在今天的处境的确比较艰难，我认可福柯所说的：启蒙，如果拨开它的历史和政治的大机制来说，它可能更是一种气质，一种哲学的生活。我觉得，今天相较于福柯的时代，可能哲学也面临某种终结，今天唯一作为启蒙的生活样态，就只剩下文学生活了。你看我们这寥寥十几个人坐在这里，实际上我们所过的就是最后的启蒙生活。

如果我们追根溯源启蒙的原意，Enlighten，就是光源和照亮，我觉得纯文学跟其他领域中的情况一样，它是站在文学领域中的创新的前沿的，所以它自然就是光源所在。尽管它的光芒可能今天被大众文化的奇观所遮蔽，但是这样的光源对于我们来说依然是必要的。这需要我们把火种延续下去。尤其是今天面临着科技高度发展的时刻，启蒙及其人文主义都在遭遇巨大的危机，人的危机在加剧。启蒙运动建构了一个现代文明生活的模板，以及个人权利的模板，那么这两个模板在科技高度发达的时代，实际上面临着崩解的危险。在未来，如何建构一个人的形象，可能是启蒙运动的光芒最后所能照耀到的地方。

唐诗人（批评家、暨南大学中文系博士后）：

威廉把我前面提到的关于现代文学与启蒙的关系谈得透彻了，同时也回应了崇正对纯文学写作的处境判断。威廉提及启蒙概念中所蕴含的“光源”“照亮”，这也说明西方的“enlighten”是有照亮他人、教化他人含义的，不仅仅是个体层面的点亮自我。那么，这个时代的光源在哪里？如果作家、知识者都放弃了对这些光源性问题的思索和追求，那可能那些意味着光源的灯真就灭了。所以，不管时代变得怎样，还是需要一些西绪福斯，去推动那块大石头，这不是荒谬，而是守护一些最纯真的东西。

郑润良（评论家、厦门大学博士后）：

我读焕钊的这部著作，我觉得最大的一个价值确实是有创见，尤其是讲到启蒙的误读。这本书我也没有完全读下来，看了一些章节，谈梁启超这样一个在文化思想史上有独特位置的人对整个20世纪中国文化文学的一个影响，一个潜在的影响。这条线索对我们理解20世纪中国思想文化是非常重要的，确实是一个非常有创见的一个观点，而且这个论证确实非常扎实，从他的资料参考方面来看做了非常充分的工夫。

以上是我对焕钊著作的一些看法。另外从他的观点引申到当下的问题，我感觉启蒙的这样一个问题在我们当代文学当中其实一直在延续。前几年我们在谈新世纪文学，更多的是从一种时间上来谈。进入新世纪以后，有一些学者提出新世纪文学的概念，谈新世纪文学和20世纪文学的区别，这里面也有一些人包括李云雷等人提出来一个观点，就是新文学的终结，把20世纪文学看作是五四新文学这样一个文学传统的延续，到了现在是不是新文学该面临终结了。他们为什么认为新文学应该终结呢？就是认为新文学中都有一种启蒙的观点在里面。也就是说在新文学中，写作者即知识分子始终采取居高临下的姿态，以某种宣教的姿态在写作。到了今天，我们现在面临文学的场域不太一样了，网络文学新媒体文学这些东西起来以后，这里面写作主体发生了变化。网络文学写作者不一定是知识层次相对高的群体，发表也更自由了，甚至说只要你会写字你都可以写。上次我参加一个网络文学会议，有一些网络作家初中毕业的，收入也好多，一本书卖了版权可以赚一百万元左右。为什么那么多人接受网络文学作品呢？可能有一个原因，网络作家和读者的关系可能是一种更为平等的关系，他就是他们其中的一员，没有一种启蒙式的居高临下的姿态。有的网络作家的价值判断很可能和流行的消费主义的价值观是一致的，读者很容易接受。而传统写作者或者知识分子一般是站在对主流观念的批判的角度进行写作的。这里面涉及一个问题，写作者完全遵从一般读者的价值观写作可能有问题，完全用居高临下的姿态写作也是有问题的，真正的如果说我们讲按照西方启蒙自我批判的这样一个角度来写作，我们今天写作者应该用一种什么样的姿态来写作，我们经历五四新文学的传统以后面临新的文学时代，我们要采取什么样的写作姿态，怎么调整跟读者的关系，这些都是值得思考的问题，我就讲这些。

唐诗人（批评家、暨南大学中文系博士后）：

润良从写作者的姿态层面来看我们的文学启蒙问题。的确，今天这个网络时代，大众不缺知识，甚至有反智、反教育的情绪。比起受教育，我们当然都更喜欢教育别人。这种教育与被教育，相当于启蒙与被启蒙。如果不遵从一些基本人性，不改变一些姿态上的弊病，想实现对他人的教育和启蒙，在今天已经不可能了。这种状态，一方面说明我们的大众有了基本的主体性，起码都能够说“不”了；但另一方面，又感觉很多能够说“不”的民众背后的主体性内容非常平庸，甚至可怕。对此情况，我们可能还会联系起卢梭，他抨击启蒙思想教导大众质疑公共意见，认为科学与文艺的发展对于风俗道德而言并没有什么效用。所以，谈论启蒙，是一个非常复杂的问题，绝不是一个单纯的“是”与“否”就能够回答的，需要我们不断深入到具体问题中去，实事求是地处理相关问题。

管季（中山大学中文系博士生）：

先谈谈我自己对梁启超的看法。郭沫若曾说过，当时的青少年，凡是稍有志向的人，都是想怎样来拯救中国的。这是一个大的时代背景。如果理解了这点，就不难理解他后期不断反复、摇摆的那些思想。当然，我觉得梁启超是一个相当坚持的人，他对政治的附庸，是出于一种更高层的理想，当这种理想没法实现的时候，他会主动去调整自己。比如说袁世凯要称帝，他就罢官；比如说后来他亲自到欧洲发现资本主义社会也不过如此，就开始反思自己的一些观念。遗憾的是他并没有找到出路，这就是身为一个人的历史局限性了。

所以有学者就说，梁启超所倡导的，与其说是文学的现代化，不如说是历史的现代化。他处于那样一个时期，提倡文学改革的目的，首先是为了一种历史的转型。他所有的思想，无论是文学思想，还是美学思想，一个根本的前提就是救国。所以他才借用了卢梭的思想，借用了西方资本主义政治理念，倡导一种自上而下的社会改革。但是他在这个过程中，产生了许多误读。在郑焕钊老师的这本书中，我们就能看到许多关于误读的解释，包括中国人是如何误读启蒙这个词的，梁启超是如何误读日本政治小说的，更包括人们对于现代性的误读，乃至对中国现代文学的误读。书中有一句话就说，中国现代文学的本质是一场古典的现代言说。我觉得这个话特别有意思。有一种文化的现代性，并不需要去拒绝传统。传统的文体观念，在这种启蒙的逻辑下被重新激活，我们在用西方的外衣来包装我们自己的传统，这就是传统话语的现代形态。

这个问题其实引出了另一个思考，梁启超的这种误读，包括当时整个现代文学的创作群，究竟如何导致了启蒙的失败。我觉得郑焕钊的这本书，其实是在阐述梁启超这一代人失败的原因。从误读启蒙这个概念开始，他们就注定失败，因为他们眼中所崇尚的这种平民文学，最终还是回到了精英文学的传统中。无论是诗可以群，文以载道，文学经国，或者雅俗之争等等，最终回归到古典的文人传统。古典的文人传统是君为臣纲，是政教合一，是齐家治国平天下，一定需要一个“明君”。就像梁启超本人一开始的所谓改良一样，他不可能脱离君主的支持，这种自上而下的改革永远没法触及社会制度的根本。这是我由焕钊老师的阐述联想到的，我觉得他的这个阐述非常深刻。

还有一个失败的原因，就是梁启超倡导卢梭的政治理念，包括三权分立等学说，却忽略了非常重要的时间线。卢梭的思想产生于18世纪，足足早梁启超生活的年代一百年；卢梭在生前也是恶评如潮，死后他的思想才被用作法国大革命的指导思想；然而法国大革命却最终失败了，并直接导致了浪漫主义思想的产生；浪漫主义后来也失败了，或者不如说是失控了，于是产生了自然主义、批判现实主义等文学思潮。值得注意的是，这些文学思潮基本都是抨击资本社会罪恶的思潮，更别提与自然主义、象征派等思潮同期产生的马克思主义了，它更是从社会制度的层面去直面资本主义社会的弊病。梁启超直接忽略了这个思潮不断交替、淘汰的时间线，包括后面的五四先驱也一样，比如说郭沫若、郁达夫这些人，接受了浪漫主义思想，鲁迅接受了部分尼采的思想。而那些在西方历史语境下产生的思潮，已经被历史证明极有可能是失败品，毕竟法国大革命失败了，浪漫主义也失败了，尼采所代表的现代派哲学，本身就是失败的产物。为什么这些先驱乐此不疲地去模仿，去倡导呢？这确实也是个值得人思考的问题。

当然，这些失误，是一个必需的过程，没有这个试错的过程，就断然不会有中国后来的伟大历史变革。如果不曾理解过卢梭和法国大革命，也就不会理解马克思的哲学。从这一点来说，梁启超的“失败”并不算失败，而是中国历史现代性的一个伟大转折，真正成功的开端。

唐诗人（批评家、暨南大学博士后）：

我觉得还是不要简单地使用“失败”“成功”这样的话来理解梁启超等人的思想探索，没有梁启超这些近现代知识人物的思想传播，新文化运动、五四运动如何能出现？很多东西是累加式地进行的，历史也不是一蹴而就。站在历史前面的那些人，或许某些方面有一些天真，但他们所迈出的步伐，在当时而言很难得、很可敬，对整个历史而言，也是意义深远。

前面大家讲得特别好，很深入，对我而言也有很多启发。

我最后也稍微讲一点我的个人理解。我觉得，今天谈启蒙，一个是有难度的社会语境，二个是，像前面作家崇正、威廉讲的，可以从文学影响力衰落问题来看今天的启蒙的困难。今天的文化背景已经置换，人们对西方近现代以来的那些东西，包括知识话语，已经是反感大于好奇了，再谈继续启蒙，很可能就是返归到中国传统思维中的教导式的启蒙。

这个大众化时代，启蒙话语的影响力可能也可能会出现两极分化情况，一个是知识阶层的反思性、批判性启蒙话语逐渐回落到知识者个体层面的沉思式自我道德化；另一个是大众层面的传统意义上的启蒙实践，就是通过教育的普遍和网络技术的发达，大众都会变得有知识，但是难有反思能力和批判能力，对知识的应用还会出现很多问题，包括基本的生活伦理和政治德性，都可能出现问题。前面很多嘉宾都提到对话性，我觉得这个时代如果要有新的启蒙，就是要打通这两个极端之间的壁垒，实现有效的对话。但是，一打通，或许就又陷入了教育与被教育的关系。我们的文化里，知识往往还与权力与技术与资本等直接相关，如何在权力资源和技术能力不对等的情况下实现对等的对话，这是很难的。所以，我以为今天的启蒙，最核心的，不是普及更多的知识，而是去强调一些人之为人的基本常识，是让有知识的人（包括专业的知识者，也包括大众），懂得应用知识来自我反思和自我约束。人与人之间的对话，其目的不是谁教化谁，而是为了帮助我们认识到自己与他人的差异性，更全面地认知到自己的独特性以及局限性，最终抵达一种个体意志与公共德性相和谐的生活目标和社会理想。当然，这也是一种理想。

龙扬志（暨南大学文学院副教授）：

我跟郑焕钊同一年留校，入职暨大中文系。大概因为这种同事关系，我们经常会有一些交流，后来拜读过他的博士论文《梁启超与中国现代文学启蒙话语的发生》。我当年选择新诗现代化想象而完成的博士论文，也涉及梁启超与中国现代文学早期发生，不过博士后研究期间主要精力集中于台港澳和海外华文文学，断断续续修改博士论文的一些章节，2017 年申请了国家社科的后期资助。梁启超毫无疑问是值得深入的个案，虽然国内外有关他的研究成果已经汗牛充栋，并且还在源源不断生产。梁启超、梁漱溟等一批活跃于转折时代的人，在中国思想史、文化史上的重要性不言而喻，因此我对焕钊这样一个研究很感兴趣。

全书分章不多，大致的研究背景，过渡时代的启蒙发生，关于文学革命、小说界革命、诗界革命，从美学启蒙的角度切入，这样的安排没有问题。从审美角度切入启蒙很有意思，审美话语背后连接着观念，观念的变革才可能导致社会方方面面的系列变革，梁启超确实是一位天才式的人物，又非常勤奋，用毛笔写作的时代能够写这么多的文章，我们平时打开电脑，运键如飞，也不太可能写那么多理论文章。广博的学术视野，在很多领域都是首开风气的重要人物，要做他的研究非常不容易。

夏晓虹一辈子以梁启超作为研究对象，包括重新整理、编辑出版《饮冰室文集》。这位用心专一的学者曾把文章分为“传世之文”“觉世之文”，“觉世之文”宗旨在于启蒙，唤醒群众，“传世之文”则把进入文化经典作为自己的追求标准，不论辞章还是思想方面。梁启超身上体现了一种与世界交互、开启新的文化局面的企图心，正是这种追求奠定了他在思想史上的地位。

如果只是从审美角度切入，作为文学研究的一种定位，不可能全方位地深入研究，必须从梁启超对文学界、文化界带来的重要启迪切入，才能找到他在转折时代发挥重要功能的准确认知。焕钊建立的学术参照视野非常广阔，对中国 20 世纪 80 年代以来关于梁氏的重新定位，包括他在中国学术史造成的知识转换，体现出不同层面的评价，形成了全面的参照系，而这种参照系决定了讨论问题的对象，如何进行学术的对话，这一点把握得比较好。当时翻了翻焕钊的论文，注释非常多，当然这个未必完全就是好事，主要还是体现出学术的相关性，并构成潜在的思想对话。个案研究切入虽然不够宽，但是切得比较深，同样表达了这样一种美学话语在启蒙时代扮演的必要作用，再从文学慢慢扩展到文化，然后进入社会思想的层面，体现出作者逐步深入的思路。由观念出发，重新去认知梁启超在时代中的作用。

从这个角度出发，联系焕钊后来的学术兴趣，比如文化研究和文化产业方面的介入，其实都基于技术对于时代的推动，他知道这样一个传统，知道在新的技术环境下社会怎样变革，它是一脉相承的，对他后来的研究都会产生启发。

郑焕钊（批评家、暨南大学文学院副教授）：

很感谢大家以我的书为媒介对启蒙的相关问题进行讨论。

20 世纪中国文学在国家整个文化中的重要性，很大程度上源于启蒙的话题。知识分子想要把进步的思想传递给大众，又苦于大众没有更好的识字能力和文化水平，缺乏更好的艺术和媒介方式可以抵达，因此普及文字，以老百姓更能够接受的方式传播思想就构成了晚清以来中国知识分子的关切。在这一过程中，独立的知识分子精神问题、救亡图存条件下政治与文学关系问题、新的国民性与新主体性问题、文学的语言与形式问题、现实主义问题等等，都内在于这种逻辑。

20 世纪中国现代文化文学启蒙很大程度上是与外部环境挤压有关系的，甲午战争的失败引发了晚清思想界的震荡，而 20 世纪 30 年代日本的侵略，构成了左翼文学对五四新文学的反思与重构。横向比较，法国大革命与启蒙运动的关系，也同样是外部社会政治条件所引发的思想论述的革新，因而讨论启蒙从来就不是一个单纯思想的问题。

对于中国来说，20 世纪启蒙的特殊性在于精神资源和价值思想既借助于外部的启发但同时又存在着天然的缺陷：知识分子并非是在充分了解西方的情况下对西方思想的反思性借鉴，而是在一种极为功利的条件下对西方思想的调用和宣传；同时，由于其根深蒂固的传统文化思想的影响，使其对西方思想的借鉴与讨论都是在一种固有的、强势的思维结构中来进行，因而既影响了他们对西方思想的批判性反思，并在此基础上进行的思想建构，又影响了其本身的主体性反思所能达到的深度。

与此同时，在启蒙主体与启蒙受众之间的关系问题，其逻辑仍然主导着我们当下文学的种种问题。比如今天文学界的焦虑感来自于文学在整个社会当中的反响，说到底仍然是对文学和读者之间关系问题的焦虑。无论是新文学运动中的思想启蒙，还是左翼革命的文学宣传，抑或是今天媒介产业语境下的文学边缘化，这一关系问题从来就没有缺席。它事实性地显示了20世纪以来，我们讨论文学的思想结构的稳固性，梁启超在晚清所提出的小说跟大众关系等问题仍然深刻地构成我们当下思想的框架。

从这个角度理解，我们今天谈论的20世纪中国启蒙问题中的东西错位、时间错位、阶层错位等，正是对20世纪中国启蒙问题的逻辑进路进行重新反思所深刻感受到的问题。从积极层面来说，诗教传统所张扬的儒家“替天地立心”“为万世开太平”的精神价值构成了20世纪中国启蒙文学的价值追求，显示了其时代使命与社会责任。但由于社会功利性所导致的反省反思的精神与能力的缺失，使我们的启蒙充满挫折，甚至走向一系列的误区。在当下，我们又面临商业资本所带来的消费主义、技术媒介所带来的媒介素养、国家主流意识形态建设等更为复杂的政治、资本和技术结构。尤其是人工智能、后人类主义等推动的全新的主体性重构的问题，由互联网和全球化所带来的新的主体性想象和流动的边界等挑战，这时候对于写作者和思想者来说，都需要在一种纵深的历史视域中去检讨我们思维方式发生和形成的脉络和逻辑。

假如我们将19至20世纪之际与当下从20世纪到21世纪的历史时空并置在一起看，今天所面临的文化问题比梁启超所面对的“三千年未有的大变局”可能还要复杂。因而假如第三次启蒙可能的话，一定是在超越五四思想启蒙与20世纪80年代启蒙的思想框架的情况下才有可能，而超越首先需要更好地回顾，我想这就是我们今天讨论的意义所在。

跋

唐诗人

不知怎的，我个人并不喜欢也不擅长组织活动，可是各种机缘巧合却让我“承接”了好多次读书会活动。2013 年夏天刚来广州时，尚未开学，有点无聊，偶然参与了一个读书会活动，当时是带着打发时间的心态去的，只是想听听广州爱读书的青年们都在读什么书。到场后才知道它是个刚刚开始的读书会，认识之后，组织人就把我拉入创办者行列，居然成了“元老”。只是，这个读书会维持不到三个月，主要组织人去了上海，我也开学了，读书会也就不了了之。

这个经历很短暂，但也给了我一点小启示。比如我开始相信，很多时候，我们说好书坏书，好像与书本身并没有直接关联，倒是和读者自身的理解能力有更大关系。一切都在阅读当中，一本我们以为很一般的书，在一些读者那里，可以起到很大的作用，而一本很不错的书，在一些读者那里，被汲取的往往只是最微末的元素。记得李敬泽老师有文章强调说，伟大作品不仅是被写出来的，也是被读出来的。如此，我们的文学研究，又怎能忽视对读者怎么读、读到了什么的关注呢？

带着想了解各领域读者怎么读的研究心理，我后来也曾参加过一些业余的读书活动，但普遍觉得意思不大。那些过于松散的读书分享，其实不用去听，大概就能猜到他们读什么和怎么读。但我心不死，在2015年的时候，我跟我的师姐师弟们商量，要不搞个内部的读书会，就专业内、师门内交流分享，也算是创建一个交流契机，不至于师门内部只有闲聊没有实在的读书分享。由此，2016年有了中轴线读书会。读书会一开始比较乱，但在几次锻炼后，讨论气氛越来越好，到后面谈论贾平凹、鲍勃·迪伦的时候，讨论得很深入，各自都能感觉到有收获、有启发。

中轴线读书会其实可以继续下去，但2016年下半年后，常驻学校的读书会成员变得很少，每次读书会的参与者变得固定，每个人大概会讲什么也变得特别熟悉。这样，读书会、讨论的价值也在减弱。同时，我也在想，过于局限在师门内部，其实也是自我封闭，为什么不可以扩大规模？把不同研究方向、不同学术积累的其他专业、另外学校的青年学人联合起来，各种知识背景下的阅读碰撞，岂不更有趣？而且，青年学人的读，更是专业的读，这种读或许更接近“读出伟大作品”中的“读”。

这种联合，我也只是偶尔琢磨。后来一段时间，因为杂事耽搁，也因为熟悉的、对读书会活动够有兴趣的同龄学人不够多，也就没能付诸实践。直到2017年初，住得离暨大近了，参加暨大的活动也多了些，逐渐认识了几个不同方向但对当代文学亦有浓郁兴趣的博士、硕士。比如研究海外华文文学同时自己也写小说的陈润庭，研究少数民族文学、对文学与宗教关系有浓郁兴趣的翟崇光，以及目前做文化研究、网络文学研究的视野宽的郑焕钊老师，还有文艺学方向的李石博士等。他们对读书会也充满兴趣，很希望有契机研读一些当代文学作品，也很期待和不同背景的同龄人一起探讨分析一些当代文学文化现象。

其实，我个人并不喜欢主动表达，没有适合的交流契机，我往往沉默为多，但当有好的聊天对象时，我也可以说上几句。记得，2017 年 3 月下旬的一天，我和崇光兄听完格非老师的讲座，从购书中心一直聊到暨大食堂，吃完饭在暨大图书馆前面还聊了许久，我们聊文学问题，聊各自的研究领域，非常愉快。崇光兄有一对很有神的眼睛，感觉它们对什么都有兴趣。聊到后面，我想去图书馆把我早上没看完的那篇小说读完，我随即说要么开始个读书会吧，以后一起读一些书，崇光兄当即赞同，眼神中还流露出强烈的兴趣。于是，到图书馆读完小说后，我就组建了个微信群，把几个聊过这话题的朋友拉在一起，读书会就这么开始了。

开始其实很简单，只是如何做下去？我这个发起人，一开始不觉得有什么具体的事要承担，只是个牵线的而已，但慢慢发觉，作为“群主”，也就成了焦点。每个初加入的成员，开始都在旁观，发言者特少，似乎在等着“群主”发起话题。我知道，愿意加入群的都有交流、表达的心愿，而我也清楚，没有人真去干点活组织、策动起来，这种心愿也就可以瞬间消失。钱钟书说过的，大抵学问是荒江野老屋中二三素心人之事，成了朝市之学的话就必然俗化。读书、研究毕竟是个人的事，形成“会”就是一个公共的活动，容易肤浅化，从根本上而言，这种“会”是可有可无的。

但是，我又怀疑，在“屋中”的专研，必然与朝市的学问相冲突吗？我和几个朋友交流的时候，又举了刘再复老师的例子。刘再复、林岗老师的《罪与文学》是我特别推崇的文学理论著作，这部著作观念的成熟，有一个特别重要的历史背景，那就是论争。我相信，没有20世纪80年代的相关论争，《罪与文学》很难有今天的深刻、厚重面貌。有生命力的观念、理论，绝不会是封闭性的自圆其说，它可以是片面的深刻，但这片面不是对其他面无知的片面，它必须是容纳了各种不同声音之后的片面追求，而不是不堪一击的片面，它的深刻性往往表现在有足够丰富的内在性去面对无限复杂的外部差异。“屋中”的专研是为根本，但兼顾一些朝市的声音之后，它才会丰满，显出生命力。

读书会的名字我们最终确定为见言读书会，这是暨南大学硕士生林丽媛提供的名字，她起初的意思是“所见所言”，而我看到这个名字时，理解为可视的言说辩论，也就是走出网络、走出“屋子”后的见面对话。暨大博士彭贵昌也理解为“所思所想见于言语之中”。郑焕钊老师提供三种理解方式“见与言、见的言、见于言”。暨大博士刘汉波对“见言”的第一反应是“异见·真言”：“异见”是异质性，“真言”是主体性，“没有异见，读书会就成了背书会，口气一致，政治正确。至于真言，每个人的知识结构和价值立场之下，‘真’就具有了浮动性，每个人的表达都反映了发言人的主体性”。这些差异性的理解，本身就透露出“见言”的魅力，也暗示了这个读书会所包含的差异性。

汉波理解的“异见·真言”特别有代表性。有差异性才有必要组织读书会，有真言才值得交流、分享。这种理解又使我想起2013年夏天那场最早的读书会，我去分享的是当时正在阅读的阿巴丢的《爱的多重奏》，这一著作表面是谈论爱，但旨归于理解差异。阿巴丢认为“爱是一种坚持到底的冒险”：“在爱中，两个个体之间存在着绝对的差异，这同时是人们能够呈现的最大差异之一；因为这是一种无限的差异，一种相遇，一种宣言，一种忠诚，从而最终能够把这种无限差异改变成为一种创造性的存在。”爱情都需要在差异中冒险，在差异中获得创造性的生命力。那么，一个多人参与的读书会，里面所存在的差异能否被改变为创造力？这是个冒险。既然是冒险，那就开始吧，有多险、能活多久，且不管它。于是，我们从2017年开始了见言读书会的新阶段。

见言读书会开始时，大家也是充满热情，记得第一场来了二三十个硕博士，还有作家和青年老师。人数太多，分享时感觉都是匆忙表达观点，没有时间深入讨论，所以很快大家的热情就弱下来了，第二场开始迅速减少到十几个人，第三场变成不到十人。人数锐减，说明读书会讨论形式出现了问题，也说明参与读书会的确需要有耐心、需要经历一次新的洗牌。还好，在师门众多师友的鼓励下，包括谢有顺老师的支持下，我们坚持做到了2018年初。2018年如何继续，当时我并没有什么计划。但是，后来我们把读书会纳入暨南大学文艺评论基地，作为基地主办的读书会，同时与广州图书馆合作、加入广州阅读联盟后，有了一点点费用补贴，于是，我可以大胆邀请朋友来参与。在我和焕钊老师的坚持下，2018年也顺利坚持下来，其间还联合广图和羊城晚报社，于南国书香节期间组织策划了一次人数众多的“粤派青年小说家、批评家对谈”，取得了很好的效果。从此，见言读书会真正进入全国文学界视野，成为南方、广东文学界醒目的存在。有了一些影响力，2018 年下半年的活动，也变得顺利很多。这本讨论集能够出来，也是缘于 2018 年的顺利，书中内容多为 2018 年读书会的讨论稿。

读书会讨论集能够出版，这是我组织策划读书会时从没想过的事情，但它就这么意外地出现了。这更让我相信，坚持一些有价值、有意义的事情，努力做下去，总是会有好的收获。读书会没结束，我们还在继续，有这个讨论集作为铺垫，我们会把它做得更好。为此，这里我要特别感谢谢有顺老师和郑焕钊老师，他们的支持是我能坚持做读书会的最大动力。谢有顺老师为我们提供的传播平台，让我们的讨论内容得到了最理想的传播；郑焕钊老师为我们的书稿争取出版机会，更是劳苦功高。同时，要感谢王威廉、陈崇正、冯娜、陈培浩、李德南、苏沙丽、李石、陈润庭、高旭、管季等好友的无私支持，有他们的阅读热情和文学情怀，读书会才能够维持下来，有他们精彩的言说、观点，这本读书会讨论稿才变得真正有见地、有出版价值。

见言读书会，就是见证真言、生成洞见的读书会。做读书会很难，但也很容易，只要我们坚持阅读、保持分享的热情，把一切简单化，那就是很容易但也很伟大的事情。欢迎更多朋友关注。